古典文獻研究輯刊

十七編

曾永義 主編

第19冊

富教並重，教化至上——
李綠園教育思想及其《歧路燈》創作觀念研究（上）

徐雲知 著

國家圖書館出版品預行編目資料

富教並重，教化至上——李綠園教育思想及其《歧路燈》創作
觀念研究（上）／徐雲知 著—— 初版—— 新北市：花木蘭文化
事業有限公司，2018〔民 107〕
目 2+140 面；19×26 公分
（古典文學研究輯刊 十七編；第 19 冊）
ISBN 978-986-485-336-6（精裝）
1.（清）李綠園 2. 古典小說 3. 文學評論
820.8 107001708

ISBN-978-986-485-336-6

古典文學研究輯刊
十七編 第十九冊 ISBN：978-986-485-336-6

富教並重，教化至上
——李綠園教育思想及其《歧路燈》創作觀念研究（上）

作 者 徐雲知
主 編 曾永義
總 編 輯 杜潔祥
副總編輯 楊嘉樂
編 輯 許郁翎、王筑 美術編輯 陳逸婷
出 版 花木蘭文化事業有限公司
發 行 人 高小娟
聯絡地址 235 新北市中和區中安街七二號十三樓
電話：02-2923-1455／傳眞：02-2923-1452
網 址 http://www.huamulan.tw 信箱 hml810518@gmail.com
印 刷 普羅文化出版廣告事業
初 版 2018 年 3 月
全書字數 327249 字
定 價 十七編 26 冊（精裝）新台幣 50,000 元

富教並重，教化至上──
李綠園教育思想及其《歧路燈》創作觀念研究（上）

徐雲知　著

作者簡介

徐雲知，女，1965 年生人，祖籍山東文登，北京西城教育研修學院教研員。1988 屆哈爾濱師範大學教育學學士、2001 屆首都師範大學教育學碩士、2005 屆文學博士。

1992 年破格晉升講師，1996 年獲黑龍江省綏化地區「教育行業女狀元」稱號，1998 年拔尖晉升高級講師，2008 年入選「北京市新世紀百千萬人才工程」。2005 年由高等教育出版社出版的學術專著《語感和語感教學研究》被教育部選為新基礎課程教師培訓教材，2012 年由教育科學出版社出版的《原來他們這樣做校長：北京西城智慧校長訪談錄》作為精品書由《中國教育報》和《中華讀書報》向全國推介。

提　　要

在十八世紀的中國，與《儒林外史》和《紅樓夢》幾乎同時產生的還有一部《歧路燈》，它是李綠園耗時 30 年撰寫而成的我國古代第一部長篇白話教育小說，是浪子回頭題材的集大成者。

浪子得以滋生的土壤是經濟的繁榮，康乾盛世因經濟繁榮而滋生的浪子成為當時的社會問題。李綠園以其作家敏銳的觸角將浪子出現與經濟繁榮聯繫起來，明確提出「富教並重」、「教化至上」的思想，顛覆了千百年來儒家以孔子為代表的「先富後教」的思想觀念，給予經濟繁榮時期的教育以準確的定位。

本研究在吸納以往研究成果的基礎上，將文學考證和歷史考證研究相結合，從讀者論、時代論、作家論及創作實踐論四個維度切入，既關注小說文本意蘊的闡釋，也關注作家生平遭際對其創作的影響，更關注康乾盛世經濟繁榮對教育的影響，進而對李綠園創作觀念的成因、《歧路燈》文本意義的構成以及經濟繁榮與人才培養二者之間的關係進行探析和論證，從而揭示《歧路燈》的意義不單純是李綠園對文學的理解和詮釋問題，也是其對教育的價值判斷與理念支撐問題，更是經濟繁榮時期如何定位教育的問題，以此透視《歧路燈》於康乾盛世文學意義、教育意義、經濟意義、社會意義的構成，在人文反思和重構社會文化語境中尋求文學理解與教育理解的普遍性，以期在經濟迅猛發展的當代，尤其是為解決改革開放近 40 年來出現的「肚子飽了，眼睛亮了，靈魂卻餓著」的現實問題尋求可資借鑑的參照系統。

本研究試圖突破學界的既有研究窠臼，從知人論世的傳統思路入手，也在這一環境背景中闡釋李綠園《歧路燈》的文本意蘊，最大限度地還原作家的創作觀念及其小說的文本涵義，以期匡正時誤舊說，推陳出新，進而揭示出教育是一個由學校、社會和家庭組成的綜合影響系統，全面地對受教育者施加教育影響，教育的內容與形式要與個體的發展與時代的要求相適應，方能達到培養人的目的。

為了更好地進行本研究，筆者根據保存下來的李綠園的全部作品、結合自己視野所及範圍內獲得的與此相關的文獻資料作為參照，對李綠園生平、交遊、卒地和《歧路燈》版本、傳播問題進行考證，附錄在後，以備參考。

目次

引　論

　　曾幾何時，人文社科領域裏凡是值得思考的事情無不被人們思考過，我們所能做的僅僅只是重新加以思考而已；正是這種「重新思考」使我們的思想顯得與前人不同，原因在於：一方面，就知識積累而言，我們是站在前人的肩膀上；另一方面，就研究視角和研究方式而言，我們既轉換了時空視角也更新了研究的路徑與方法。李綠園教育思想的研究，正基於此。

　　一部文學作品不單要看它用什麼樣的形式來反映生活，還要看它反映了什麼樣的生活；不但要看其內容與形式的背後支撐作家創作的動機和理念，還要看其在多大程度上實現了作家的創作動機和理念。不僅如此，還要將作家置身於其所處的時代這個大座標系之中，無限還原其所處的時代及其生平遭際，看時代對其本人及其作品的影響及其本人與其作品在多大程度上把握住了時代的脈動，以明確其社會意義與價值何在。一部《歧路燈》反映的最主要的問題就是「富」與「教」的關係問題，即在社會經濟高度發展的時期教育應該承擔什麼樣的社會功能問題，這個問題需要明確回答和妥善解決，尤其是上個世紀改革開放後直至今天的中國，顯得尤為重要與迫切。李綠園在康乾盛世基於文學命題闡釋的經濟繁榮帶來的社會問題與教育問題，對於今天解決「富」與「教」的關係問題，仍有重要的參考價值和借鑒意義。

　　研究李綠園離不開《歧路燈》，儘管李綠園在當時是以詩名[註1]而被世人認知，但其對後世影響最大的卻是他的《歧路燈》。一部《歧路燈》總體而言是李綠園賦意、文本傳意、讀者和批評家釋義的複合共同體。本研究先從

〔註 1〕　《國朝中州詩鈔》因收錄其詩作，《中州藝文錄》遂為其立傳。

「教育小說」概念的界定入手，試圖對作者賦意的內外影響因素和文本的意義構成二者之間的關係進行探討和論證，進而揭示《歧路燈》的意義不單純是李綠園對文學的理解和詮釋問題，也是其基於經濟繁榮背景下的教育價值的判斷問題與教育理念的支撐問題。在研究過程中筆者將對《歧路燈》給予格外的關注，並以此透視中國十八世紀文學意義與教育意義的構成，以期在人文反思和重構社會文化語境中尋求文學理解與教育理解的普遍性，以期在經濟迅猛發展的當代，尤其是為解決改革開放近 40 年來出現的「肚子飽了，眼睛亮了，靈魂卻餓著」的現實問題尋求可資借鑒的參照系統。

李綠園及其《歧路燈》是清代的作品。無論是李綠園，還是李綠園所處的時代，無論是作為文本的《歧路燈》，還是《歧路燈》所展示的內容均屬於歷史。無論我們想從時代方面，還是從作家方面還原歷史，我們都只能無限地接近作家所處的時代和作家本身，時空的距離已經使我們無法再現當時的歷史的真實。雖然歷史本身所具有的本原的真實在一定程度上是不變的，但時空距離所造成的主觀偏見和誤解是顯見存在和無法消除的。這也意味著我們今天對歷史的詮釋不可避免地要帶有很大程度上的主觀性，「《詩》無達詁，《易》無達占，《春秋》無達辭〔註2〕」。但是，真正的理解不是克服歷史的局限，而是尊重人的存在的歷史性，在無限接近歷史真實的同時，從中接受正反兩方面對於我們今天可以借鑒的東西，並把它們解釋成我們自己理解世界的方式，納入到我們的價值體系。歷史既是理解的前提，又是理解的產物；理解是一種創造性的過程，被讀者理解的文本內容是文本在歷史中表現出來的東西，它遠比作者想要表達的東西多得多。

如果我們以時間為橫軸以空間為縱軸做一個座標系，那麼李綠園所處的時代是一個座標系，我們所處的時代是另一個旋轉了的座標系，兩個座標系之間又有許多個旋轉程度不同的座標系。儘管這些座標系不同，但這些座標系共同擁有一個原點，那就是李綠園及其作品。與李綠園同時代的讀者以及其後的讀者，都和我們一樣，處於座標系之中；位置不同，看原點就存在各種各樣的差異，而這種差異的本身構成了解讀李綠園及其文本的審美系統，讓我們領略到李綠園及其作品獨特的藝術魅力的同時，深刻地思考相似的語境賦予我們的共同理解與價值追求。

〔註2〕董仲舒，春秋繁露，精華〔M〕。

第一部分：讀者論

教育小說和《歧路燈》研究概述

　　《歧路燈》的主題表面上是一個因家庭富裕生發出來的「浪子回頭」的老生常談的題材問題，近五十年來關於《歧路燈》的題材定位一直眾說紛紜：研究者或以家庭小說命名之，或冠以諷刺小說，或稱之為世情小說，或認為勸誡小說等等。究竟《歧路燈》當屬小說文體中的哪一種題材，本研究同意將其定位為教育小說，並從教育小說釋名、教育小說與其他小說的區別以及教育小說題材的流變三個方面來探討《歧路燈》的題材定位問題。

第一節　教育小說與李綠園的《歧路燈》

一、教育小說釋義

（一）什麼是教育

　　教育的日常概念有三類，一類表明教育是一種深刻的思想轉變過程，一類是作為方法的教育，還有一類是作為一種社會制度的教育。英語中的「教育」（education）最早起源於拉丁文 educare，意思是採用一定的手段把某種本來就潛藏於人身上的東西引導出來，即將一種潛在的素質轉變為現實素質。在我國，「教育」一詞最早見於《孟子・盡心上》中的「得天下英才而教育之」，但這兩個字在當時並無一個確定的含義，倒是《禮記・學記篇》中的「建國郡民，教學為先，化民成俗，其必由學」可以作為「教育」的緣起。

　　在所有的教育釋義中，《說文解字》對「教育」的釋義最為精準，體現了我們傳統文化的精髓：「教，上所施，下所效；育，養子使做善也。」

　　「教，上所施，下所效」，說明教育重在傳承族群文化，縮短人類個體適應社會的時間，加快社會化進程。中國最早擔任教職的是官史（中國古代的教育傳統是「官師一體」）和族群中德高望重的年長者，「施」，是示範、引領，言傳身教；「效」，是模仿、學習，卓有成效。將族群文化以社會規範的形式傳遞給年輕一代，上施下效是為教。

　　「育，養子使做善也」。說明教育是一種社會活動，重在傳承族群文化，而文化的核心是族群普適的價值觀念，這種價值觀念是善，「做善」裏面蘊含著「青出於藍，而勝於藍」的良好願望。

　　科學概念的「教育」一般從兩個方面來定義：

　　從社會角度可以將教育分為廣義的教育和狹義的教育：凡是增進人們的知識和技能、影響人的思想品德的活動都是廣義的教育；狹義的教育則主要指學校教育，即教育者根據一定的社會或階層的要求，有目的、有計劃、有組織地對受教育者身心施加影響，把他們培養成為一定社會或階層所需要的人的活動；更狹義的教育有時單指思想教育即德育。社會角度的定義方式強調的是社會因素對個體發展的影響，把教育當作社會的一部分，承擔著一定的社會功能。

　　從個體角度定義的教育往往將之等同於個體的學習或發展，有的研究者曾把教育定義為「成功地學習知識、技能與正確態度的過程」，這裡的學習內容應是值得學習者為之花費時間與精力的學習內容，學習方式則一般應是學習者能通過所學知識表現自己的個性，並將所學知識靈活地應用到學習時自己從未考慮過的境遇與問題中去。個體角度定義的出發點和基礎是學習和學習者，側重教育過程中個體各種心理需要的滿足和心理品質的發展。

　　由以上兩種定義方式可以確認：教育是一定社會背景下發生的促進個體的社會化和社會的個性化的實踐活動。所謂個體的社會化，是指根據一定社會的要求把個體培養成為符合社會發展需要的、具有一定態度、知識和技能結構的人；所謂社會的個性化，是指把社會的各種觀念、制度和行為方式滲透到需要、興趣和素質各不相同的個體身上，從而形成他們獨特的個性心理結構。個體的社會化和社會的個性化是教育這一實踐活動的兩個方面，二者互為前提、密不可分。這種定義方式在描述了教育的活動性同時指出教育是個體的社會化和社會的個性化的耦合過程，強調了教育在個體的社會化和社會的個性化的過程中所起的促進或加速作用，並強調教育行為發生的社會背

景，強調教育與一定的社會的政治、經濟、文化等條件之間的聯繫，從而說明教育活動的社會性、歷史性和文化特徵。構成教育的基本要素有三個，即教育者、學習者和教育影響，三者缺一不可。

（二）什麼是小說

「小說」二字最早見於《莊子·外物篇》：「飾小說以干縣令，其於大達亦遠矣」，「大達」即大道，指博大精深的學說，「小說」則指無關大道的觀點和言論，這裡的「小說」只是組合成詞，不具有文體意義。《漢書·藝文志》中有「小說家者流，蓋出於稗官，街談巷議，道聽途說者之所造也。孔子曰：『雖小道，必有可觀者焉，致遠恐泥。』是以君子弗爲也，然亦弗滅也。閭里小知者之所及，亦使綴而不忘，如或一言可採，此亦芻蕘狂夫之議也」，可以看作是「小說」的緣起。但《漢書·藝文志》對小說的評價並不高：「諸子十家，其可觀者九家而已。皆起於王道既微，諸侯力政，時君世主，好惡殊方，是以九家之術，蜂出並作，各引一端，崇其所善，以此弛說，取合諸侯。其言雖殊，譬猶水火，相滅亦相生也……若能修六藝之術，而觀此九家之言，舍短取長，則可以通萬方之略矣」，可見小說被摒棄於「可觀者九家」之外，是與「通萬方之略」不相干的東西。

「小說」中的「小」字，一方面說明它在文化品位上屬於「小道」；另一方面說明它在文體形式上的表現形態是「殘叢小語」，漢桓譚《新論》中有「小說家合殘叢小語，近取譬論，以作短書，治身理家，有可觀之辭」。「小說」中的「說」字，有三層意思：一爲文體形態層面的「說故事」或「敘事」（見《韓非子·說林》、《韓非子·儲說》）；二爲表現形態層面的「解說」，漢許慎《說文解字》有「說，釋也」；三爲功能形態，有「喜悅」、「娛樂」之義，段玉裁《說文解字注》：「說釋，即悅懌。說，悅；釋，懌；皆古今字。許書無悅懌二字。說釋者，開解之意，故爲喜悅」〔註1〕。

小說在發展過程中有兩次質的飛躍，一次是唐代，一次是明代。在唐代，小說的構成形態出現了文人的詩心靈性與多重文化和多種文體因素的融合，所謂唐人「始有意爲小說」（魯迅語）即指這種文體構成形態融合的自覺程度和成功程度，唐代小說已「文備眾體」；在唐宋兩代出現了書面文學和民間口傳文學方向相反的融合與離析，以唐傳奇爲標誌的書面文學與文人文化的融

〔註1〕 參見：楊義，楊義文存（卷六，《中國古典小說史論》）〔M〕，北京：人民出版社，1998，頁 1～5。

合，提高了小說的審美檔次，以宋元說話爲標誌的民間口傳文學與民間文化和宗教文化的碰撞而離析，拓展了小說發展的前景。因此胡應麟《少室山房筆記・九流緒論》說：「小說，唐人以前，記述多虛，而藻繪可觀；宋人以後率俚儒野老之談故也。」明代以降，文人參與小說創作，以「四大奇書」和「三言」「二拍」爲代表的第二次融合直接指向雅文化和俗文化層面，使民間文學、文人文學和外來宗教文學在廣度和深度方面都達到了前所未有的水平。

近代，小說的教化功能被提到一定高度，有矯枉過正之嫌。有例爲證：一是鴉片戰爭後，個別多烘文人主張將「誘壞身心性命者，業力甚大」者如《紅樓夢》等「淫書，移送海外，以答其鴉片流毒之意」，用毒如鴉片的「淫書」到英國去「誨淫」，目的是「使其人淫、使其國亡」〔註2〕；二是太平天國時期，廣東官紳的應急措施是趕印《蕩寇志》，雖然目的是「以自勸懲」，但「厥後漸臻治安」被認爲是「是書之力也」〔註3〕，也就是說《蕩寇志》不但保住了城池，而且還平息了匪亂；三是戊戌變法人士如梁啓超者在維新受挫、救國無路、救民乏術的困境中發現外國的政治小說在富國強民中積極的先導與催化的作用，因此認爲「今欲改良群治，必自小說界革命始；欲新民，必自新小說始」〔註4〕。且不論上述三例的可行性，僅此可見小說功能被重視的程度。因此嚴復、夏曾佑指出：「夫說部之興，其入人之深，行世之遠，幾齣於經史上，而天下之人心風俗，遂不免爲說部之所持」〔註5〕，即明確提出要注重小說的社會教化功能。

小說，作爲文學的一大類別，作爲敘事性文學體裁之一，其成熟的標誌應包括三個要素：就表現形式而言，其主體應爲散文，但並不排除用一定的韻文寫景、狀物與議論；就其內容而言，它要有一定的故事情節，從而與文學散文有明顯的區別；就構成其故事情節的性質而言，它應當是虛構的，或基本上是虛構的；此外，文學語言的自足性也是小說的一個特徵。作爲小說，一般具有教化、娛樂和審美的功用，而它的功用以它的故事性、通俗性爲前提〔註6〕。

〔註2〕　〔清〕毛慶臻，一亭考古雜記〔A〕，民國十六年（1927）影印本。
〔註3〕　〔清〕錢湘，續刻《蕩寇志》序，清同治七年刻本。
〔註4〕　梁啓超，論小說與群治的關係〔J〕，新小說，1902，第1號。
〔註5〕　嚴復、夏曾佑，本館附印說部緣起〔J〕，國聞報，1897。
〔註6〕　參見：馬振方，小說藝術論〔M〕，北京：北京大學出版社，1999，頁8～11。

（三）什麼是教育小說

「教育小說」這個概念最早來自德語 *Bildungsroman* 一詞，又可稱爲「成長小說」或「性格發展小說」，歌德的《威廉‧邁斯特的學習時代》和《威廉‧邁斯特的漫遊時代》以及凱勒的《綠衣亨利》均被認爲是教育小說的典範之作，從這三部作品的內容不難發現，所謂的「教育小說」均與一個人的成長（或性格形成時期的生活）歷程相關，「追溯一個年輕人的成熟歷程：自反叛到認同社會規範」，具「有某種教寓和懲戒性質」〔註7〕。茨維坦‧托多洛夫的《批評的批評——教育小說》並非嚴格意義上的教育小說，它只是沿用了「教育小說」的傳統內涵來敘述托多洛夫本人是怎樣從一個保加利亞「文學理論家」轉變成「形式主義者」、「結構主義者」，又轉變成「對話批評的提倡者」這樣一個思想變化、成長過程〔註8〕。

在中國「教育小說」古已有之，但對此概念尚無準確的界定。1904 年創刊的《新新小說》和 1906 年創刊的《月月小說》都使用過這一概念。上個世紀九十年代後期才有研究者給「教育小說」下定義，認爲教育小說是「中國古代小說的一種題材分類」；「它是以人物形象、故事情節等等組成的小說的藝術形式形象化地反映培養兒童、青少年準備從事社會生活的學校教育、社會教育、家庭教育等教育活動的小說類型」〔註9〕。對這個定義，筆者認爲：

其一，教育小說是「小說的一種題材分類」。「教育小說」，顧名思義，「教育」界定的是題材，是內容；「小說」框定的是體裁，是形式；離開了「教育」題材（內容）的小說不是「教育小說」，同樣，離開了「小說」體裁（形式）的教育題材也不是「教育小說」，作爲「教育小說」要同時兼有教育和小說的基本要素和一般特徵方能稱之爲「教育小說」；

其二，對教育小說要有明確的時空範疇界定。對「教育小說」在時段範疇的界定上不能只局限於「中國古代」，因爲中國現、當代也有教育小說；何況「中國古代」嚴格意義上的教育小說並不多見。另外，教育小說在空間範疇的界定上也不能只局限於「中國」，外國也有教育小說，法國盧梭的《愛彌爾》、瑞士裴斯泰洛齊的《林哈德與葛篤德》等都是教育小說。一般說來，對

〔註7〕　〔臺灣〕大美百科全書（第二十卷）〔Z〕，光復書局，1991，頁 375。
〔註8〕　參見：〔法國〕茨維坦‧托多洛夫，批評的批評——教育小說〔M〕，北京：三聯書店，2002。
〔註9〕　李延年，歧路燈研究〔M〕，鄭州：中州古籍出版社，2002，頁 3。

於一個概念定義時其外延的界定要有普遍適用性，這一點同樣適用於對「教育小說」的定義。

其三，概念外延界限要明確。學校教育、社會教育和家庭教育不是可以並列的概念，它們之間在科學意義上的範疇關係應該是學校教育和家庭教育從屬於社會教育，學校教育和家庭教育是社會教育這個大概念之內的兩個類屬概念。廣義的教育就是社會教育，它包括學校教育和家庭教育，狹義的教育指學校教育，將社會教育看作學校教育和家庭教育之外的教育是不確切的。日常約定俗成的社會教育僅僅是從空間的範疇來將學校教育和家庭教育之外的教育統稱為社會教育。

由上面的分析，我們可以得出這樣的結論：所謂的教育小說是敘述一個人（或一群人）在教育（含師生關係）環境影響下的發展及成長過程的小說，它具有某種教育和懲戒性質。這是嚴格意義上的教育小說的定義。此外，教育小說作為小說題材的一種，須具「教育」和「小說」的全部要素和功能。

《歧路燈》由於具備教育和小說的諸要素，且是教育題材與小說體裁兩個方面的有機結合，因此可以確定它是一部名副其實的教育小說。

換一個角度論，如果說《歧路燈》就是這樣一部教育小說的話，那麼我們對時代、作家、文本及以往讀者、研究者的解讀實際上是一種對話——時空距離意義上的新的對話形式，這種解讀已經具有新的詮釋意義。由於每個人對它們的詮釋都存在個體差異性，而展示自己解讀的心路歷程，在某種程度上也是一部更廣泛意義上的教育小說。

二、教育小說與其他小說的區別

從教育小說的定義中，我們可以確認《歧路燈》為教育小說。但這並不意味著所有的研究者都認同這一結論，事實上，不同的研究者從不同的研究視角出發，對於《歧路燈》的題材有不同的定位。我們想確認《歧路燈》為教育小說，還要廓清它與其他小說之間的區別。

關於小說分類宋代已始，說話之家數即是，如《都城紀事》、《夢粱錄》等均有，在《中國小說史略》中魯迅先生又把明清小說歸納為神魔小說、人情小說、明之擬宋市人小說、清之擬晉唐小說、諷刺小說、狹邪小說、公案小說及譴責小說等等。但魯迅的《中國小說史略》對《歧路燈》始終未置一詞。

（一）《歧路燈》題材定位世情小說

大部分研究者認爲《歧路燈》是世情小說〔註10〕。

世情小說的定義最早見於魯迅的《中國小說史略》：「當神魔小說盛行時，記人事者亦突起，其取材猶宋市人小說之『銀字兒』，大率爲離合悲歡及發跡變態之事，間雜因果報應，而不甚言靈怪，又緣描摹世態，見其炎涼，故或亦謂之『世情書』也」，很大程度上概括出了世情小說重在「繪世」的實質。而「諸『世情書』中《金瓶梅》最有名」，因爲「作者之於世情，蓋誠極洞達，凡所形容，或條暢，或曲折，或刻露而盡相，或幽伏而含譏，或一時並寫兩面，使之相形，變幻之情，隨在顯見，同時說部，無以上之，故世以爲非王世貞不能作。至謂此書之作，專以寫市井淫夫蕩婦，則與本文殊不符，緣西門慶故稱世家，爲縉紳，不惟交通權貴，即士類亦與周旋，著此一家，即罵盡諸色，蓋非獨描摹下流言行，加以筆伐而已。」明代的世情書是《金瓶梅》，清代則非《紅樓夢》莫屬。「『世情書』的傳統，到《紅樓夢》並沒有完結。之後的《歧路燈》和《蜃樓志》，是清中葉章回小說的佼佼者。它們與《紅樓夢》一道將世情小說創作推向了高潮。」〔註11〕有時也稱世情小說爲人情小說。其實世情小說與人情小說不過是一物二名，並無實質性的差異。

認爲《歧路燈》是世情書的研究者認爲：「《歧路燈》的故事假託明代，描寫的實際是清中葉的現實生活。作品圍繞譚家的興衰和譚紹聞的沉浮，眞實地反映了中等城市社會生活的各個方面。尤其是對賭場之類社會陰暗角落的描寫，十分詳盡，是以往小說中所少見的。小說中的人物，共有二百多個，三教九流，各種各樣，有行爲古板的道學家，庸庸碌碌的讀書人，忠心耿耿的僕人，爲非作歹的官吏，也有行爲放蕩的紈袴子弟，狡猾刁鑽的地痞無賴等。通過他們的活動，作品展示了一幅十八世紀中國中下層社會的風俗畫卷」。〔註12〕

〔註10〕 持此觀點者有：
張稔穰，見《古代小說藝術教程》，濟南：山東教育出版社，1998，頁166。
向楷，見《世情小說史》，杭州：浙江古籍出版社，1998，頁297～303。

〔註11〕 沈治均，見《中國古代小說簡史》，北京：北京語言文化大學出版社，2001，頁371～379。蔡國梁，世情小說之一派：《歧路燈》漫評〔J〕，河北大學學報，1985（1）。

〔註12〕 沈治均，中國古代小說簡史〔M〕，北京：北京：語言文化大學出版社，2001，頁373。

（二）《歧路燈》題材定位家庭小說說

把《歧路燈》歸爲家庭小說的研究者認爲：「《歧路燈》借鑒和繼承了《金瓶梅》的結構形式，它也是以一個家庭爲中心，由記載一家的盛衰而擴及當時整個社會」〔註13〕，它是「以封建社會家庭生活爲題材的長篇小說」〔註14〕。一部一百零八回的《歧路燈》，前十二回寫譚紹聞的父親譚孝移從直覺中意識到教子的重要性、迫切性與嚴重性，從十三回到八十二回寫譚紹聞失怙後一步步墮落的過程及其間出現的反覆，第八十三回至末尾主要寫譚紹聞到了「上天無路，入地無門」的境地之後，在父執的教育、義僕的規勸、族兄的引導下，終於迷途知返，重新做人。而譚府的興衰無不與譚紹聞本人直接發生關係。

（三）《歧路燈》題材定位諷刺小說說

至於諷刺小說，正如魯迅所言：「迨《儒林外史》出，乃秉持公心，指謫時弊，機鋒所向，尤在士林，戚而能諧，婉而多諷。於是說部中乃始有足稱諷刺之書」〔註15〕，有的研究者也認爲：「《儒林外史》有意『出相』八股先生和孔孟心傳之徒，卻只見零碎衣飯，不見他們的眞相；因爲作者既是外道，用攻擊的眼光，牢騷的心情去觀察去表現，當然不能演出他們的精魂。倒不如《歧路燈》這正人正書，要拿八股先生孔孟心傳之徒做青年榜樣的；無意攻擊，卻是深刻地攻擊了！無意出相，卻是活現地出相了！像婁潛齋、孔耘軒、程嵩淑、譚孝移都是《儒林外史》裏時時露面的腳色，卻在《歧路燈》裏活現著。《歧路燈》第二回在婁潛齋家畫著他們的烏托邦；在那裡七歲小孩都是十足的儒者！因爲李綠園就是這樣的人，要抒寫自己的理想，要表現自己；反過來，倒活現的替《儒林外史》出相了」〔註16〕，在這個意義上說來，《歧路燈》當屬諷刺小說。

（四）《歧路燈》題材定位道德小說說

還有的研究者以道德小說命名之：因爲「其於道德可謂內外兼到：於內則中明人性二元，內心中高下善惡爭鬥（所謂理欲消長）之義；於外則於遺傳教育環境誘惑各端，無不描寫精詳，分析入微。更以其母其妻其師其僕其

〔註13〕孫菊園，略論《歧路燈》的藝術成就〔A〕，明清小說研究（第 2 輯）〔C〕，北京：中國文聯出版公司，1985，頁 318。
〔註14〕王先霈、周偉民，中國小說理論批評史〔M〕，花城出版社，1988，頁 542。
〔註15〕魯迅，中國小說史略〔M〕，上海：上海古籍出版社，1998，頁 155。
〔註16〕徐玉諾，牆角消夏瑣記（其一）。明天（二卷八期）〔J〕，1929 年 8 月 14 日。

友其伴各色人物，用爲陪襯，一一穿插其間，對於譚紹聞各有其積極消極引上引下之影響，而處處合乎情理。故吾人斷定《歧路燈》爲能寫出道德與人生之眞確關係者，實爲有價值之小說也」〔註 17〕。何況「文學不以提倡道德爲目的，而其描寫則不能離乎道德。文學表現人生，欲得其全體之眞相，則不得不區別人物品性之高下，顯明行爲善惡之因果關係，及對己對人之影響。其裨益道德在根本而不在枝節；其感化讀者，憑描寫而不事勸說。」〔註 18〕

　　究竟《歧路燈》是世情小說，還是家庭小說？是諷刺小說，還是教育小說，亦或是道德小說？上述的每一種題材定位都有其合理的一面，譬如《歧路燈》用很大的篇幅繪世，且繪得惟妙惟肖；它由一人沉浮而波及整個家庭的興衰並由此可透析整個世風；而且《歧路燈》在繪世過程中亦諷刺某些假道學、貪官污吏和紈綺子弟等；甚至在《歧路燈》中通篇都充滿了道德說教；但值得注意的是上述的每一種定位都忽略了一個最重要的問題，那就是《歧路燈》描摹世態、寫一家興衰、諷刺世風日下、人心不古，這些都是作爲主人公生活和轉變的背景因素，都是爲塑造主人公的成長歷程服務的，決非《歧路燈》的主旨所在。

（五）《歧路燈》題材定位教育小說說

　　有的研究者把《歧路燈》當作教育小說，「只因其主題集中於教育浪子回頭，提出封建社會教育子弟的重要命題，故將其另列爲一類——教育小說。教育小說的出現，表明社會小說的多向拓展在清朝中期已蔚成風氣」〔註 19〕。

　　《歧路燈》主旨重在「教化」：它通過譚紹聞這樣一個中下層富家子弟「浪子回頭」的經歷，表現出一個人成長過程中受多方面因素的影響與制約，諸如家庭的影響、教師的更換、交友的失誤、父執的勸誡、族兄的提攜、家境的困窘等在某種程度上作爲教育的基本環境而存在，它是譚紹聞墮落與回頭的外因；而譚紹聞眞正轉變的內因是其良知的覺醒和對各種不良誘因的自覺抵制及其對未來生活理想的主動追求。它通過教育環境、教師、教育內容及教育影響等多因素的互動描寫來呼籲康乾盛世的統治者應富教並重，每個有

〔註 17〕 佚名，評《歧路燈》〔A〕，欒星，歧路燈論叢（之二）〔C〕，鄭州：中州古籍出版社，1984，頁 269。

〔註 18〕 佚名，評《歧路燈》〔A〕，欒星，歧路燈論叢（之二）〔C〕，鄭州：中州古籍出版社，1984，頁 266。

〔註 19〕 游友基，中國社會小說通史〔M〕，南京：江蘇教育出版社，1999，頁 162～163。

責任心的家長應關注孩子的成長，強調教育的缺失對家庭、對社會、乃至於對國家的影響。從《歧路燈》的主旨論，它應是當之無愧的教育小說。

三、教育小說的題材流變

上面是先賢從教育小說的定義來判斷《歧路燈》是一部教育小說，下面就從教育小說題材的流變來考察《歧路燈》產生的歷史淵源。因「小說亦如詩，至唐代而一變，雖尚不離於搜奇記逸，然敘述宛轉，文辭華豔，與六朝之粗陳梗概者較，演進之跡甚明，而尤顯者乃在是時則始有意爲小說」〔註20〕，因此本研究也不妨從唐開始。當然這並不意味著小說自唐才有，此前《世說新語·自新第十五·周處》即是最典型的短篇教育小說，而在本研究中筆者對教育小說題材的追根溯源只從唐代開始，由於小說和戲曲同爲虛構的敘事文體，故本文一併論之。

《歧路燈》作爲教育小說其題材顯然脫胎於「浪子回頭」的故事模式。「浪」有流浪游蕩（柳宗元《李赤傳》有「李赤，江湖間浪人也」句）、放縱不受約束（王羲之《三月三日蘭亭詩序》有「或因寄所託，放浪形骸之外」語）和隨便輕率（韓愈《秋懷》中有「塵埃慵伺候，文字浪馳騁」）之意，「子」爲孩子、後代，所謂浪子是指「游蕩不務正業的青年人」〔註21〕；所謂「浪子回頭」則是指這類青年人通過各種方式改掉惡習遵守社會約定俗成的行爲規範回到主流社會中來的行爲。因浪子回頭其過程極其艱難，故有「浪子回頭金不換」之格言。

（一）唐代是「浪子回頭」題材發軔期

唐白行簡約作於貞觀十一年的《李娃傳》可以算作「浪子回頭」題材發軔期的作品。它敘述滎陽生赴京趕考，與名妓李娃相戀，「日與倡優儕類狎戲遊宴，囊中盡空，乃鬻駿乘及其家僮。歲餘，資財僕馬蕩然」，被鴇母設計逐出，流落街頭，淪爲乞丐，備嘗辛酸饑餒，後被李娃所救，並在李娃的幫助和勉勵之下，發憤讀書，終於登第爲官，李娃也被封爲汧國夫人。

《李娃傳》與《歧路燈》的相同之處在於：二者反映的都是「浪子回頭」，

〔註20〕魯迅，中國小說史略〔M〕，上海：上海古籍出版社，1998，頁44。
〔註21〕中國社會科學院語言研究所詞典編輯室，現代漢語詞典〔Z〕，北京：商務印書館，1978，頁676，這一浪子定義中還應加入「放縱」和「隨便」二詞作修飾語才更完善。

都是大團圓結局。但二者的不同之處也相當明顯，拋開時間先後的差異這一因素，它們之間的差異表現為：其一，二者的墮落誘因不同，滎陽生是因為和李娃的愛情而墮落，譚紹聞是因為教育影響惡劣而墮落；其二，二者墮落的程度和影響範圍存在差異，滎陽生的墮落只不過是失去資財僕馬，影響範圍也僅限於其個體一人；譚紹聞的墮落則落得傾家蕩產，影響範圍也不僅限於其個體一人，而是整個家庭。《李娃傳》中的「浪子回頭」因素隱含在愛情題材之中，因此《李娃傳》一般被看作是愛情小說。由於《李娃傳》中雖含教寓和懲戒之意，但其中不含師、生、教育影響三因素，因此《李娃傳》有別於《歧路燈》，它應該歸類於愛情小說，而不是嚴格意義上的教育小說。

（二）元代是「浪子回頭」題材發展期

元代秦簡夫《東堂老勸破家子弟》中的揚州富商趙國器因對兒子揚州奴從小嬌生慣養，致使揚州奴長大後不務正業，好逸惡勞，結交非人，吃喝嫖賭，肆意揮霍，「十年光景，把那家緣過活、金銀珠翠、古董玩器、田產物業、孳畜牛羊、油磨房、解典庫、丫鬟奴僕，典盡賣絕」〔註22〕，後淪為乞丐，備嘗生活艱辛。在東堂老的教訓和幫助之下，揚州奴幡然悔悟，迷途知返。

拋開二者光明的尾巴，《東堂老》和《歧路燈》的相同之處在於：其一，均重視施加教育影響的時機的把握和浪子本人的主觀努力，即每次在浪子接近山窮水盡之時施加各種形式的教育影響，而每次均以失敗告終，只有在浪子確已山窮水盡之時施加的教育影響才有效，而且是經過浪子本人的主觀努力才柳暗花明；其二，重視對墮落誘因的揭示和對墮落結果的展示，指出二者均是家教失當、交友不慎導致的墮落，且墮落的結果均是傾家蕩產；其三，均重視對「浪子回頭」曲折複雜過程的描寫和展示。

但二者的差異也是顯著的：第一，二者的主人公不同，《東堂老》中的主人公是李實，作品通過揚州奴「浪子回頭」的故事塑造了東堂老這樣一個見財不昧，有情義、重承諾、誠懇可信的商人形象，揚州奴不過是個陪襯，而《歧路燈》中的浪子譚紹聞就是主人公，譚紹聞身後不斷變化的層次深淺程度不同的各種教育影響則是背景襯托；第二，對結尾的處理同中見異，二者的結局同是回到家庭，《東堂老》中的揚州奴以重振家業為結尾，反映出元代社會日益活躍的商人和手工業主的人生觀和道德觀；《歧路燈》中的譚紹聞經

〔註22〕 〔元〕秦簡夫，東堂老勸破家子弟雜劇〔A〕，明臧晉叔，元曲選〔C〕，北京：中華書局，1958，頁209。

此磨難之後發憤讀書，爲國立功後功成身退，反映了儒家「修身、齊家、治國、平天下」的道德理想；較比之下，後者的主題挖掘比前者深得多。由於《東堂老》中雖有各種不同的教育影響，但不存在嚴格意義上的師生關係，雖含教育和懲戒之意，但均由於託孤重任使然，因此，它不同於嚴格意義上的教育小說《歧路燈》，它對教育小說的貢獻在於「浪子回頭」題材的相對獨立。

元末明初徐畛的《殺狗記》寫富家子弟孫華交友不愼受損友挑撥而將兄弟趕出家門，孫華妻爲勸夫悔悟，設計殺狗，假扮人屍，放在門外。醉酒歸來的孫華誤以爲禍事臨頭，請友幫忙移屍，反被告發；其弟不計前嫌，當即替兄埋屍並在官府承擔殺人罪名。後孫華妻說明眞相，兄弟重歸於好。

《殺狗記》和《歧路燈》的相同之處在於：二者墮落有相同的誘因，即孫華和譚紹聞皆因交友不愼而淪爲浪子；二者的影響範圍相同，即都影響到家庭；二者最終的結局相同，即都是大團圓結局。

拋開《殺狗記》作爲戲曲和《歧路燈》作爲小說二者文體上的差異，二者的不同之處在於：其一，對浪子回頭的過程的展示及其主人公的心路歷程的描寫存在差異，《殺狗記》中的孫華只此一個回合就迴心轉意，不存在反覆，而《歧路燈》中的譚紹聞「浪子回頭」的過程則一波三折，前者側重舞臺表演而更多地考慮情節的起伏跌宕和關目生動，後者則對人物內心世界的刻畫、揭示更爲豐富多彩、詳實可信；其二，《殺狗記》更多地反映的是重孝悌的社會倫理關係，《歧路燈》反映的是包含孝悌觀念在內的更廣泛的社會生活；其三，《殺狗記》中的「浪子回頭」因素隱含在以孝悌爲核心的社會倫理之中，雖含教育和懲戒之意，但無師、生關係，因此《殺狗記》不同於《歧路燈》，它只能是社會倫理劇，而非教育小說。

（三）明代是「浪子回頭」題材成熟期

明邵景詹《覓燈因話》中的《姚公子傳》承襲「浪子回頭」母題，姚公子家資鉅萬，不務生計，整日飛犬逐鷹，交遊匪人，蕩盡家產，鬻妻賣身，淪爲乞丐。在他備嘗艱辛之後，丈人給他一個改邪歸正、重新做人的機會。後來「公子謹守戒言，雖飽食暖衣，不無弋獵之想；而內憂外懼，甚嚴出入之防，竟不知妻之未嫁，終其身不敢一面，老死於斗室」。明末凌濛初據此改編爲《癡公子狠使噪脾錢，賢丈人巧賺回頭婿》，收入《二刻拍案驚奇》（卷二二），其中個別地方如姚公子淪爲乞丐、沿街乞討時自作的頗有勸懲之意的

長歌，凌濛初除因過於俗白而稍加刪改之外，其他幾乎一字不動挪用。但在結尾的處理上，凌濛初一改原作頗具悲劇意味的結局，落入浪子回頭重振家業的大團圓窠臼，在一定程度上削弱了《姚公子傳》對墮落者的震撼意義。《歧路燈》雖也未脫《癡公子狠使噪脾錢，賢丈人巧賺回頭婿》式的大團圓的俗套，但卻吸收了《姚公子傳》中的悲劇意識，在作品中以譚紹聞尋死被救來寓示浪子回頭的艱難，讓讀者領略生死一念間帶給人的心靈震撼。

明末清初的《型世言》中《靈臺老僕守義，合溪縣敗子回頭》講世家子弟沈剛自幼父母溺愛，家教失當，後擇師不慎，交結損友，導致墮落。在其墮落過程中，先其父後其母不聽僕人沈實勸告，一任兒子胡爲。後來其父臨終悔悟，託孤於僕人沈實。父歿後沈實在昏憒的母親溺愛之下，加速墮落進程，直至傾家蕩產、母亡婢逃、走投無路，陷入絕境之時，求救於靈臺沈實，在沈實的幫助下家道復初。此時舊日損友捲土重來，被沈實「兵諫」嚇退，沈剛從此收心，「做了個成家之子」。《靈臺老僕守義，合溪縣敗子回頭》和《歧路燈》的相同之處在於年少失怙，託孤義僕，擇師不慎，交結損友以及母親的溺愛加速墮落，義僕不辱使命，扶持幼主重振家業等，實際上這已經初具教育小說的雛形。所不同的是《靈臺老僕守義，合溪縣敗子回頭》對浪子墮落和回頭的過程的描寫和敘述較之《歧路燈》過於簡單、直接和粗糙，在真實性上大打折扣，因無師生關係，而非嚴格意義上的教育小說。

《五色石》中《撰哀文神醫善用藥，設大誓敗子回頭》將賭博導致墮落及浪子回頭的主題加以演繹：嘉靖年間松江府舊家子弟宿習自幼父母溺愛，失於家教，長成後父母雙亡，交結損友以賭爲樂，致使傾家蕩產。丈人冉化之撰《哀角文》以警世，期待宿習醒悟。後宿習因賭受累，丈人從中設計，讓其抄習《哀角文》、哄看其妻「入殮」、睹官員判賭案、聽賭徒道自白，終於使宿習醒悟並發憤，改過經商，投戎立功，衣錦還鄉，與妻子、丈人和好如初，攜其入京赴任。

《撰哀文神醫善用藥，設大誓敗子回頭》和《歧路燈》的相同之處在於：其一，均假借明代世家子弟之事，以賭博爲墮落的相同誘因，在此基礎上將主人公置於典型的環境背景之中，展示盛世不良社會風氣對浪子的影響，指出教育影響的廣泛性和非單一性；其二，寫出浪子回頭後的人生之路，回頭浪子均經過建功立業這一過程，雖然宿習因經商、譚紹聞因抗倭而立功，立功的方式不同，但殊途同歸；其三，展示浪子回頭的艱難曲折過程，寫出作

爲失足者思想轉變的長期性、複雜性和艱苦性。其四，二者均存在賭博和公案故事結合的部分，將教育與法制的關係以隱性的形式蘊含其中。《歧路燈》吸收了《撰哀文神醫善用藥，設大誓敗子回頭》中賭博誘因、建功立業及因賭涉案的因素，因爲《撰哀文神醫善用藥，設大誓敗子回頭》中不存在師生關係，所以它不是嚴格意義上的教育小說。

（五）清代《歧路燈》是「浪子回頭」題材的集大成者

富含教育和懲戒意義的「浪子回頭」題材的小說還有很多，如《警世通言》中的《杜十娘怒沉百寶箱》、《玉堂春落難逢夫》，《拍案驚奇》中的《趙六老舐犢喪殘生，張知縣誅梟成鐵案》，《醒世恒言》中的《杜子春三入長安》以及《豆棚閒話》中的《藩伯子散宅興家》和《西湖二集》中的《巧妓佐夫成名》等等。自唐至清，本研究只撮其要者加以分析，不及其餘。

在分析中筆者發現，每一朝代的「浪子回頭」題材都和這一歷史時期的社會經濟發展、主流文學思潮密切關聯，唐不離「進士——妓女」母題，明難脫「商人——金錢」意識，清則兼而有之。

從前面的梳理可以看出「浪子回頭」題材清晰的螺旋陞進的演進脈絡，從中發現教育小說題材的前身——「浪子回頭」題材的所有小說都含有各種各樣的教化功能，但其中絕大部分並沒有獨立的教育思考，像李綠園與其《歧路燈》者更是稀見。因此可以斷言：《歧路燈》是嚴格意義上的教育小說。

既然是教育小說就很難離開道德說教，從最早的「興觀群怨」到後來的「文以載道」，構成了中國文學創作的主要傳統，李綠園以淑世之心寫至情之作，詮釋的就是這一傳統。正因如此，有違古典小說蚌病成珠的發憤傳統，而難像「盲左、屈騷、漆莊、腐遷」名揚後世，其傳之不遠在某種程度上亦與此有關。其實，在文道問題上，「只要筆性空靈，寫得透脫，固不必一定是道，更何必一定不是道！固不必一定要合於道，更何必一定要離於道！定欲合者泥，定欲離者妄，不過文學上的描寫敘述，泥於道則易生道障，所以比較的更難一些，而《歧路燈》則論道而不落於道障，此其所以難能而可貴也。」〔註23〕

〔註23〕郭紹虞，介紹《歧路燈》〔A〕，照隅室古典文學論集〔C〕，上海：上海古籍出版社，1983，頁 107。

第二節　李綠園及其《歧路燈》研究概述

一、《歧路燈》在文學史和教育史上的地位

　　清李綠園（1707～1790），名海觀，字孔堂，號綠園，晚年別號碧圃老人，河南寶豐人，祖籍新安。乾隆丙辰舉人，官貴州印江知縣。爲官期間「興利除弊，愛民如子，疾盜若仇」〔註24〕，素有「循史」之稱。著有《拾捃錄》、《綠園詩稿》、《綠園文集》和《歧路燈》，對後世影響較大的是他的小說《歧路燈》。

　　《歧路燈》是一部產生時間介於《儒林外史》與《紅樓夢》之間的教育小說，也是迄今爲止發現的我國古代第一部長篇白話教育小說。這是一部假託歷史背景爲明朝，實則寫清代康雍乾年間普通人生活的百科全書式的作品，它以祥符世家譚府爲中心，以譚紹聞失怙後因擇師不慎交友不當和母親溺愛而墮落，及其一波三折、一唱三歎的浪子回頭經歷爲線索，由記載一人的浮沉和一家的盛衰而擴及當時的整個社會。這是一份彌足珍貴的文學遺產。《歧路燈》自問世至 20 世紀 20 年代以前，都以抄本的形式在河南鄉村流傳，影響範圍十分有限，它的作者李綠園及其「以小說行教化」的文學觀念和其「富教並重」「教化至上」的教育思想三百年來也一直未能引起文學界和教育界應有的重視。

　　就文學史而言，魯迅先生的《中國小說史略》對明清以來稍有影響的長篇小說，都曾給予中肯的評價，而於《歧路燈》卻未置一詞。僅章培恒主編的《中國文學史》、張炯等主編的《中華文學長史》中略有提及。《歧路燈》作爲我國古代唯一的一部長篇白話教育小說，它是對古代傳統的「浪子回頭」題材的繼承、完善和發展。正是「浪子回頭」題材提供的豐富營養和深刻啓示，到清中葉，當時機和條件成熟，李綠園的《歧路燈》應運而生。《歧路燈》作爲嚴格意義上的教育小說，它是「浪子回頭」題材和其他廣義的教育小說題材的集大成者，它對文學史的突出貢獻即在於此。

　　就教育史而言，至今都未曾提及李綠園或《歧路燈》。應該說，「浪子回頭」題材的出現不是偶然的，它反映了經濟與教育的某種內在的必然的聯繫。從孔子「先富後教」的儒家傳統思想，到李綠園的「富教並重」的觀念，經

〔註24〕　〔清〕鄭士範〔清〕鄭士範纂修，印江縣志，官師志〔Z〕，道光刻本。
　　　　　〔清〕夏修恕、蕭琯纂修，思南府續志，職官志〔Z〕，道光抄本。

濟與教育的關係在清中葉已被提到一定的高度。同時，教育的內容從孔子的
「上好禮，則民莫敢不敬；上好義，則民莫敢不服；上好信，則民莫敢不用
情。夫如是，則四方之民繈負其子而至矣，焉用稼」（《論語‧子路》），到孟
子「勞心者治人，勞力者治於人；治於人者食人，治人者食於人」（《孟子‧
滕文公上》），這種忽視自然知識的傳授，鄙視生產勞動知識和技能的教育傳
統，到李綠園的「朱子注《論語》『學』字曰：學之為言效也。如學匠藝者，
必知其規矩，然後親自做起來。今人言學，只有知字一邊事，把做字一邊事
都拋了。試思聖賢言孝、言悌、言齊家、言治國，是教人徒知此理乎？抑教
人實做其事乎？」〔註25〕以及「紹祖宗一脈真傳，克勤克儉；教子孫兩行正
路，惟讀惟耕」〔註26〕，教育內容已經從觀念上發生了很大改變；教育目的
也由最初的「學而優則仕」、「修身齊家治國平天下」轉變為「家國觀念並重」，
社會的發展已經給教育提出了嶄新的課題。

　　《歧路燈》的誕生不是偶然的。康雍乾三朝作為清朝國力發展的鼎盛時
期，經濟先行帶來的富裕因教育缺失導致整個社會精神荒蕪，恰似改革開放
後富裕了的中國道德失範信仰缺失至無底線的當下。李綠園當年的清醒與警
示，值得我們深思。

二、李綠園及其《歧路燈》的研究歷程

　　李綠園及其《歧路燈》研究始於清末民初，至今已有近百年的歷史。近
百年來的研究大致可分為三個階段，清末民初即20世紀初～30年代為第一階
段，當時孫楷第、馮友蘭、郭紹虞、朱自清等著名學者對李綠園的生平資料
作了初步的考證，並由樸社出版了《歧路燈》的第一卷前二十六回，肯定了
李綠園及其《歧路燈》的價值；20世紀80～90年代為第二階段，此時欒星的
研究成績最為突出，而且此時的研究形成了一個熱點，臺灣和香港地區的學
術界從這時起對李綠園與其《歧路燈》也給予了一定程度的關注；20世紀90
年代至今為李綠園研究的第三階段，較之以往相比，出現了有一定力度的研
究論著，其中以吳秀玉和李延年的研究較富代表性。

（一）第一階段：《歧路燈》被關注的時代（20世紀初～30年代）
　　蔣瑞藻的《小說考證》卷八有關於《歧路燈》一則，引《闕名筆記》云：

〔註25〕〔清〕李綠園，家訓諄言〔M〕，見《歧路燈》乾隆本。
〔註26〕〔清〕王士禎，池北偶談〔J〕，頁113，《歧路燈》中對此多處提及。

「吾鄉前輩李綠園先生所撰《歧路燈》一百二十回，雖純從《紅樓夢》脫胎，然描寫人情、千態畢露，亦絕世奇文也。惜其後代零落，同時親舊又無輕財好義之人爲之刊行，遂使有益世道之大文章，僅留三五部抄本於窮鄉僻壤間，此亦一大憾事也」〔註27〕，這是上個世紀已知最早有關《歧路燈》的記載。

其所謂「純從《紅樓夢》脫胎」是沒有根據的。因爲李綠園動筆創作《歧路燈》是在乾隆十三年（1748 年），當時《紅樓夢》尚未開筆，曹雪芹約於乾隆十九年（1754 年）開始撰寫《紅樓夢》；當李綠園完成《歧路燈》前八十回並因「舟車海內」（見乾隆本《〈歧路燈〉自序》）而輟筆時，《紅樓夢》尚未具雛形；李綠園老年寫完《歧路燈》結尾部分時，高鶚大約也在續寫《紅樓夢》。也就是說，李綠園和曹雪芹、高鶚素昧平生，無任何機緣相逢，根本無法互相借鑒，更談不上「純從《紅樓夢》脫胎」。蔣瑞藻的這段文字說明已有學者將目光投向了李綠園及其小說《歧路燈》。

至於《歧路燈》之所以流傳不廣，其原因也並非是其「後代零落」〔註28〕，也不僅僅在於無人「爲之刊行」。李綠園之次子李蘧官居江西督糧道、山東監察御史，且其「移病歸里」之後，曾「置腴田四百畝，屬從子經理，爲祀先資」〔註29〕，不可能無此刊印能力。

究其流傳不廣的原因主要有以下四方面：其一，是中國傳統中存在鄙視小說及小說家的偏見，這種偏見在康乾年間依然存在；其二，是清王朝文字獄盛行，尤其李綠園生活的康、雍、乾三朝，無一朝無文字獄，儘管《歧路燈》意在「淑世」，然亦不可能沒有此懸劍之憂；其三，是清政府對個人刊刻極爲嚴格的限制，尤其是對其所謂的「小說淫辭」更是禁絕有加；其四，最重要的原因是《歧路燈》本身的藝術成就不高，李綠園雖然創作初衷是希望「寓教於樂」，但在其創作實踐中處處「主題先行」，作品中的人物形象成了作家道德理想的化身和個人思想單純的傳聲筒，作品中隨處可見以意害文、難以卒讀的道德說教，這種違背文學創作規律的作品自然難以收到以形象感人、通過文學形象表達作家的審美標準及價值判斷的效果〔註30〕。

〔註27〕蔣瑞藻，小說考證〔M〕，上海廣益書局，民國二年鉛印本。
〔註28〕李綠園有四子，長子葂，次子蘧，三子範，四子萵，不可以「後代零落」稱之。
〔註29〕〔清〕李彷梧、耿興宗纂修，寶豐縣志，人物志，李蘧傳（卷十二）。道光刻本。
〔註30〕詳見附錄五。

20 世紀 30 年代，孫楷第的《中國通俗小說書目》有關於《歧路燈》和李綠園的記載：「歧路燈二十卷，一百五回。存。傳鈔本。1924 年（民國 13 年）洛陽楊懋生、張青蓮等石印本，多錯字。樸社排印本，不全。清李海觀撰。首乾隆四十二年自序，石印本前附家訓諄言八十一條。海觀字孔堂，河南新安人，居寶豐，官貴州印江知縣」。孔另境編輯的《中國小說史料》〔註31〕則直錄蔣瑞藻《小說考證・闕名筆記》中關於李綠園和《歧路燈》的材料。

1924 年洛陽清義堂將《歧路燈》石印本行世，共一百零五回，其前冠有洛陽楊懋生《序》云：「《歧路燈》一書，新安李綠園先生作也。先生以無數閱歷，無限感慨，尋出用心讀書、親近正人八字，架堂立柱；將篇首八十一條家訓，或反或正，悉數納入。闡持身涉世之大道，出以菽粟布帛之言，婦孺皆可共曉。尤善在避忌一切穢褻語，更於少年閱者，大有裨益。……惜皆抄本，未經刊刻，以之歷久行遠，不無少憾，共助石印，分送存閱，以延線傳。嗣或大有力者源源印送，流傳遐邇，則又吾輩所厚望焉」。洛陽楊懋生勉夫氏謹誌。之後有張青蓮的《跋》，其中有：「新安李綠園先生諱海觀，宦成旋里，著書曰《歧路燈》，鄉先達批點舊矣。……蓮自幼時，見夫吾鄉巨族，每於家塾良宵，招集書手，展轉借抄。亥豕魯魚，動所不免。流傳未廣，轉恐就湮。……友人楊君勉夫有《歧路燈》鈔本，暇與冠君謹齋、李君仙園、李君獻廷，興念及此，欲石印廣布。余極為贊成，諸君子亦多以資來，遂付剞劂。……然學者以意默會，自有以觀其通者。」〔註32〕楊序與張跋都對李綠園及其《歧路燈》作了介紹並給予很高的評價。清義堂石印本是《歧路燈》成書以來的第一個印本，在《歧路燈》流傳史上具有重要意義。然而正如張青蓮《跋》中所言：「冗務匆匆，未及校勘，僅依原本，未免以訛傳訛」〔註33〕，加之印數不多，流傳仍然不廣。

1927 年北京樸社開始排印出版馮友蘭、馮沅君兄妹的《歧路燈》校點本，但只印行了第一冊前二十六回，未見下文。該印本前有董作賓寫的《李綠園傳略》，對李綠園的生卒年及年譜作了初步的考證與整理。樸社本前還有馮友蘭的一篇長序，對《歧路燈》的思想內容及藝術得失作了全面的評價。

馮《序》首先分析李綠園不能以「學術文章成名」的原因，認為：「近幾

〔註31〕孔另境，中國小說史料〔Z〕，上海古籍出版社，1982，頁 207。
〔註32〕〔清〕李綠園，歧路燈〔M〕，洛陽清義堂本。
〔註33〕〔清〕李綠園，歧路燈〔M〕，洛陽清義堂本。

百年來，河南人之能以學術文章成名者，其數目是『損之又損』，雖不必即『以至於無』，然而的確是『鮮矣』。其所以『鮮矣』的原因之一，即是自從全國學術界的重心，自中原移到東南以後，河南人與各時代的大師，學術界的權威，或『學閥』，失了聯絡。因之河南人在一方面因不能得那些大師們的指導及『煙士披里純』而不能有所成就；一方面又因不能得那些『學閥』們的鼓吹揄揚，所以即有所成就，而亦不為省外的人所知。例如李綠園先生，費了一生的工夫，做成一部一百零五回，六十餘萬字的長篇小說歧路燈，總算是有所成就了，然而對於全國大多數的人，他仍是一個無名作家」。接著他又介紹李綠園的身世，並根據董宴堂（作賓）先生所作的《李綠園傳略》中的「報告」，指明李綠園的「家訓」是「明趨向，重交遊」，「學褆躬，推衍先緒」，進而指出「歧路燈一書，也就是以闡明此義為目的。此義本來是極平庸的。以闡明此義為目的的小說，自然要有陳腐之弊」。他評價「《歧路燈》的道學氣太重，的確是一個大毛病。幸而李綠園在書中所寫的，大部分是在上述『此義』之反面……他那一管道學先生的筆，頗有描寫事物的能力，其中並且含有許多刺。」

　　馮序對《歧路燈》所描寫的清中葉社會生活的種種情況均作了比較公允客觀的評論，尤其欣賞小說在方言運用、人物塑造等方面取得的成就，指出《歧路燈》「關於河南各種社會情形的報告」給我們提供了「許多社會史的材料」；《歧路燈》中的「教育家的意見」「足以做研究中國教育史及教育思想史的人的參考」；「《歧路燈》用的河南話，河南南部的話。河南話與其他的北方話，雖大致相同，而的確自有其風格，自有其土話」，這種方言「除了能與人以真切的感動之外，還是研究方言的人的重要研究材料」。馮序中也對《歧路燈》中議論陳腐、結尾潦草的毛病提出了批評意見，同時分析造成這種情況的原因：「歧路燈之結尾數回，誠不免過於潦草。李綠園在書序中也承認這一點。而這種弊病，中國舊小說中很少能免。即紅樓夢、水滸傳的結尾，不也是潦草敷衍，令人讀之，有江郎才盡之感嗎？至於書之中間有三家村教書先生的土氣，那是河南人少與各時代的大師接觸的結果；沒有作家能完全超出他的環境的限制。」〔註34〕

　　同年，馮友蘭還輯成《李綠園公詩鈔》。馮友蘭、董作賓二人所作的兩篇文章，是《歧路燈》問世以來最早的關於李綠園及其《歧路燈》極具學術價

〔註34〕〔清〕李綠園，歧路燈〔M〕，樸社排印本，1927。

值的研究成果，對該研究具有開創性意義。

排印本的問世，給研究者提供了文本上的便利，由此學術界始有研究文章出現。但是有價值的專論並不多。其中，值得注意的有郭紹虞的《介紹歧路燈》與朱自清的《歧路燈》兩篇文章。

郭紹虞的《介紹歧路燈》將《歧路燈》與《紅樓夢》、《儒林外史》進行比較，認為「《紅樓夢》言情，而《歧路燈》言理，理不勝情，所以一顯一晦。二書顯晦之故，或即以此」，「有人說，《紅樓夢》說愛情雖極細膩，而不免勸過於諷，易動人淫褻之思；《儒林外史》寫世故雖極透脫，而不免過份刻薄，亦不足動人的反省。論其影響，前者易流於為惡，後者不足以為善，至於《歧路燈》則誠如彼自序的謂，善者可以激發人之善心，惡者可以懲創人之逸志，於彝常倫類間是煞有發明的。這樣，所以他的價值要高出《紅樓夢》《儒林外史》萬萬。此由其作用與影響來衡定文學的價值，依舊不脫舊日文以載道的見解，或不為時人所樂聞。但是，我們假使撤除了他內質的作用與影響而單從他文藝方面作一估量的標準，則《歧路燈》亦正有足以勝過《紅樓夢》與《儒林外史》者在。《紅樓夢》的難處在寫家庭細故，娓娓動人，只是記載一家的盛衰，而其中便生出無數波瀾！這不像《三國演義》之有許多歷史的事實為易於著筆，此其所以難。《儒林外史》的難處，在寫社會人情，刻畫入微，只橫寫一部人的心理狀態，而卻能於其間渲染出許多聲色。這也不比《水滸》之一百零八個好漢為易於分別個性，此其所以難。至於《歧路燈》呢，也是只記載一家的盛衰而其中波瀾層疊，使人應接不暇，則固有《紅樓夢》之長了；也是描寫社會人情而能栩栩欲活，聲色畢肖，則固兼有《儒林外史》之長了。兼此二長，已大不易，何況：（1）寫豪奢的家庭易，寫平常的家庭難；寫情易，寫理難！則在《紅樓夢》可以放手為之遊刃有餘者，在《歧路燈》或不免有所顧忌而擱筆。（2）寫冷語易，寫熱腸難；寫譏諷易，寫勸誡難；反寫易，正寫難！則在《儒林外史》得以文思泉湧，提筆即來者，在《歧路燈》便不免須加以推敲而躊躇。而李綠園竟能於常談中述至理，竟能於述至理中使人不覺得是常談。意清而語不陳，語不陳則意亦不覺得是清庸了。這實是他的難能處，也即是他的成功處。這種成功，全由於他精銳的思路與雋爽的筆性，足以駕馭這沉悶的題材。所以愈磨研愈刻畫而愈透脫而愈空超。粗粗讀去足以為之軒然笑潸然淚；細細想來又足以使人惕然驚悚然懼。這是何等動人的力量！老死在語錄文字中間者，幾曾夢想得來！」

　　郭紹虞認為李綠園的成功是「因為（1）在思想方面講，他是一個練達事理的道學家。（2）在文藝方面講，他又是個筆性空靈的創作家。近人皆知戴震袁枚在近代思想史上的重要，因為他們重視性欲，足以矯正宋儒學說的流弊，而不知當時的小說家如吳敬梓李綠園之流也大都很挖苦迂儒酸秀才假道學一流的人物。……不過值得注意的，在雍乾之際，一般人的思想對於宋儒天理人欲之說，都能加以修正，則便有特別提出的必要，固不得用舊日眼光，視為小說家言而輕忽視之。這種思想在己的方面體合得真，所以儘管說道學話而不落於腐」，「在人的方面又觀察得透，所以說來都覺得入情入理，打中人人心坎上的隱微」，「完全由於練達人情，故能深刻若此。這些方面又頗足發人深思，悚然汗下。至於他在文藝方面的描寫，尤可謂極其天才之能事。因於理學話之難以直陳也，於是襯貼以出之」，「襯貼得妙，這實是不落道障的重要原因。因於理學話之難以正說也，於是復詼諧以出之」，「詼諧得趣，也是他不落道障的原因。」並指出李綠園「還有兩個長處：他能夠多方面的描寫，不使內容陷於單調」，「他又能夠構成極緊湊的布局」：「轉接處不生痕跡」，「順敘處偏多曲折」，「書中所敘腳色往往不使一見便了，前後照顧，也足以助其布局之緊。」同時道出讀者對《歧路燈》的負面評價：結局是寫敗子回頭，重整家業，不脫舊小說大團圓的窠臼；後半部「筆意不逮前茅」，有強弩之末之感。分析造成這種現象的原因，郭紹虞認為：「（1）就命意論，此書既以『歧路燈』命名，則寫了墮落的黑暗的方面，當然更須寫到自拔的光明的方面。（2）就文境論，他寫譚紹聞墮落之時已經預為伏筆，平且之氣，時時發現，這正是為後來結局地步，假使不如此結局，則前文云云，豈非全是蹈空！所以在他種小說可不以大團圓結局者，在此則不能。他困於欲以大團圓收場，於是成為創作的難題目了。蓋寫他墮落方面可以加入種種穿插以為襯貼，以增風趣。至寫他悔悟自立方面，則放下屠刀，立地成佛，正不必多加許多曲折，所以他自己亦覺得後半筆意不逮前茅了。實則我們假使知道他後半情節早於前半早伏下根線，則此後半正不是強弩之末，正是文中應有的文章。謂此為遜於前半則可；若以此為是著之病，則不可。」〔註35〕

　　朱自清《歧路燈》一文的觀點與郭紹虞大致相同，「只是就他（指郭紹虞）的意見加以引申」，朱自清認為：《歧路燈》是中國舊來僅有的兩部可以稱為真正『長篇』的小說之一；另一部便是誰也知道的《紅樓夢》」。

〔註35〕郭紹虞，介紹歧路燈〔J〕，文學周報，1928 年第 5 卷第 25 號。

　　他先論《歧路燈》「敗子回頭」的題材，認爲「這個理欲不斷的戰爭和得失，便是本書的教訓，或說是理想。原序裏所謂彝常倫類間的發明，便是這個；『歧路燈』之名，也便指此」，「《歧路燈》比起《紅樓夢》和《儒林外史》，抽象的理學話確是多些，但作者卻仍能一樣地將自己的理想滲透於全書內；因爲書中理學話究竟也並不太多。馮友蘭先生的序裏，說此書道學氣雖重，但所寫大部分是道學的反面，所以不至陳腐。這種對照的取材，正是容易入人的，表達理想的法子。而那些理學話，又都是作者閱歷有得之言，說得鞭闢入裏，不枝不蔓；雖是抽象的，卻不是泛泛的；所以另有一種力量，不至與老生常談相等。至於我們現在贊同與否，自當別論」。

　　次論結構，認爲：「《儒林外史》現在雖號爲長篇小說，但實在還是雜記小說；因爲它是一段一段的零星記載聯綴起來的。《紅樓夢》在我們知有《歧路燈》以前，確是中國舊來唯一的眞正長篇小說，可惜沒有完；高鶚續作，也未能盡如人意。且這書頭緒紛繁，不免時有照顧不到之處；因此結構上有鬆懈的地方。至於《歧路燈》，雖也『記載一家的盛衰』，與《紅樓夢》同，如郭先生所說；但節目卻少得多。這因書中人物不多之故，檢回目可知。人物不多，作者便可從容穿插，使它的情節有機地發展；所以全書滴水不漏，圓如轉環，無臃腫和斷續的毛病。」但他認爲開卷第一回的題材「與書名一樣，實是太迂腐些；看了教人昏昏欲睡……本書至今不爲人注意，我想它對於讀者的第一印象不大好，是一大原因；一定有些人看了書名或翻了前數頁，就不願再看下去。但這一回文字在結構上，卻是極有意義的；它不但很自然的引出全書，並且爲後面一個大轉機的伏線；末四卷（共二十卷）全由這一回生出。那敗子所以能回頭，因有其內心上的變化，但到了『上天無路，入地無門』的地步，援引的人，便在第一回裏伏了根。這樣大開大闔而又精細的結構，可以見出作者的筆力和文心。他處處使他的情節自然地有機地的發展，不屑用『無巧不成書』的觀念甚至於聲明，來作他的藉口；那是舊小說家常依賴的老套子。所以單論結構，不獨《儒林外史》不能和本書相比，就是《紅樓夢》，也還較遜一籌；我們可以說，在結構上它是中國舊來唯一的眞正長篇小說。」

　　又論描寫，認爲「本書不但能寫出各式人，並且能各如其分。《儒林外史》的描寫，有時不免帶有滑稽性的誇張，本書似乎沒有。本書尤能在同一種人裏，寫出他們各別的個性；這個至少不比寫出各色人容易。如他寫婁潛齋、

侯中有、惠養民同在譚家做過教書先生，但心地、行止是怎樣懸殊！又如譚
紹聞、王隆吉、盛希僑都是好人家子弟，質地都是好的，都是浮蕩少年；這
樣地相同，而度量、脾氣又是怎樣差異！作者閱世甚深，極有描寫的才力，
可惜並沒有盡其所長。他寫道學的反面，原只作為映襯之用。他並不要也不
肯淋漓盡致或委曲詳盡地寫出來；所謂『勸百而諷一』，想他是深以為戒的。
但是他寫得雖簡，卻能處處扼要，針會見血。這種用幾根有力的線條，畫出
鮮明的輪廓的辦法，有時比那些煩瑣細膩到使人迷惑的描寫，反要直捷些，
動人些。但以與《紅樓夢》的活潑，《儒林外史》的刻畫相比，卻到底是不如
的；因而薰染的力量也就不及它們了。本書之所以未能行遠，這怕也是一個
原因吧。至於作者自己，他對於那些描寫法，大約實在有些不屑；看原序中
痛詆《三國志》、《水滸》、《西遊記》、《金瓶梅》四書，便可知道。這原不大
高明；可是他的書既從反面取材，終於也就不能不多少運用一些描寫的本領
了。若讓我估量本書的總價值，我以為只遜於《紅樓夢》一籌，與《儒林外
史》是可以並駕齊驅的。」〔註36〕

　　此外，佚名的《評〈歧路燈〉》高度評價了《歧路燈》中的人物塑造、社
會生活描寫及語言等，認為《歧路燈》是「寫實主義的上乘」〔註37〕作品。
而且，詩人徐玉諾應馮友蘭之邀，借其家鄉與李綠園出生地相去不遠的地域
優勢，不僅幫助馮友蘭搜集有關李綠園與《歧路燈》的資料：「得讀四談抄本
（《談大學》、《談中庸》、《談文》、《談詩》；豫西一帶塾師喜為傳抄演唱）《東
郭傳奇》殘版（去年去信曾說起《東郭傳奇》，疑非出李先生手；此時已確信
為李先生所作。唯先生不諳填詞，調及簡單；但詞白尖俏挖苦，可與傅青主
驕其妻妾曲比美）。此外並有殘紙一束半記歷代帝王在位年數及各州府縣古地
名，半為雜記，各條均詳記字數，想是他兒子李葛為人寫中堂條幅所備底稿，
小草堅勁雋永，非常人所能。中有十數條自注出於綠園公《拾麝集》」，「至於
《歧路燈》抄本，諾在張官見張氏一部，余氏一部，大概皆如張仲孚先生所
藏，而俗粗錯誤尤多。最近於寶豐姬璐環家得一部，紙色蒼黃，字式精雅，
筋節處並加小批，似為較早文人所抄，通閱一過，除字句少有修正外，別無
奇出。所謂綠園老年自定稿，只馬街司家所藏殘本，已見前函外，又讀《中
州詩鈔》，於李海觀詩後小傳云，『有《歧路燈》說部二十餘萬言，稿留淮家

〔註36〕朱自清，歧路燈〔J〕，一般，1928年第6卷第4號。
〔註37〕佚名，評《歧路燈》〔N〕，大公報，文學副刊，1928年4月23日。

待梓。」楊莊在徐營西北十五里，楊淮於咸同間選《中州詩鈔》，一時兩河著作多爲所收；諾與楊家無瓜葛，且其家現已無人，只留三世孀婦，與世絕緣；無法搜求。年來楊莊頻遭兵火，玉碎瓦中，正不可料。」〔註38〕還著文對《歧路燈》與李綠園作了考證，將《歧路燈》與《儒林外史》和《品花寶鑒》進行比較，認爲「《儒林外史》有意『出相』八股先生和孔孟心傳之徒，卻只見零碎衣飯，不見他們的眞相；因爲作者既是外道，用攻擊的眼光，牢騷的心情去觀察去表現，當然不能演出他們的精魂。倒不如《歧路燈》這正人正書，要拿八股先生孔孟心傳之徒做青年榜樣的；無意攻擊，卻是深刻地攻擊了！無意出相，卻是活現地出相了！像婁潛齋、孔耘軒、程嵩淑、譚孝移都是《儒林外史》裏時時露面的腳色，卻在《歧路燈》裏活現著。《歧路燈》第二回在婁潛齋家畫著他們的烏托邦；在那時七歲小孩都是十足的儒者！因爲李綠園也是這樣的人，要抒寫自己的理想，要表現自己；反過來，倒活現的替《儒林外史》出相了。同樣《歧路燈》有意出吃喝嫖賭地獄，標曰『這路不可走』，額曰『其苦不可言』；讀《歧路燈》的並不覺著苦，遇見不可走的路反起好奇的思想，想試試那裡到底啥滋味。因爲李綠園對於下流生活到底是門外漢」，並指出《歧路燈》的缺憾在於「人生理知，不基於格言教訓，而基於實際經驗；文學須得自我表現，能經濟地代替經驗，方能達到訓戒效果；這是《歧路燈》作者所想到做不到的」〔註39〕，即作者現實生活經驗不足導致小說描寫時見空洞的弊端。

有的研究者認爲郭紹虞與朱自清等人均只讀了樸社排印本第一冊前二十六回，未能讀到全書〔註40〕，實則不然。如果郭紹虞和朱自清未能讀完全文，那麼他們在文章中根本就無法做這樣透闢的分析。儘管他們的觀點中有許多值得商榷的地方，但卻代表了當時學術界對《歧路燈》的一般看法，是二十世紀早期關於李綠園和《歧路燈》研究最有學術價值的成果。由於洛陽清義堂本印數過少，樸社排印本未能完成《歧路燈》的全部出版，在此後的四、五十年間，儘管有人對《歧路燈》持有很高的評價，如李敏修於《中州文獻彙編·總序》中盛讚《歧路燈》「開近世平民文學之先聲」，但學術界很少有

〔註38〕 見徐玉諾，《歧路燈》及李綠園先生遺事〔J〕，明天，1928 年第 1 卷第 4 期（11 月 11 日）。

〔註39〕 徐玉諾，牆角消夏瑣記（其一）〔J〕，明天，1929 年第 2 卷第 8 期（8 月 14 日）。

〔註40〕 參見李昌鉉，《歧路燈》研究八十年〔J〕，西北師範大學學報，1999（5）。

人對其進行深入全面的研究，李綠園與《歧路燈》研究陷入相對沉寂的境地。

（二）第二階段：《歧路燈》研究的高潮階段（20世紀80～90年代）

這一階段的研究是從欒星校注《歧路燈》鉛印本的問世開始的。二十世紀六十年代欒星就致力於《歧路燈》抄本的尋訪、搜集和整理有關李綠園與《歧路燈》的研究資料，他花十年左右的時間和精力，參照乾隆抄本、舊抄本甲、舊抄本乙、安定筱齋抄本、晚清抄本甲、晚清抄本乙、晚清抄本丙、滎澤陳雲路家藏抄本、馮友蘭抄本、洛陽清義堂石印本和樸社排印本共十一個版本，以新安傳出本、寶豐傳出本和寶豐、新安合流本三本兼備爲原則，以乾隆庚子過錄本爲「第一底本，缺失部分，主要以葉縣傳出舊抄甲本及安定筱齋抄本補足之。參稽他本，擇善而從，合爲全璧」〔註41〕，於七十年代完成了《歧路燈》的校注工作，1980年底，中州書畫社〔註42〕出版了《歧路燈》欒星校注本，全書爲一百零八回，作注千餘條，於俚語、方言、稱謂、名物制度及古人、古籍、歷史事件、三教九流行藏等，加以注釋，詳加考訂，頗爲精審，給予讀者和研究者以很大的便利。一九八二年該出版社又出版了欒星輯成的《歧路燈研究資料》一書，該書分《李綠園傳》、《李綠園詩文輯佚》、《歧路燈舊聞鈔》三部分，後附《李綠園〈家訓諄言〉》（八十一條）》；它提供了李綠園的家世、生平、交遊、著述以及有關《歧路燈》的研究等多方面的寶貴資料，搜羅較爲完備，編排亦頗合理，且詳注出處，爲後來研究者提供了廣爲參考的藍本。

欒星校注本《歧路燈》出版後，隨即在大陸及臺灣、香港地區引起強烈反響，大陸的《光明日報》以《埋沒二百多年的古典白話小說〈歧路燈〉出版》〔註43〕爲標題、《南昌晚報》以《埋沒二百多年的長篇小說〈歧路燈〉》爲標題〔註44〕、《南方日報》以《李綠園和他的〈歧路燈〉》爲標題〔註45〕、《河南日報》以《封建社會的教子弟書——清長篇小說〈歧路燈〉簡論》爲標題〔註46〕、

〔註41〕欒星，校勘說明——代跋〔A〕，見欒星校點的《歧路燈》，中州古籍出版社，1982，頁1015～1018。
〔註42〕現中州古籍出版社。
〔註43〕光明日報，1981年5月16日。
〔註44〕南昌晚報，1981年6月6日。
〔註45〕南方日報，1981年8月16日。
〔註46〕河南日報，1981年7月16日。

香港的《文匯報》以《一部被埋沒二百多年的小說》爲標題〔註47〕、《大公報》以《古典白話小說〈歧路燈〉出版》爲標題〔註48〕、《新晚報》以《〈歧路燈〉出版面世，被譽爲〈紅樓夢〉以外的又一巨著》〔註49〕、《明報》以《清代小說〈歧路燈〉埋沒兩百年今始出版鉛印本》〔註50〕爲標題等紛紛加以報導，隨後一些學者在各類報刊雜誌上發表研究論文，對《歧路燈》展開熱烈的討論。1981、1982年與1984年，分別在河南鄭州、洛陽和開封先後召開三次《歧路燈》學術研討會，將李綠園與《歧路燈》研究推向高潮，中州古籍出版社於1982年與1984年分別出版了由欒星主編的兩部《歧路燈論叢》，收錄了提前交與學術討論會的部分學者的論文。此外，散見於各類報刊、雜誌的爭鳴文章亦爲數不少。

在研究中研究者的觀點主要有三種：一種認爲《歧路燈》無論在思想上還是藝術上都是一部平庸之作，根本無法與《儒林外史》《紅樓夢》相提並論；另一種認爲《歧路燈》是優秀的中國古代長篇小說，與《儒林外史》和《紅樓夢》在伯仲之間：第三種觀點較爲平和，認爲《歧路燈》不及《紅樓夢》、《儒林外史》這些一流佳作，應屬於二流作品，但還是較爲成功的，有其獨特的風貌。

持否定觀點的可以《「埋沒」說質疑》一文爲代表。該文作者認爲《歧》之所以被「埋沒」，「流傳不廣」，「知者甚少」，「關鍵不完全在於作者及其後世的生活條件和社會地位，也不在於抄本；而在於它自身，即所謂內因。因爲在作品流傳過程中；不管是抄本還是刊本，都必然地要接受讀者自覺或不自覺的選擇，這是一種最嚴格的歷史篩選，好的或較好的保留下來了，壞的或較壞的被淘汰了。歷史的經驗最公正也最無情。《歧路燈》在這歷史篩選過程中不是優勝者，但並沒有被淘汰或埋沒，它許多抄本之存在就是一個證據」，它「只是受到了冷落，並沒有眞正被埋沒」，「所謂《歧路燈》『被埋沒二百年』之說，既不符合中國小說發展史的實際，也不符合中國小說研究史的實際。」李綠園的「創作思想的確是中國古代小說現實主義傳統精神的大倒退，大大發展了開創人情小說的《金瓶梅》本來就有的說教因素的落後面，

〔註47〕〔香港〕文匯報，1981年8月2日。
〔註48〕〔香港〕大公報，1981年7月20日。
〔註49〕〔香港〕新晚報，1981年7月13日。
〔註50〕〔香港〕明報，1981年7月21日。

使『人情小説』的發展岔向了歧路」,「《歧路燈》的確要宣傳儒家的正統思想,
把這種腐朽的思想看成人生指路的明燈」,「作爲文學欣賞的對象,《歧路燈》
就相當缺乏藝術吸引力,能讓人愉快的讀下去」,它與《醒世姻緣傳》一樣,
「就二者思想的落後和藝術的平庸來看,『則伯仲之間,各有短長,難分高
下』。它們是同一創作思潮的產物,是『人情小説』發展過程中一股混雜著更
多的泥沙和腐物的濁流」〔註51〕。其評價之低,在當時的學者中難尋可出其
右者。

　　持肯定觀點的可以《我國古代的〈教育詩〉與社會風俗畫》一文爲代表。
此文認爲:「《歧路燈》是我國古代僅有的一部教育小説。它既不像《金瓶梅》
那樣寫地主豪門驕奢淫佚、腐朽糜爛的生活,也不像《紅樓夢》那樣寫貴族
青年戀愛的悲劇。它乃是以儒家思想爲指導,寫一個青年由於未能受到良好
的教育,因而在壞人引誘之下走向邪路,以致傾家蕩產;迨陷溺日深,幾遭
滅頂之災,這才懷著懺悔的心情,在長輩的訓誡,親人的規勸,乃至僕人的
幫助下,逐步回到正路上來。」《歧路燈》「是一部值得借鑒的教育小説」,「李
綠園不僅是一位小説家,他首先是一位思想家、教育家」,稱讚「《歧路燈》
是我國古代社會的一幅風俗畫」,指出《歧路燈》在藝術結構、人物塑造、語
言運用、人物描寫等方面均取得突出的成就,「作者雖然主要是運用現實主義
手法刻畫人物,但有時也不排斥浪漫主義」,「《歧路燈》是一部有較高的思想
水平與藝術成就的古代長篇白話小説」,「在反映封建社會生活的廣度和暴露
當時的魑魅魍魎的醜惡本質的深度方面超過了前者(《紅樓夢》)」。而且這部
「被埋沒了二百多年的優秀古典小説」,「做父母的似可以一讀」,「青年人可
以一讀」,「治文學史的人,更必需讀它」,「因爲它確可看作是新發掘出來的
一部有價值的古代小説,即使不能與稍後的《紅樓夢》並駕齊驅,但也足以
使《儒林外史》相形見絀」〔註52〕。如此高的評價除其前的朱自清外在當時
的學術界也是罕見的。

　　持中間態度的觀點,可以《漫談〈歧路燈〉》和《〈歧路燈〉讀後感》二
文爲代表。《漫談〈歧路燈〉》的作者認爲:「《歧路燈》同吳敬梓的《儒林外

〔註51〕藍翎,「埋沒」說質疑——讀《歧路燈》札記之一〔A〕,《歧路燈》論叢(一)
　　　　〔C〕,鄭州:中州書畫社,1982,頁82~89。
〔註52〕張國光,我國古代的《教育詩》與社會風俗畫——《歧路燈》新論兼評《「埋
　　　　沒」說質疑》〔A〕,《歧路燈》論叢(一)〔C〕,鄭州:中州書畫社,1982,
　　　　頁137~173。

史》，曹雪芹的《紅樓夢》，所反映的時代生活，從時間上是相同的，但所反映的生活面和側重點，卻有著差別。《儒林外史》是以當時的儒林為主，而兼及社會上其他有關的中下層人物。《紅樓夢》是以當時的賈、史、王、薛四大封建家族的盛衰為主，也涉及到與他們有關的各類人物。《歧路燈》則寫的是一般地主官僚的不肖子弟，而涉及到市井中人各色人等。因此這三部書都是各有其獨自的特色與風貌的作品。」「假若把《儒林外史》、《紅樓夢》列為第一流，那麼《歧路燈》就不能不屬於第二流。因為不論是思想同藝術，較之前兩書都是大有遜色的」，並從內容與寫作手法方面與《金瓶梅》進行比較，指出其在寫一家之興衰方面與《金瓶梅》、《紅樓夢》有相似之處，而在創作手法上雖然李綠園抨擊《水滸》、《西廂》、《金瓶梅》的作品內容，但卻繼承了它們的創作方法和寫作手法。同時認為《歧路燈》相當廣泛地反映了社會各階層的生活，並在這一方面獨具特色。而且用河南方言進行創作，是受《金瓶梅》的啟發。指出《歧路燈》的「一個最大的特點是作者竭力糾正宋元以來，特別像《金瓶梅》那種對色情的描繪。由於作者蓄意來勸世警世，因而以作者的身份，對讀者進行說教的地方，隨處可見。這些話多半是非常迂腐，自然也有是經驗之談，可是令讀者感到嘮叨，覺著有點蛇足。因為文學是要通過形象進行教育，而不是勸世文，這就遠遜《儒林外史》同《紅樓夢》了」，「至於在刻畫人物方面，《歧路燈》還是比較成功的，儘管遠遜於《儒林外史》和《紅樓夢》，但裏邊主要人物還是各有其獨特的精神面貌，而能給讀者以較深刻的印象」，同時作者對《歧路燈》的藝術成就也作了肯定的評價，指出：「《歧路燈》畢竟是一部長篇巨著，作者社會閱歷較深，而各方面的知識也比較豐富，特別是宋元明以來的長篇作品，尤其是刻畫世態人情反映時代面貌的《金瓶梅》給他樹立了榜樣，所以作者對清代中葉的朝章國政，科場慣例，社會風俗（如婚喪慶弔以及醫卜星相，名勝古蹟等），書中凡涉及到的，無不一絲不苟認真地給以詳細的論述與描繪，從而擴大了讀者的視野，豐富了人們的知識，對於瞭解十八世紀中國社會的精神面貌，是有著深刻的意義的。所以，在中國文學史上是應該給它以一定的地位的」〔註53〕。

　　《（歧路燈）讀後感》的作者也認為《歧路燈》「記錄了十八世紀中國封

〔註53〕任訪秋，漫談《歧路燈》〔A〕，樂星，《歧路燈》論叢（一）〔C〕，鄭州：中
　　　　州書畫社，1982，頁 29～38。

建社會中下層人物的思想狀況，涉及的生活面相當廣闊，宦門子弟的墮落放蕩，書辦、皀隸的爲非作歹，士人學究的空虛迂腐，星卜相士的迷信活動，紳士豪門和官府的勾結，尼姑、妓女和光棍的胡纏，光怪陸離，應有盡有，讀者可以從其中看到封建社會是一個地地道道的人間地獄」〔註54〕。

實際上，這兩篇文章的作者雖肯定《歧路燈》的認識價值，但並不同意將之列爲一流佳作。

（三）第三階段：《歧路燈》研究的深化階段（20世紀90年代～至今）

這一階段關於李綠園與《歧路燈》的研究不容忽視的是九十年代中、後期出現的幾部論著：

最早的一部論著是1996年四月由臺灣師大書苑出版的一部碩士論文《李綠園與其〈歧路燈〉研究》，它由緒論、李綠園評傳、《歧路燈》的流傳出版、《歧路燈》的寫作背景、《歧路燈》的內容與思想評述、《歧路燈》的創作藝術、結論七個部分組成，全面介紹了作者的研究動機與目的、方法與內容、成果與價值，並借李綠園的身世和生平事蹟探討對其文學創作的影響，歷述《歧路燈》成書後的傳播和學者對其研究的逐步深入，探討《歧路燈》產生的時代環境和制約以及世情小說發展的文學趨勢，並就其內容探索作者的思想係源自清康熙時期的現實生活，探討《歧路燈》藝術創作得失，從政治經濟、倫理教育、理學、婦女等方面肯定該書在小說史上的地位，進而指出：「青少年教育問題是個重大的社會問題，不僅是二百多年前李綠園所處的社會中有這個問題，二百多年後的今天，也有這個問題；可以肯定的，更遙遠的未來，還會有這個問題。而不僅中國有這個問題，外國也有這個問題。既然這是個無可避免的社會問題，則面對、解決當前的青少年問題，便不容絲毫遲緩」〔註55〕，「李綠園在當時用『惟有閉戶讀書這一丸藥兒，能治百樣病』的辦法來挽救譚紹聞這樣一個浪子，這是十八世紀的教育學，然而仍然歷久彌新，放諸現在亦皆準」〔註56〕。「不能把《歧路燈》當作是一般的『人情小說』看待；而李綠園撇開文學家、語言學家、歷史家、社會學家、政治學家、民

〔註54〕 范宵，《歧路燈》讀後感〔A〕，欒星，《歧路燈》論叢（二）〔C〕，鄭州：中州古籍出版社，1984，頁1～6。

〔註55〕 〔臺灣〕吳秀玉，李綠園與其《歧路燈》研究〔M〕，臺北師大書苑有限公司，頁397。

〔註56〕 同上，頁398。

俗學家不說，不可否認的也是位傑出的小說家，更是一位思想家、道學家、教育家，就其《〈歧路燈〉自序》所謂的『善者可以發人之善心，惡者可以懲創人之逸志』、『於綱常彝倫間，煞有發明』，這個表現君臣、父子、夫婦、兄弟、朋友、師生、主僕等各方面關係的倫理道德規範，深具淑世教育意義的實用價值，就足以勝過《紅樓夢》和《儒林外史》。」〔註57〕該論著的作者是土生土長的臺灣人，其夫君祖籍河南，且其夫君老家與李綠園的故鄉隔沙河相望，其本人亦曾五次來大陸，並針對李綠園及其《歧路燈》研究搜集資料。正如後來有的研究者所評價的那樣：「這是一部以文獻資料的豐富翔實見長的研究著作」，而且，「其分析的全面細緻與有自己獨特的見解，也是其突出的特點。至於其多種附錄的資料價值，恐怕後來的著作很難再超過它」〔註58〕。該書的可貴之處在於作者從文學和文獻學的角度對相關材料作出梳理，提供了許多前所未有的資料。該研究長於資料的搜集和整理，而短於理論建構，雖細緻而流於瑣碎。

第二部論著是1998年12月由新加坡春藝圖書貿易公司出版的新加坡學者的論著《歧路燈研究》──從〈歧路燈〉看清代社會》。它共分十章：先述其研究的動機與目的、研究的範圍與方法，後述作者的生平與思想以及《歧路燈》的情節大要，並以此為基礎，分述《歧路燈》中的官僚政治、科舉教育、商業活動、婦女生活人生禮儀、宗教信仰、戲曲藝術，並據此得出結論：「《歧路燈》描繪了『康、乾盛世』的社會全貌，成為這個時期全部物質文明及精神文明的忠實記錄，給後世留下了立體的社會縮影。《歧路燈》是認識清代歷史、社會的形象性教材，可以作為這個時代的百科全書來閱讀及研究。歷史學家、經濟學家、社會學家及民俗學家等等都可以通過這本書重新認識清代歷史或豐富清代歷史。文學理論告訴我們，一部作品能否很好的發揮文學的三大功能是評價一部作品優劣的準繩。我們現在即使撇開《歧路燈》指引青少年走正途的教育作用和書中藝術形象的美感作用不談，單就它逼真地重現清代社會這個認識作用而言，我們也不得不承認《歧路燈》是一部極有價值的文學作品。」〔註59〕。該書是唯一一部採用「以小說證史、以史證小

〔註57〕同上，頁399。

〔註58〕杜貴晨，贊兩吳女士的〈歧路燈〉研究──從我國大陸的〈歧路燈〉研究說起〔J〕，福州大學學報（哲社版）。2001（1）。

〔註59〕〔新加坡〕吳聰娣，歧路燈研究──從《歧路燈》看清代社會，春藝圖書貿易公司，1998，頁531。

說」的方法來研究《歧路燈》的「無徵不信」「實事求是」的論著，這種方法的「好處是從真實性的角度確證小說的歷史價值的同時，也確證了小說的美學價值」，「具有歷史研究與文學批評兩種重要價值」〔註 60〕。其可取之處在於其研究視角（從社會歷史的角度）和研究方法的調整變化及其研究結論的翔實可信，其不足之處在於其過於龐雜而難以突出其研究的中心和重點。

第三部是河南大學出版社於 1999 年 9 月出版的大陸研究者的著作《〈歧路燈〉詞語匯釋》。它從語言學的角度立論，因為：「18 世紀是漢語由近代向現代演進的關鍵時期，這一時期漢語言的各個方面，特別是語法和詞匯方面，具有明顯的過渡特徵。具體到個別的詞語上，它們在《歧路燈》中往往是近代的與現代的用法並存，原有的意義與新生的意義同在。〔註61〕」而且「《歧路燈》的作者是土生土長的河南人，對河南方言極為熟悉。寫作中為了追求生動活潑、形象逼真的效果，他使用了大量的地地道道的方言俗語，因而一打開這部長篇白話小說，立即讓人感到一股濃鬱的鄉土氣息撲面而來。這樣一部洋洋七十萬字的著作，大體上可以反映出十八世紀中原官話的真實面貌，因而使它成了研究當時中原官客話的彌足珍貴的資料。拿它與今天的河南話作比較，我們可以不費多大氣力就能察知二者之間的相同之處與不同之處」〔註 62〕。鑒於此，研究者把《歧路燈》作為語言學資料，把《歧路燈》中一些難懂的方言俚語彙集起來進行詮釋，其可貴之處在於這部著作把握住了《歧路燈》語言「突出的時代特徵」和其「鮮明的區域特徵」。但這只是一部《歧路燈》河南方言集，其中無任何的理論說明與建構。

第四部論著是韓國留學生於 1999 年 10 月提交的博士論文《李綠園與〈歧路燈〉研究》。該研究從文學的角度切入，從李綠園的時代、生平及著述介入，全面闡述李綠園的政治觀、倫理觀、教育觀和文學觀，進而分析《歧路燈》的思想意義，探討《歧路燈》的藝術成就，並在此基礎上得出結論：「在中國小說史上，除了李綠園《歧路燈》外，在長篇小說領域裏，似乎還沒有第二部作品可以稱之為教育小說的。而且，作為一部教育小說，《歧路燈》確實也取得了一定的成功。」〔註 63〕「這是一部有著相當深刻的認識價值、教育意

〔註60〕 杜貴晨，贊兩吳女士的〈歧路燈〉研究——從我國大陸的〈歧路燈〉研究說起〔J〕，福州大學學報（哲社版）。2001（1）。
〔註61〕 張生漢，歧路燈詞語匯釋〔M〕，河南大學出版社，1999，頁 1。
〔註62〕 同上，頁 2。
〔註63〕 〔韓國〕李昌鉉，李綠園與《歧路燈》研究〔M〕，蘇州大學博士學位論文，

義，同時存在著嚴重缺點的長篇小說，瑕瑜互見」〔註 64〕：「《歧路燈》所反映的社會生活面是相當廣闊的，它幾乎涉及到當時市井社會的各個方面，而且描寫了大大小小數百個人物，其中有的人物也很有個性，形象很突出。小說所寫的浪子回頭故事，也有很深刻的教育作用。而且，在結構、語言等方面，在中國古代長篇小說中，也是有特色的，尤其是結構，雖然顯得有點平板，但十分完整，頭緒很清楚，作者的考慮也很周到。因此，無論在思想還是藝術方面，這部小說都是有價值的。但是，《歧路燈》的缺點也是很明顯的，這是李綠園的政治、倫理思想在小說創作中的具體發揮。我們不能說《歧路燈》中的議論或表現的政治、倫理思想，全部都是封建說教，沒有絲毫的價值和意義，但是，我們也不得不認為小說中充斥著封建說教。透過這些封建說教，李綠園至少在兩個方面犯了錯誤。首先，李綠園創作小說的功利目的太強烈，他目睹種種的社會黑暗現象，十分的焦慮，企圖用這部書去挽救社會，挽救誤入歧途的青年。可以說，他的社會責任心很強。文學創作（包括小說創作）當然要有目的，文學作品當然要有教育作用，但是文學創作、文學作品不等於教育工具。問題還在於李綠園用來教育世人的思想，是傳統的封建倫理道德，完全符合封建統治者的意願，表現在小說中，很多地方顯得迂腐、落後。李綠園堅持的是程朱理學，和當時的進步思想家背道而馳，缺乏新的思想意識的光輝。其次，由於上述的原因，李綠園急於在小說中宣傳自己的思想，一切為了這個目的服務。他把小說創作當成了理學的傳播工具，在全書中隨時發表這種議論。這樣，就不可避免地影響了小說故事情節的敷演，人物形象的塑造成，使得小說在藝術上大打折扣。由於這兩個錯誤，也使得李綠園不能成為一個傑出的小說家，《歧路燈》也未能躋身於一流小說的行列。這是令人感到遺憾的。」〔註 65〕其突出之處在於其在欒星和臺灣學者所作年譜的基礎上又做了較細緻的《李綠園年譜》，且對《歧路燈》的創作得失評價較為中肯。但由於語言和文化的隔膜，該研究之中隨處可見誤讀、歧解、牽強之論，未能從根本上把握住《歧路燈》的主旨和李綠園的本意之所在。

第五本論著是 2002 年 7 月由中州古籍出版社出版的大陸學者李延年博士

　　1999，頁 115。
〔註 64〕同上，頁 11。
〔註 65〕〔韓國〕李昌鉉，李綠園與《歧路燈》研究〔M〕，蘇州大學博士學位論文，
　　　　1999，頁 118。

論文《〈歧路燈〉研究》，該論著前有王利器和朱一玄的序，它主要從《歧路燈》在清中葉產生的主客觀原因入手，從家庭、學校和社會等方面細緻剖析《歧路燈》作為教育小說其「形象化的教育思想和教育思想的形象化〔註66〕」的特徵，並指出小說通過教育主題所融入的作者的為官理想、美刺思想等多層意蘊，同時觀照《歧路燈》在敘事時間、內容界定、題材創新與融合等方面的美學特色，並將《歧路燈》與同期的《愛彌爾》、《野叟曝言》、《綠野仙蹤》進行中外的橫向比較。該研究的可貴之處在於「論事必周至，材料必充實，分析必透徹，按斷必精慎，措辭必穩便，特別是其中有關《歧路燈》敘事時間變化與寫兩性關係、公案片斷等等的表列及有關的論述，以大量篇幅計量分析的方法運用於《歧路燈》思想藝術的研究，還是第一次」〔註67〕；不足之處在於其雖從教育小說的界定入手，但因其對教育小說的界定不夠嚴密，加上其教育專業背景知識的欠缺，導致其論著之中時見紕漏。

此後至2017年初，還有多篇碩士、博士論文問世。有這樣一個現象值得關注：八十年代以前關於《歧路燈》的研究多以論文的形式出現，而九十年代以後儘管論文不多，但有研究力度的論著卻都出現在九十年代之後。而且自中州古籍出版社的《歧路燈》問世之後，又有多種版本的《歧路燈》問世，這些版本也多出現在九十年代以後。

（四）《歧路燈》研究歷程解析

無論研究者的態度是肯定也好，否定也好，或者中立也罷，畢竟反映了學術界對《歧路燈》的關注與熱情，對於李綠園與《歧路燈》的研究而言無疑是一個促動。其實，這種表面爭議的背後潛伏著一個隱性的問題，那就是如何評價《歧路燈》、如何給《歧路燈》在文學史和教育史上一個準確定位的問題。無論是「勝《紅》越《儒》說」，「遜《紅》並《儒》說」，還是「三足鼎立說」，亦或是「遜《紅》遜《儒》說」，其目的無非是為如何評價《歧路燈》提供一個參照系。到目前為止，如何評價《歧路燈》這個問題依舊沒能得到很好的解決。

上個世紀八十年代掀起的《歧路燈》研究熱，一方面與欒星校注的《歧路燈》問世有必然聯繫，但更重要的原因則在於八十年代前後特定的歷史時

〔註66〕 李延年，歧路燈研究〔M〕，鄭州：中州古籍出版社，2002。
〔註67〕 杜貴晨，「七易寒暑」的力作——評李延年教授的新著《〈歧路燈〉研究》〔J〕，河北大學學報（哲社版）。2003（11）。

期：其一，歷時十年的文化大革命結束不久，百廢待興、百業待舉，人們都有一種把浪費的時間奪回來和時不我待的緊迫感，各行各業急需大量專業技術人才；在這種大的環境下，為了「早出人才，快出人才，出好人才」，國家於一九七七年恢復了高考制度，教育重被提到「興國安邦」的高度，倍受各界重視；其二，「文革」結束以後，社會經濟有了長足的發展，「富」與「教」的關係問題需要得到重視並加以解決，是「先富後教」還是「富教並重」，成為人們關注和討論的話題；其三，也是最主要的原因，那就是十年「文革」造成的青少年教育缺失的嚴重後果日趨凸現，青少年犯罪率逐年攀高，青少年的教育問題已經影響到了社會的安定，到了非重視不可的程度。

在民族士氣高昂的上個世紀八十年代，上述各種因素結合在一起，沉默二百多年的《歧路燈》問世，無疑於推波助瀾。《歧路燈》與特定的歷史時期、與特定的歷史環境契合，並與時代發生同頻共振，這才是《歧路燈》研究熱興起的重要原因之所在。

在這一時期與大陸形成的《歧路燈》研究熱遙相呼應的是臺灣和香港地區的學術界，他們對《歧路燈》也表現出了一定程度的關注。欒星校注本出版後，臺灣與香港地區的熱情較比大陸為高，且均給予肯定的評價。臺灣出版界在八十年代至少有四家出版社出版了《歧路燈》，也較之大陸為多，學者雖給予《歧路燈》以肯定評價，但其論點相對比較冷靜、客觀與平和。如《歧路燈的再發現與再評價》一文認為「這部被埋沒了兩百多年的小說是一本相當可讀的小說，但充其量只能和另一本類似的小說《蜃樓志》相等；將它與《紅樓夢》、《儒林外史》並列而為清代三大小說，是有些言過其實的。」〔註68〕此外，臺灣學者陳翠芬、韓國學者鄭在亮分別於 1986 年與 1988 年以李綠園和《歧路燈》研究作為其碩士學位論文。20 世紀 80 年代後期，這種關於《歧路燈》百家爭鳴的學術氣氛漸趨平靜，直至今日，雖然學術界還不時有關於李綠園及其《歧路燈》的論文、論著問世，但始終沒有再形成一個有影響的學術研究熱點。

由此可見：二十世紀八十年代是《歧路燈》被熱切關注和積極探討研究的年代，九十年代《歧路燈》雖依舊被關注，但已降溫，進入二十一世紀之後，《歧路燈》的研究升溫的趨勢明顯。就研究的廣度和深度而言，八十年代

〔註68〕〔臺灣〕王孝廉，歧路燈的再發現與再評價〔N〕，中國時報〔A〕，1983 年 1月 13 日。

的研究重廣度而深度挖掘不夠；九十年代之後雖重深度挖掘但廣度拓展不足；2000 年之後的研究在廣度和深度上均有推進，但就橫向比較而言其研究狀況較《紅樓夢》、《金瓶梅》等遠不能盡如人意。

教育是一種長期而複雜的勞動過程，「十年樹木，百年樹人」，改革開放近四十年教育的發展是在不斷修正錯誤的過程中曲折地前行，《歧路燈》在九十年代之後的研究與此相類似，關於《歧路燈》的專門論著較少，且多出現在二十世紀九十年代以後，呈現出一種綿綿不斷、螺旋陞進的態勢。這種研究狀況一方面和我們目前學術界熱衷於關注主流作家、主流作品的研究取向有關，另一方面也說明在李綠園及其作品的研究上我們明顯還存在因認識不足而淡化對其研究的傾向，研究者對《歧路燈》的研究探索持一種冷靜、客觀、審慎甚至觀望的態度。綜觀二十世紀二十年代至今有關李綠園和《歧路燈》研究的發展，有下列幾種現象值得注意：

第一，無論是最早關注《歧路燈》的蔣瑞藻，還是二十、三十年代出版和研究《歧路燈》的馮友蘭，亦或是整理校對《歧路燈》的欒星、以及為此校本做序的姚雪垠，包括最早出版《李綠園與其〈歧路燈〉研究》專著的臺灣學者，無一發起人不是河南人或與河南關係密切者（臺灣的吳秀玉其夫君祖籍河南），足見這種研究中滲透著濃鬱的鄉土情結和濃厚的地域文化特徵。情感的介入對於研究工作而言利弊兼有：一方面，情感的介入有助於研究者研究動機的激發和研究資料的收集整理及其研究工作的深入，這是無地域機緣的研究者所不及的；另一方面，情感的介入也表現為它不利於研究者與研究對象之間拉開一定的距離，使之對研究對象進行較為客觀的理性觀照。

第二，這些論文、論著大多著眼於對李綠園的生平思想、《歧路燈》的思想傾向和藝術成就如結構、人物、語言等方面進行探討，亦有學者對小說中所表達的思想作專門研究（如胡世厚、李延年等），或對小說所反映的清康熙、乾隆時期的開封城市經濟、有關戲曲的描寫及民俗等作詳細的考證（如吳聰娣、傅曉航、廖奔等），但均未離開李綠園與其《歧路燈》，而對李綠園個人內在的東西（如支撐其創作的人生理念、創作心態等）以及李綠園除《歧路燈》之外的作品（如詩文）等涉及甚少，因此很難進行有深度的挖掘。研究者對李綠園與《歧路燈》的這種研究方式，一方面說明了這些研究突出作家、作品的主要方面的研究特色，另一方面也說明這些研究對作家、作品的研究還缺乏整體性和全面性。因此，對李綠園的研究宜遵循完整性研究原則，不

能只集中在《歧路燈》這一部作品上。

第三，由於李綠園本人思想的矛盾性與複雜性、《歧路燈》本身思想內容的廣闊性與豐富性，研究者群體對李綠園及其作品的研究也呈現出良莠不齊的局面和褒貶不一的態勢。就學術界總體而言，大多認為這是邊緣作家和邊緣作品，可為文學史提供參考資料，但並無多大文學價值，且對李綠園與其《歧路燈》的評價並不高。其評價的依據有二，一認為李綠園與《歧路燈》的思想陳腐，道學氣濃厚，長於說教，短於反封建意識；二否定的同時亦肯定其在反映生活的廣度方面以及《歧路燈》在藝術方面如人物塑造、語言運用、情節結構等獨具特色。作家與作家之間固然存在共性的東西，但僅強調共性那麼也就意味著抹殺了彼此的差異。而在研究中明確彼此間的差異，突出李綠園的個性是為研究所必須，而且作為研究者本身也當形成其異於他者的個人的研究風格與特色。

第四，所有的研究中普遍存在對李綠園的教育思想缺乏應有的足夠的認識和理解，更難以談及重視、解析和借鑒，多糾纏於諸如教師觀、家庭影響等微觀問題的研究，而對其所反映的諸如教育與時代的發展、教育與經濟的發展、教育與法制、教育與環境之間的關係等宏觀問題還缺乏應有的認識。而對這些問題及其之間關係的認識不清，意味著研究者很難對李綠園及《歧路燈》作出恰當的評價。一定的理念支配一定的行為，有什麼樣的理念相應地就會產生什麼樣的行為。李綠園的人生理念、文學觀念、教育思想和其時代特徵、創作行為之間的關係問題不容忽視。

總之，到目前為止，李綠園研究的這種局面實際上反映出學術界對李綠園在文學史和教育史上的地位的認識的缺乏及其研究視野的局限，本研究從李綠園以小說行教化的創作觀念切入，結合李綠園的創作實踐（《歧路燈》文本）來解析李綠園的創作觀念及其創作觀念與時代、與作家生活經歷之間的內在聯繫，努力探討其在教育史和文學史上的價值，並力求給其在文學史和教育史上以客觀的定位公允的評價。

三、本研究的思路與方法

（一）研究思路

筆者從文學和教育學交叉的視角對本課題進行系統的研究，在研究中強調三次重點轉移：從以讀者（含研究者）為中心（第一部分）、到以時代和作

家為中心（第二部分），再到以作品為中心（第三部分），最後是本研究的結論部分。因為沒有時代也就沒有作家，沒有作家也就沒有作品，沒有作品也就沒有讀者。以時代為中心，是因為「人是社會關係的總和」，任何一個作家無不打上時代的烙印；在這個意義上時代決定了作家及其創作。以作家為中心，是在研究中追求體現於作品中的作者原意，它以考據作者之心為終極目的。以作品為中心，是通過分析和研究作品，獲得作品的客觀的歷史意義。以讀者為中心，奠定了本研究的起點與問題的生發點，站在前人的肩膀上，才能「不畏浮雲遮望眼」。

所有這一切研究的展開有一個最起碼的前提，那就是建立在以往研究者的研究的基礎之上，因為「釋義的文字是釋義者的文字，而不是被釋義的文字的語言或語彙」〔註69〕，即意義並非僅客觀地存在於作品之中，沒有讀者（或研究者），也就沒有被解讀（研究）的作品，當然也就不存在作品的意義。正是在這個基礎上，筆者對作家及其所處時代、作家的創作意圖和文本、以及以往的研究進行個性化的解讀，也正是在此基礎上開始本研究。讀者論〔註70〕、時代論、作家論、作品論是構成本研究系統的不可分割的四大要素，而它們之間的關係如上所述。

本研究是沿著從總體——部分——總體的研究思路展開的，第一部分（對以往研究進行總結）和結論（對本研究進行總結）雖側重點不同，但都屬於總體研究，第二、三部分切入具體研究部分。第一部分為讀者論；第二部分為時代論和作家論；第三部分為作品論和結論；第四部分為附錄，即李綠園及其《歧路燈》文獻研究部分，為前三部分的研究提供實證支持。

從結構上本研究共分四個部分：

第一部分：從宏觀的角度力求準確、客觀地對以往關於李綠園及其《歧路燈》的研究進行梳理和觀照，這是本研究的出發點和立足點。

首先，概述近百年來李綠園及其《歧路燈》的研究歷程及目前的研究狀況；其次，從教育小說的概念、教育小說與其他小說的區別、教育小說的題材流變入手，給《歧路燈》歸類，確定其為教育小說。關於教育小說的概念，前人已有定義，但這種定義並不嚴格、規範，鑒於此，本研究還要在教育小

〔註69〕 伽達默爾，批評的循環〔M〕，瀋陽：遼寧人民出版社，1987，頁81。
〔註70〕 研究者首先是讀者，區別於一般讀者之處在於其解讀作品帶有一定的目的和傾向性。但研究者終歸屬於讀者中的一種，故如是稱之。

說概念的界定上入手，力爭這種界定科學而規範，使之具有普適性。

第二部分：首先把握李綠園的創作觀念形成的時代因素，主要從康、雍、乾三朝的經濟與文化、不良的社會風氣入手，分析經濟的發展對當時的文化及社會風氣的決定性影響，進而得出結論，康乾盛世的經濟、文化與社會風氣是李綠園創作《歧路燈》的重要因素；然後從李綠園的生平切入，解析時代對作家及其文學創作的影響，以及作家又是如何在與時代互動的同時，從其教育家與小說家的社會責任出發，以其獨特的視角來關注和解決社會問題；然後以《〈歧路燈〉自序》為依據概述其以小說行教化的創作觀念。

第三部分：結合李綠園創作實踐的成果——《歧路燈》文本，側重研究其作品的內容，以此透析其以小說行教化的創作觀念的精神實質。主要從李綠園的教育觀、教育對策、《歧路燈》的教化內容與形式這四個方面來研究李綠園在創作實踐中是如何賦予其小說以「富教並重」「教化至上」的實質內容，其小說又在多大程度上實現了他「以小說行教化」的創作觀念。

結論：《歧路燈》是中國古代第一部長篇白話教育小說，是浪子題材的集大成者，它在文學史上對小說題材的貢獻應予以重視。李綠園以小說行教化創作觀念的文學意義在於「浪子回頭」這一教育題材至《歧路燈》為集大成者，是一次有益的大膽的嘗試；李綠園以小說行教化創作觀念的教育意義在於：首先他揭示出青少年教育與經濟發展之間必然的關係，李綠園意識到教育是一個立體化的影響系統，只有各種影響因素綜合起作用，才能實現培養人的目的，而且他認為教育的內容與形式要與個體的發展、與時代的要求相適應。

第四部分：附錄，李綠園及其《歧路燈》文獻研究，旨在從李綠園年譜、李綠園交遊考、李綠園卒地考、《歧路燈》版本考和《歧路燈》傳播問題考辨五個方面為本研究提供文獻學的支撐。

本研究盡可能迴避以往研究中已有定論的部分，在力求使本研究的邏輯結構盡可能地合理和完整的基礎上，有針對性地對以往研究中存在的問題予以澄清和解決，在填補中國教育史對中國古代教育小說研究的空白的同時，結合文學史對李綠園以小說行教化的創作觀念進行客觀理性的定位、觀照與反思。

（二）研究方法

本研究偏重於以史證文、以文證史，通過文史互證的方法，助力對讀者

（含研究者）、對時代、對作家、對作品幾個方面的解析，從中勾勒出李綠園「以小說行教化」創作觀念之實質在於試圖解決「富」與「教」的關係問題，剖析清中葉的作家對儒家「先富後教」思想在歷史不同發展時期的重新認識與定位：「先富後教」適合王朝建立百廢待舉的創業初期，不適合建國之後經濟快速發展的守成階段。「時代是思想之母，實踐是理論之源」，李綠園根據社會的現狀，歷史性地發展了儒家「先富後教」的思想，針對康乾盛世經濟繁榮因教育缺位造成的社會普遍精神荒蕪的現象，以「富教並重」、「教化至上」大膽地開出消解這一痼疾的良方，為改革開放後語境相近的當代中國提供了正確處理「富」「教」關係具有參考價值和借鑒意義的座標系，值得富裕後的當代國人重新認識、反覆學習、認真思考……

第二部分：時代論與作家論

李綠園的創作觀念及其成因

　　作家的思想、情感、經驗及其審美心理結構，歸根結底是由一定的歷史條件和社會關係決定的。作家不僅不可能超出歷史條件和社會關係的制約，而且也不可能超越其在實踐中形成的自身審美心理結構的制約。也就是說，任何一個作家的作品及指導作家進行文學創作的理念都不可能憑空產生，都有其賴以存在的充要條件，李綠園與其《歧路燈》也不例外。這個條件就是：其所處的社會經濟與文化、當時的社會風氣、作家本人的身世與經歷。

第一節　李綠園創作觀念的時代成因

　　在清朝的發展歷程中，康熙、雍正和乾隆三朝是非常重要的時期，三朝共歷一百三十四年，占清朝全史（從 1644 年算起）的一半，而李綠園一生八十四歲（生於康熙四十四年，卒於乾隆五十五年），幾乎和十八世紀共始終，他的一生恰逢康、雍、乾三朝，在時間上占三朝歷史的近三分之二，可以說李綠園的一生見證了清朝的鼎盛時期。李綠園一生所經歷的康、雍、乾三朝的政治、經濟與文化，是李綠園以小說行教化創作觀念及其創作實踐活動賴以產生的基本條件和前提基礎。

　　清朝作為中國的最後一個王朝，在中國的歷史上它是一個在政治、經濟與文化等方面集大成的王朝；康、雍、乾三朝作為中國社會的最後一個王朝的盛世，從始至終持續百餘年，這在中國社會歷史上是罕見的。它主要表現為：「社會經濟保持長期的繁榮，國庫儲備充盈；封建政治高度發展，社會安定；軍事強大，威震四境；文化教育昌盛，中華傳統文化全面發揚光大；開疆

拓土，疆域空前擴大，形成多民族國家空前『大一統』的恢宏局面。」〔註1〕

一、康乾盛世的經濟與文化

（一）康乾盛世的經濟

明末農民戰爭和清初農民起義給清初的經濟造成嚴重的衝擊與破壞，同時也給清統治者以深刻的教訓，直至康熙初年還存在人口流亡、土地荒蕪、城市蕭條的凋敝景象。爲了恢復和發展經濟，清政府順應歷史形勢，採取了一系列改革措施：其一，通過「招民墾荒」和「更名田」的方式改變土地政策。其二，興修水利，治理大江大河。其三，用「地丁合一」、「蠲免賦稅」的方式改變稅收政策。其四，通過「廢除匠籍」、「出旗爲民和除賤爲良」的方式改變社會關係中的等級秩序。此外，爲了便民利商，康熙下令統一制錢重量，宣佈「不虧行戶」，允許「賑房」經營的方式。

康、雍、乾三朝的上述政策，在一定程度上促進了農業、手工業、商業的發展，但是上述政策給清朝政治經濟和社會帶來的負面影響也是顯而易見的：

其一，「永不加賦」的直接結果是政府財政開支恒定不變，而清朝龐大的官吏隊伍只能靠政府這種定額的經費支付，官吏薄薪成爲必然。而薄薪勢必無法以俸養廉，政府只得出「以官易捐」之下策，以緩解財政不足的困難；而此例一開，終難免吏治腐敗的必然結果。

李綠園在《歧路燈》中塑造了錢萬里這樣一個唯利是圖的書吏，但李綠園亦描寫出他因家境窘迫而不得不如此的苦衷。甚至連祥符教諭周東宿招待孔耘軒都不得不借廚具（見第四回）。

清歐陽兆熊、金安清在《水窗春囈》中記載：「乾、嘉間翰林至清苦，吾鄉黃霽青先生，己巳傳臚，至庚辰始授廣信府。十餘年冷署，皆步行，否則賃騾車，從無有自豢車馬者，同輩皆然，不獨一人也。京師有諺語：『上街有三厭物，步其後有急事無不誤者，一婦人，一駱駝，一翰林也』。其時無不著方靴，故廣坐及肆中，見方靴必知爲翰林矣」〔註2〕，記載了薄薪不足以養年的現實。

其二，「永不加賦」的另一個直接後果是人口的急劇增長：

〔註1〕 朱誠如、王天有，論康乾盛世的文化特徵〔A〕，明清論叢〔C〕，北京：紫禁城出版社，2002（5）。

〔註2〕 歐陽兆熊、金安清，水窗春囈〔M〕，中華書局，1982，頁57。

「順治十八年，會計天下民數，千有九百二十萬三千二百三十三口。康熙五十年，二千四百六十二萬一千三百二十四口。六十年，二千九百一十四萬八千三百五十九口，又滋生丁四十六萬七千八百五十口。雍正十二年，二千六百四十一萬七千九百三十二口，又滋生丁九十三萬七千五百三十口。乾隆二十九年，二萬五百五十九萬一千一十七口。六十年，二萬九千六百九十六萬五百四十五口。嘉慶二十四年，三萬一百二十六萬五百四十五口。〔註3〕」從康熙到乾隆，幾十年間人口的驟增，使得乾隆憂心忡忡，其「諭內閣曰：『朕查上年各省奏報民數，較之康熙年間，計增十餘倍。承平日久，生齒日繁，蓋藏自不能如前充裕。且廬舍所佔田土，亦不啻倍蓰。生之者寡，食之者眾，朕甚憂之。猶幸朕臨御以來，闢土開疆，幅員日廓，小民皆得開墾邊外地土，藉以暫謀衣食。然為之計及久遠，非野無曠土，家有贏糧，未易享昇平之福。各省督撫及有牧民之責者，務當隨時勸諭，俾皆儉樸成風，惜物力而盡地利，慎勿以奢靡相競，習於怠惰也。是時編審之制已停，直省所報民數，大率以歲造之煙戶冊為據。行之日久，有司視為具文，所報多不詳覈，其何以體朕欲周知天下民數之心乎？〔註4〕』」

不可否認，在上述政策制定之初，清政府根本無法預見、也不可能預見到其可能產生的後果和影響，正是上述政策的認真貫徹和有效執行，奠定了康乾盛世得以維繫百年的前提和基礎。尤其是康熙時期政治上統一安定，社會經濟發展繁榮，開放了海禁，與俄羅斯、朝鮮、越南、及南洋各國之間頻繁的貿易往來，使清初被扼殺的資本主義萌芽又緩慢地發展起來。康乾盛世的經濟發展可以從以下數字中得到證實：

康熙六十一年壬寅：是年全國人丁戶口二千五百三十萬九千一百七十八，又永不加賦滋生人丁四十五萬四千三百二十，田地等八百五十萬零九百九十二頃四十畝。徵銀二千九百四十七萬六千六百二十八兩，米豆麥等四百六十六萬八千八百三十三石，草四百九十

〔註3〕趙爾巽，清史稿〔Z〕（卷一百二十，志九十五，食貨一），北京：中華書局，1976～1977。

〔註4〕趙爾巽，清史稿〔Z〕（卷一百二十，志九十五，食貨一），北京：中華書局，1976～1977。

二萬二千八百一十束。茶三十五萬九千一百五十四引，行鹽五百零五萬一千六百五十六引，徵課銀四百零四萬四千一百一十一兩。鑄錢四十六萬一千七百〔註 5〕。雍正十二年壬寅：丁户二千五百四十一萬二千二百八十九，永不加賦後滋生人丁九十三萬六千四百八十六。田地八十九萬四百十六頃四十畝，徵銀二千九百八十七萬二千三百三十二兩六錢。茶三十四萬二千三百五十一引。鹽課銀三百九十八萬八千八百五十一兩。鑄錢六萬八千四百三十六萬二千有奇。〔註 6〕乾隆六十年乙卯：合計全國民穀數，各省通共大小男婦二億九千六百九十六萬八千九百六十八人，各省通共存倉米三千九百七十五萬三千一百七十五石。〔註 7〕

清中葉經濟的發展帶來了整個社會的安定與繁榮，進而使整個社會呈現出太平盛世歌舞昇平的氣象。《歧路燈》中祥符「三月三」的節日表現了這種盛況：

「演梨園的，彩臺高築，鑼鼓響動處，文官搢笏，武將舞劍。扮故事的，整隊遠至，旗幟飄揚時，仙女揮麈，惡鬼荷戈。酒簾兒飛在半天裏，繪畫著呂純陽醉扶柳樹精，還寫道：「現沽不賒」。藥晃兒插在平地上，伏侍的孫眞人針刺帶病虎，卻說是「貧不計利」。飯鋪前擺設著山珍海錯，跑堂的抹巾不離肩上。茶館內排列著瑤草琪花，當爐的羽扇常在手中。走軟索的走的是二郎趕太陽，賣馬解的賣的是童子拜觀音，果然了不得身法巧妙。弄百戲的弄的是費長房入壺，說評書的說的是張天師降妖，端的誇不盡武藝高強。綾羅綢緞鋪，斜坐著肥胖客官。騾馬牛驢廠，跑壞了刁鑽經紀。飴糖炊餅，遇兒童先自誇香甜美口。銅簪錫鈕，逢婦女早說道減價成交。龍鍾田嫗，拈瓣香呢呢喃喃，滿口中阿彌陀佛。浮華浪子，握新蘭，挨挨擠擠，兩眼内天仙化人。聾者憑目，瞽者信耳，都來要聆略一二。積氣成霧，哈聲如雷，亦可稱氣象萬千。」（第三回）

不但「三月三」，其他的節日也很熱鬧，《歧路燈》第八回中還有「新正已過，小主人日日在門前要核桃，放花炮，弄燈籠，晚上一定放火箭。況且

〔註 5〕 章開沅，清通鑒〔Z〕，長沙：嶽麓書社，2000，頁 1302。

〔註 6〕 趙爾巽，清史稿〔Z〕（卷八，本紀九，世宗本紀），北京：中華書局，1976～1977。

〔註 7〕 章開沅，清通鑒〔Z〕，長沙：嶽麓書社，2000，頁 1238。

省城是都會之地，正月乃熱鬧之節，處處有戲，天天有扮故事的」。不止李綠園所處的河南如此，清董含《蓴鄉贅筆》中也有：「楓涇鎮爲江、浙連界，商賈叢積，每上巳，賽神最盛，築高臺，邀梨園數部，歌舞達旦。曰：『神非是不樂也。』一日，演秦檜殺岳武穆父子，曲盡其態。忽一人從眾中躍登臺，挾利刃直前刺檜，流血滿地。執縛見官，訊擅殺平人之故。其人仰對曰：『民與梨園，從無半面，一時憤激，願與檜俱死，不暇計眞與假也。』」〔註8〕而且爲了神民同樂，歡宵達旦的社戲活動，是許多農村普遍的節慶娛樂。實際上，民間爲應時、應節所搬演的社戲、廟戲，確爲農業社會中百姓心靈寄託與農閒娛樂。「一村演戲，眾村皆至。移他村，亦如之。」

儘管康乾盛世也存在各種各樣的天災（水災、旱災、蝗災等）人禍（準噶爾叛亂、苗民起事、西藏問題、對俄用兵等），但從總體而言，康乾時期的富庶與繁榮、和平與安定是顯在的，舉國上下呈現出一片太平盛世景象。因爲如此帶有普遍性的節慶娛樂，只有經濟發展到一定程度能夠給人們提供足夠的餘暇和資金保證的特定時期才會出現。沒有經濟發展提供的閒暇與條件，沒有社會的安定與繁榮，不可能有這樣的情形出現。同樣，浪子這種特殊的群體與個體也多是在其經濟能力已爲其提供了足供其恣遊、放蕩、揮霍的條件時才會出現，因爲衣食不足之時人少有不務正業者，而務正業與不務正業是區分浪子的根本標誌（衣食不足之時還會有另一種結果產生，即群體性的衣食不足則可能導致罷工或起義）。李綠園正是看到了經濟發展對人的發展的這種影響，並將這種影響融入了《歧路燈》的創作之中，希望能達到以小說行教化的目的，以挽回富而不教和教而失當的社會弊端。

（二）康乾盛世的文化

清朝雖是少數民族統治政權，但在其一統中原之後，爲了鞏固國基，消弭夷夏之防，提倡忠君思想，極力推崇程朱理學，並把其應用到其政治、軍事實踐及其思想教化等各領域，康乾盛世的文化繁榮是與其相應的文教政策不可分割的。有清一朝的文教政策主要體現在以下幾個方面：

其一，尊孔重儒，提倡程朱理學，用懷柔政策籠絡知識分子。

清統治者入關以前就關注儒學，入關之後更是竭力提倡程朱理學，把它定爲官方哲學，作爲支配人們思想和行動的最高權威。清世祖十二年（1655）

〔註8〕 〔清〕董含。蓴鄉贅筆，〔清〕吳震方輯。嘉慶四年（1799）刻本。

下詔以朱熹婺源十五世孫朱煌承襲翰林院《五經》博士，在籍奉祀；清聖祖康熙五年（1666）帝書匾額「學達性天」四字賜崇安武夷五曲書院暨婺源闕里紫陽書院懸掛及其二十九年（1690）書匾額「大儒世澤」及聯「誠意正心闡鄒魯之實學，主敬窮理紹廉洛之心傳」賜考亭書院懸掛。這裡僅就李綠園在世的八十四年撮其要者如下，以此透視康雍乾三朝的尊孔重儒現象：

康熙朝：提升朱熹地位，於「五十一年壬辰二月丁巳，詔宋儒朱子配享孔廟，在十哲之次」〔註9〕。輯《朱子全書》六十六卷，康熙親為《朱子全書》做序。湯斌、李光地、熊賜履、張伯行……等人，均因宣傳、鼓吹程朱理學，而受到康熙帝的賞賜和重用，成為著名的「理學名臣」。而納蘭成德刻宋、元遺書時，「凡諸家經解，非程朱一派，則削而現錄」。流風所及，康熙朝的程朱理學，亦盛行一時。

雍正朝：頒行《聖御廣訓》，於雍正二年「二月丙午，御製聖諭廣訓，頒行天下。辛酉，詔臨雍大典，改幸學為詣學。三月乙亥朔，上詣太學釋奠，御彞倫堂講尚書、大學，廣太學鄉試中額〔註10〕」，以示重儒。命將康熙頒佈的「聖諭十六條」在各地宣講，只因它全面系統地宣揚三綱五常，雍正深知它「自綱常名教之際，以至於耕桑作息之間，本末精粗，公私鉅細，」為此他親自寫了洋洋萬言的《聖諭廣訓》序，希望「共勉為謹身節用之庶人，盡除夫浮薄囂凌之陋習」，因為它從道德、倫理、風尚、法律等方面規範了人的行為準則，可以說它是有清一代的道德總目，因而也成為清代學校道德訓練的標準。

乾隆朝：承襲康雍二帝重儒傳統，頒御製《太學訓飭士子文》〔註11〕，

〔註9〕 趙爾巽，清史稿〔Z〕（卷八，本紀八，聖祖本紀三，五十一年壬辰）。具體情形是：「二月初四丁巳（3月10日）帝謂大學士等曰：『宋儒朱子注釋群經，闡發道理，凡所著作及所編纂之書皆明白精確，歸於大中至正，經今五百餘年，學者無敢疵議。朕以為孟子之後有禪斯文者，朱子之功最為弘鉅。』七月間，《朱子全書》成，有旨：朱熹宜躋位四配之次。李光地奏：『朱子造詣誠與四配伯仲，但時勢相後千有餘載，一旦位先十哲，恐朱子必有未安。』乃定朱子牌位從孔廟東蕪先賢之列移至大成殿十哲之次」。見李文海，清史編年〔Z〕（卷三下），北京：中國人民大學出版社，2000，頁382～383。

〔註10〕 趙爾巽，清史稿〔Z〕（卷九，本紀九，世宗本紀）。

〔註11〕 乾隆十年（1745）五月，頒御製《太學訓飭士子文》於各省學宮，同世祖《臥碑文》、聖祖《聖諭廣訓》、世宗《朋黨論》朔望宣講。見趙爾巽，清史稿〔Z〕（卷十，本紀十，高宗本紀一，十年乙丑）。

且多次東謁孔廟〔註12〕。

由於清統治者的大力提倡，當時的知識界視程朱理學爲正統，否則即是離經叛道，清朱彝尊的《曝書亭集》中記載了這種情況：「世之治舉業者，以《四書》爲先務，視《六經》爲可緩；以言《詩》，非朱子之傳義弗敢道也；以言《禮》，非朱子之家禮弗敢行也；推是而言，《尚書》、《春秋》非朱子所授，則朱子所與也。言不合朱子，率鳴鼓而攻之」。雍正時的謝濟世注解《大學》，從《禮記》本，而未從朱熹的《四書集注》本，結果被人告發，說他「注釋《大學》，譭謗程朱」，被雍正罰做苦役〔註13〕；陸生楠作《通鑑論》也被人檢舉，雍正定論他「罪大惡極，情無可遣，將陸生楠軍前正法，以爲人臣懷怨誣訕者之戒〔註14〕」，殺一儆百，再無敢效尤者。

其二，統一士人思想，大興文字獄。

康雍乾三朝不但尊孔重儒，提倡程朱理學，而且還採用懷柔政策籠絡知識分子。清入關之初許多有民族氣節的知識分子對於新政權採取不合作態度，爲籠絡漢人，鞏固政權，清政府採取了一系列的政策：對於名聲較大的

〔註12〕 乾隆十三年（1748）「二月己卯，上釋奠禮成，謁孔林。詣少昊陵、周公廟致祭。命留曲柄黃傘供大成殿，賜衍聖公孔昭煥及博士等宴」（見趙爾巽，清史稿（卷十一，本紀十一，高宗本紀二，十三年戊辰）〔Z〕）；乾隆二十一年（1756）「二月辛亥，上啓蹕謁孔林。乙卯，上幸山東，詣孔林。三月己巳朔，上至曲阜，謁先師孔子廟。庚午，釋奠禮成。謁孔林、少昊陵、元聖周公廟。免曲阜丁丑年額賦」（見趙爾巽，清史稿（卷十二，本紀十二，高宗本紀三，二十一年丙子）〔Z〕）；乾隆三十六年（1771）「二月乙巳，上至曲阜謁先師孔子廟。丙午，上釋奠先師孔子。丁未，上謁孔林。祭少昊陵、元聖周公廟。賜衍聖公孔昭煥族人銀幣有差」（見趙爾巽，清史稿（卷十二，本紀十二，高宗本紀四，三十六年辛卯）〔Z〕）；乾隆四十一年（1776）「三月丙戌，上駐蹕泰安，謁岱廟。丁亥，上登泰山。乙未，上至曲阜，謁孔子廟。丙申，釋奠先師孔子，告平兩金川功。丁酉，上謁孔林」（見趙爾巽，清史稿（卷十二，本紀十二，高宗本紀五，四十一年丙申）〔Z〕）；乾隆四十九年（1784）「二月壬戌，上幸泰安府，詣岱廟行禮。丙寅，上謁少昊陵。至曲阜謁先師廟。丁卯，釋奠先師，詣孔林酹酒。祭元聖周公廟」（見趙爾巽，清史稿（卷十四，本紀十四，高宗本紀五，四十九年甲辰）〔Z〕）；乾隆五十五年（1790）「二月己未，上巡幸山東。三月甲午，上謁少昊陵。至曲阜謁先師廟。乙未，釋奠。賜衍聖公孔憲培及孔氏族人等章服銀幣有差。丙申，上謁孔林」（見趙爾巽，清史稿（卷十四，本紀十四，高宗本紀五，四十九年甲辰）〔Z〕）。

〔註13〕 〔清〕徐珂，清稗類鈔，訟獄類，謝濟世以謗訕獲咎，北京：中華書局，1984～1986。

〔註14〕 趙爾巽，清史稿〔Z〕（卷二百九十三，列傳八十四，謝濟世條）。

明末文人，多次以「禮賢下士」的形式「書徵」，對「隱逸山林」者，則特設
「博學鴻詞科」，使漢族知識分子參與政權，並多次令各省衙門推薦有名望的
知識分子進京爲官，康雍乾三朝沿襲此例不輟。

與懷柔手段並行不悖的是清政府採用高壓強制手段統一思想，突出表現
在頻繁地製造文字獄上。《清稗類鈔‧著述類‧四庫全書》載：「乾隆朝，……
癸巳，四庫全書館開，而私家著術一經疆臣輦送至京，廷臣檢閱，指出一二
近似謗訕之語，於是生者陷大辟，死者戮屍，雖妻子亦從而坐死矣〔註15〕」。
其實，不止乾隆一朝，李綠園生活的康、雍、乾三朝無一朝無文字獄，儘管
《歧路燈》意在「淑世」，然亦不可能不有此懸劍之憂，康熙二年就有兩起最
著名的文字獄，即莊廷鑨的「明史案〔註16〕」和戴名世的《南山集》案〔註17〕
僅是前車之鑒。

雍正一朝只有短短的十三年，李綠園由十七歲至三十歲，這十三年正
是李綠園的人生由幼稚走向成熟的關鍵的十三年，而這十三年中，他目睹
了雍正三年（1725）的汪景祺之獄〔註18〕、雍正四年（1726）的查嗣庭之

〔註15〕清稗類鈔，著述類，四庫全書，北京：中華書局，1984～1986。頁3738～3739。

〔註16〕李文海，清史編年〔Z〕（卷二）。康熙二年二十六日癸巳，北京：中國人民大
學出版社，1988，頁18載：「明相國朱國楨（浙江歸安即今吳興人）曾著《明
史》。明亡，朱家敗落，其子孫以未刊之《列朝諸臣傳》稿本價千兩賣於莊廷
鑨。莊乃當地豪富，廣聘諸名士補撰崇禎一朝，並竄名爲己作刻板，所續諸
傳，多有指斥清開國事。時歸安罷官知縣吳之榮，妄圖藉此敲詐勒索竟遭拒
絕，於是上告杭州滿洲將軍柯奎。柯奎權傾一方，莊家不敢怠慢，即以重金
厚賂。柯奎將原書擲還吳之榮，不予受理，莊允城即將書中指斥語刪節重印。
吳之榮計不成，特攜初刊本進京，上之法司。事聞遣刑部侍郎審判定罪。本
日。處重辟者七十人，凌遲者十八人，莊廷鑨已死，戮其屍。此案株連甚至
廣，或其親屬子女，或參與該書撰稿者，或爲書作序、校對者，或爲書抄寫
刻字者，或偶而購得此書者，皆不免於難。吳之榮從此啓用，後官至右僉都
御史。」

〔註17〕戴名世因《南山集》中多採錄方孝標《鈍齋文集》和《滇黔紀聞》所紀事，
並與其弟子餘生一書，論修史之例，「妄爲正統之論。以明亡僭號三藩。比諸
漢昭烈在蜀。宋二王航海。至康熙癸卯而後統歸於我朝。遺錄書福王奔蕪湖
則曰聖安本道。如此類甚多。且言於明史有深痛。舊東宮摘其語進之」（見〔清〕
蕭奭，永憲錄〔M〕，北京：中華書局，1959，頁64）。時趙申喬爲都諫，奏
其事，九卿會鞫，名世處決，孝標戮屍，兩家有服宗族皆口旗。

〔註18〕汪景祺於「雍正二年，赴陝西，謁年羹堯。其《上撫遠大將軍、一等公、川
陝總督年公書》中，稱年羹堯爲『詞林之眞君子，當代之大丈夫』，『宇宙之
第一偉人』，『聖賢豪傑備於一身』」，此本爲讒媚年羹堯而作進身之階，後「著
《讀書堂西征筆記》，對當時政治多有抨擊」，「作《功臣不可爲論》，以檀道

案〔註19〕，雍正六年（1728）的呂留良之獄。

　　汪、查之案可見注解，至於呂留良一案，可以從雍正帝的《大義覺迷錄》反觀清王朝的真正用意不僅在於反呂留良的「夷夏之防」，更重在肅清其思想在當時士人頭腦中的影響。而謂「呂留良父子之罪罄竹難書，律以大逆不道，實為至當，並無一人有異詞者。普天率土之公論如此，則國法豈容寬貸！」將「呂留良、呂葆中俱著戮屍梟示，呂毅中著斬立決。其孫輩著從寬免死，發遣寧古塔給與披甲人為奴，倘有頂替隱匿等弊，一經發覺，將浙省辦理此案之官員與該犯一體治罪。呂留良之詩文書籍不必銷毀。其財產由浙江地方官變價，充本省工程之用〔註20〕」，如此嚴加懲處，在某種程度上起到了殺一儆百、箝制思想的作用。

　　儘管乾隆元年在《大清律例》中增加了「有舉首詩文書箚悖逆者，除顯

濟、蕭鬽比年夷堯。言『鳥盡弓藏，古今同慨』，係因功成之後，人主『橫加猜疑，致成嫌隙』」，勸年功成身退：「於《高文恪遺事》中，言高士奇因奴事索額圖得顯官，旋合明珠傾索，又合徐乾學以傾明珠，又合明珠、王鴻緒以傾徐，『市井小人，出自冀土，致身軒冕，烏知所謂禮義廉恥哉！』」指斥朝庭用人存在的問題：「於《西安吏治》中，言吏治之壞莫甚於陝西，數十年來，督撫藩臬皆以滿洲人為之，目不知書，吏治民生皆不過問，『唯以刻剝聚斂，恒舞酣歌之計而已。』『上官既無善類，俗吏胶民以奉之，加徵雜派，苛政日增』」，指責朝庭吏治腐敗的弊端。後年夷堯被參罷官，福敏等於杭州搜查年夷堯家，於亂紙中發現手抄書二本。即《讀書堂西征筆記》，以書中言論「甚屬悖逆」，上奏朝庭。雍正朱批：「若非爾等細心搜檢，幾致逆犯漏網，其妄撰妖辭二本。暫留中摘款發審」（見李文海，清史編年〔Z〕（卷四）雍正三年十七日辛巳，北京：中國人民大學出版社，頁158～159）。後汪被斬梟示。

〔註19〕查嗣庭是「康熙四十五年進士。時任禮部左侍郎，是年為江西鄉試正主考。雍正帝以其『向來趨附科隆多』，所出試題『顯露心懷怨望，譏刺時事之意』，遣人搜查其寓所，得《日記》二本。其中『悖亂荒唐、怨誹捏造之語甚多』。江西科場中，又有關節作弊等事。本日。將查嗣庭革職拿問，交三法司審擬。諭稱：查嗣庭所出首題《君子不以言舉人，不以言廢人》，顯與國家取士之道相背謬。《易經》次題《正大而天地之情可見矣》、《詩經》次題《百室盈止、婦子寧止》。去年正法之汪景祺文稿中有《歷代年號論》，指正字有一止之象。今查嗣庭所出經題，前用正字，後用止字，前後聯絡，顯然與汪景祺語相同。所出策題，云『君猶腹心，臣猶股肱』，不稱元首，不知君上之尊。……《日記》中，其他譏刺時事，幸災樂禍之語甚多」。雍正五年五月，結查嗣庭案。查嗣庭本應凌遲處死，因在監病故，戮屍梟示，其子查沄斬監候，兄查嗣瑮及其餘子侄俱流三千里，家產變價修海塘。兄查慎行因年已老邁，家居日久，相隔路遠，並不知情，連同其子俱釋放回籍（見李文海，清史編年〔Z〕（卷四）雍正四年二十六日乙卯，北京：中國人民大學出版社，頁216～217）。

〔註20〕李文海，清史編年（卷四）〔M〕，雍正十年十七日庚午，頁555。

有逆跡，仍照律擬罪外，若只是字句失檢，涉於疑似，並無確實悖逆形跡者，將舉首之人即以所誣之罪，依律反坐，至死罪者，分別已決未決，照例辦理。承審官不分詳察輒波累株連者，該督撫科道察出題參，將承審官照故入人罪律交部議處〔註21〕」，做出不以文字罪人的姿態，但乾隆一朝的文字獄並不比康熙和雍正二朝少，僅舉三例為證：

乾隆二十（1755）年湖南學政胡中藻的《堅磨生詩鈔》案，因詩中有「一把心腸論濁清」之句，被認為是有意「加濁字於國號之上」，胡中藻被處死〔註22〕；乾隆二十二年（1757）彭家屏、段昌緒之獄，只因彭家藏有明末野史《瀏河紀聞》及抄本《啓禎政事》等書，二人均被殺〔註23〕；乾隆四十二年（1777）徐述夔《一柱樓詩稿》中有「大明天子重相見，且把壺兒擱半邊」及「明朝期振翮，一舉去清都」之句，被乾隆認為有「復明滅清」之意而被戮屍，其子孫以及校對者俱坐死，已死者剖棺銼屍〔註24〕。

據不完全統計，康、雍、乾三朝文字獄案共有 115 起，而實際上遠遠超過這個數，僅乾隆六年（1741）至五十三年（1788）的四十八年間，各種文字獄就有六十三起，焚書、殺人幾乎成了每年的慣例，「生人與死者並踵而臥」（見方苞《望溪集‧文獄中雜記》），使「前代文人受禍之酷，殆未有若清代之甚者，故雍、乾以來，志節之士，蕩然無存。有思想才能者，無所發洩，惟寄之於考古，庶不干當時之禁忌。其時所傳之詩文，亦惟頌諛獻媚，或徜祥山水、消遣時序及尋常應酬之作。稍一不慎，禍且不測，而清之文化可知矣！〔註25〕」在文字獄的高壓之下，漢族學者噤若寒蟬，「避席畏聞文字獄，著書只為稻粱謀」。

在大興文字獄的同時，清政府還通過搜書、繳書、編書、禁書的方式來統一思想。清統治者對已故學者的著作，不遺餘力地大肆搜羅，特別是明末遺老的著作，凡有關於前朝的論述，稍有微譏隱諷，皆搜剔而去，如著名學者屈大均的《翁山詩文集》被認為有悖逆之詞，「隱藏抑鬱不平之氣」，錢謙

〔註21〕李文海，清史編年（卷五上）〔M〕，乾隆元年二月十七日辛巳，頁8。
〔註22〕徐珂，清稗類鈔，獄訟類，胡中藻以堅磨生詩被誅〔M〕，北京：中華書局，1984～1986。
〔註23〕徐珂，清稗類鈔，獄訟類，段昌緒以吳三桂檄文論斬，彭家屏以明季野史論斬〔M〕，北京：中華書局，1984～1986。
〔註24〕徐珂，清稗類鈔，獄訟類，徐述夔一柱樓詩案〔M〕，北京：中華書局，1984～1986。
〔註25〕柳詒徵，中國文化史，上海：東方出版中心，1988，頁731。

益「自為詩文，曰牧齋集，曰初學集、有學集。乾隆三十四年，詔毀板〔註26〕」。
當時，「凡以文字獄者，一面拿辦，一面就查抄，這並非著重他的家產，乃在
查看藏書和另外的文字，如有別的『狂吠』，便可以一併治罪」，以清統治者
看來，「既敢『狂吠』必不出於一兩聲，非徹底根究不可」(《魯迅全集(卷六)・
學〈小學大全〉記》)。

查搜書只是急功近利箝制思想的一種手段，而另一種統一思想的手段卻
是從長遠的利益著眼，即編書。清朝有專門的編書館，詔令當時的知名學者
參加，在通過編書控制思想的同時，也控制學者的人身。自康熙二十四年
(1685)始，在全面搜集國內藏書的同時，編了許多有價值的工具書如康熙
時的《康熙字典》、《淵鑒類函》、《佩文韻府》、《古今圖書集成》等。乾隆時
則廣泛搜羅古今遺書，《清稗類鈔》中甚至有因獻書而被賞舉人的記載〔註
27〕。

乾隆時期纂成《通鑒輯覽》、《續通典》、《續文獻通考》等書，尤其是《四
庫全書》，規模最大，從乾隆十七年(1752)始，歷經十年始成，其中收書三
千五百零三種，七萬九千三百三十七卷，分經、史、了、集四部，參與的學
者達千百人。乾隆四十一年「十一月甲申，命四庫全書館詳覈違禁各書，分
別改毀。諭曰：『明季諸人書集詞意牴觸本朝者，如錢謙益等，均不能死節，
妄肆狂狺，自應查明毀棄。劉宗周、黃道周立朝守正，熊廷弼材優幹濟，諸
人所言，若當時採用，敗亡未必若彼其速，惟當改易字句，無庸銷毀。又直
臣如楊漣等，即有一二語傷觸，亦止須酌改，實不忍並從焚棄』〔註28〕」。

《清稗類鈔》記載：「乾隆朝，御史王應彩、安徽學政朱筠，先後疏請下
詔求遺書，並言翰林院貯有《永樂大典》內多古書，請開局校閱，具言搜輯
之道甚備。時大學士劉文正公統勳獨以為非為政之要，且四處搜訪，徒滋騷
擾，欲議寢之。而協揆于敏中獨善其議，固爭之，卒用應彩等說上之。……
館開十三年而書成，共存書三千四百六十種，計七萬五千八百五十有四卷，

〔註26〕趙爾巽，清史稿〔Z〕(卷四百八十四，列傳二百七十一一，文苑一，錢謙益)。
〔註27〕「鮑廷博，字以文，號淥飲，本歙人。以商籍生員寄居杭州，後徙桐鄉青鎮
　　　之楊樹灣，遂為桐鄉人。家富藏書，尤喜搜羅散佚。乾隆時開四庫館，獻書
　　　七百種，欽頒《圖書集成》。旋刻秘籍數百種，曰《知不足齋叢書》。進呈乙
　　　覽，宸翰賜題卷首，有「知不足齋奚不足，渴於書籍是賢乎」句。嘉慶癸酉，
　　　復以進書，蒙仁宗賞給舉人。」見〔清〕徐珂，清稗類鈔，鑒賞類，鮑淥飲
　　　藏書於知不足齋〔M〕，北京：中華書局，1984～1986。
〔註28〕趙爾巽，清史稿〔Z〕(卷十四，本紀十四，高宗本紀五，四十一年)。

除頒賞內外臣工外，餘悉存於翰林院。……凡所纂輯，得之《永樂大典》中者五百餘部，合各省遺籍殆有萬餘種，皆世所不傳者，次第刊布，別藏其副於翰林院，依《全書》目次四部，編排標簽，以清秘堂辦事翰林司其籍〔註 29〕」。

至於居於末流的小說，《四庫全書》總編纂官清紀昀認為：小說「……跡其流別，凡有三派：其一敘雜事，其一記錄異聞，其一綴緝瑣語也。唐宋而後作者彌繁，中間誣謾失真，妖妄熒聽者，固為不少，然寓勸誡，廣見聞，資考證者，亦錯出其中。……然則博採旁搜，是亦古制，固不必以冗雜廢矣」（見《四庫全書總目提要》），因此在其《四庫全書總目提要》中「甄錄其近雅馴者，以廣見聞，惟猥鄙荒誕，徒亂耳目者，則黜不載焉」，經他之手，就已有相當一部分小說被淘汰，更何況有清一代不止一次地詔令禁燬「淫詞小說」：

> 康熙二十六年二月十六日甲子，從弄部給事中劉楷奏請，禁「淫詞小說」。諭稱：「淫詞小說人所樂觀，實能敗壞風俗、蠱惑人心。朕見樂觀小說者多不成材，是不唯無益而且有害。至於僧道邪教，素悖禮法，其惑世誣民尤甚。愚民遇方術之士，聞其虛誕之言，輒以為有道，敬之如神，殊堪嗤笑。俱宣嚴行禁止〔註 30〕」

康熙五十三年四月初四日乙亥：「帝諭禮部：「朕治天下以人心風俗為本，欲正人心，厚風俗，必崇尚經學而嚴絕非聖之書」，「近見坊間多賣小說淫辭，荒唐俚鄙，殊非正理，不但誘惑愚民，即縉紳士子，未免遊目而蠱心焉。所關風俗者非細，應即通行嚴禁。」於是規定，凡坊肆出售之「小說淫辭」，由內外文武官弁嚴查禁絕，刻板與書一併盡行銷毀。「如仍行刻印者，官員革職，兵民杖一百，流三千里。如仍出售者，杖一百徒三年。該管官夫察者罰俸降級〔註 31〕」。

雍正年間，錢以塏有「劈毀燒掉所有私家所刻書籍版片，並將藏匿者從重處治」的建議，雍正皇帝以禁書焚書不「能消滅天下後世之議論」為由而未採納他的建議，但雍正皇帝對於汪景祺、查嗣庭、鄒汝南、謝濟世、陸生楠、呂留良等案的殘酷處治在某種意義上起到了比明令禁止刊刻更為嚴厲的

〔註 29〕徐珂，清稗類鈔，教育類，四庫全書〔M〕，北京：中華書局，1984～1986。頁 3738～3739。

〔註 30〕李文海，清史編年〔Z〕（卷二），北京：中國人民大學出版社，1988，頁 542～543。

〔註 31〕李文海，清史編年〔Z〕（卷三），北京：中國人民大學出版社，1988，頁 420。

警示作用。

　　乾隆一朝有過之而無不及：「乾隆乙未閏十月，高宗檢閱各省呈繳應毀書籍，中有僧澹歸所著《遍行堂集》，乃韶州府知府高綱爲之製序，並爲募貲刊行。詩文中多悖謬字句，自應銷毀。因論及高綱身爲漢軍，且爲高其佩之子，世受國恩，乃見此等悖逆之書，恬不爲怪，轉爲製序募刻，使其人尚在，必當立置重典。其書板自必尚在粵東，著李侍堯等即速查明此書版片及刊印之本，一併奏繳〔註32〕」。此外還有尹嘉銓以著書處絞、韋玉振以刊刻行述杖徙（均見《清稗類鈔・獄訟類》卷二）等事發生。

　　這樣大規模的搜書和編書，其搜羅之富、評騭之詳，爲歷代私家所不逮，亦爲古今帝王所不及，它有利於中國古代文化典籍的保存和後人對中國古代文化的傳承；但從乾隆的上述諭旨中也不難判斷其目的是以編書爲手段，控制參與編書學者人身的同時，對不利於其統治的書籍進行銷毀，對某些書中的不利於其統治的字句進行篡改和歪曲以達到統一思想目的；從這個意義上說來，這一大型圖書的編纂工作對中國古代文化而言無異於一場浩劫，它使乾嘉學派（務實、重考據等）得以形成。

　　其三，沿襲明制，重視人才的選拔與培養。

　　明代「以武安天下，以文治天下」的措施被清統治者承襲，有清一朝培養和選拔人才主要通過學校、科目、薦舉和銓選的辦法：「學校以教育之，科目以登進之，薦舉以旁招之，銓選以布列之」（見《明史・選舉志一》・北京：中華書局，1989），在全國大興學校，中央設國子監，地方設府州縣學，鄉村設社學，形成了從中央到地方的學校網：「蓋無地而不設之學，無人而不納之教，庠聲序音，重規疊矩，夫間於下邑荒徼，山陬海涯。此明代學校之盛，唐、宋以來所不及也」（見《明史・選舉志一》・北京：中華書局，1989）。「有清學校，向沿明制。京師曰國學，並設八旗、宗室等官學。直省曰府、州、縣學〔註33〕」，其官學體制尚不止如此，清統治者還將具有私學性質的書院加以改造，將之併入官學。清雍正十一年（1733）正月，命各省建立書院，並撥經費，由此書院成爲官學〔註34〕。

〔註32〕〔清〕徐珂，清稗類鈔，獄訟類，澹歸遍行堂集案〔Z〕（卷二），北京：中華書局，1984～1986。

〔註33〕趙爾巽，清史稿〔Z〕（卷一百六，志八十一，選舉一）。

〔註34〕雍正「正月初十日壬辰（2月23日）各省建立書院。設於省會，各賜帑銀一千兩，爲讀書士子膏火之用。謂稱：「近見各省大吏漸知崇尚實政，不事沽名

　　清代不但建有完善的官學體制，還有嚴格的學規，順治十年頒佈的《臥碑文》是其最集中的體現。順治帝「諭禮部曰：『帝王敷治，文教爲先。臣子致君，經術爲本。自明末擾亂，日尋干戈，學問之道，闕焉未講。今天下漸定，朕將興文教，崇經術，以開太平。爾部傳諭直省學臣，訓督士子，凡理學、道德、經濟、典故諸書，務研求淹貫。明體則爲眞儒，達用則爲良吏。果有實學，朕必不次簡拔，重加任用』〔註35〕」，而且在《臥碑文》序中明確指出「朝廷建立學校，……全要養成賢才，以供朝廷之用，諸（生）當上報國恩，下立人品」。

　　《臥碑文》的內容〔註36〕不外乎兩點：其一，要求官學生員在校內須「誠心聽受」，讀書明理；其二，要求官學生員在校外要「愛心忍性」，少說少管。

　　康熙在《御製學校論》中也提及「治天下者莫亟於正人心厚風俗，其道尚在教化。……教化者爲治之本，學校者教化之原。欲敦教化而興起學校者，其道安在？在務其本，而不求其末；尚在實，而不務其華」（見《欽定國子監志》卷首）；雍正也指出「讀書所以明理，知有群父之尊，然後見諸行事，足

邀譽之爲。而讀書應舉者亦頗能屏棄奔競之習。則建立書院，擇一省文行兼優之士讀書其中，使之朝夕講誦，整躬勵行，有所成就，俾遠近士子觀感奮發，亦興賢育才之一道也。」本年五月，廣東督撫奏：於總督駐地之肇慶府修整端溪書院，於巡撫駐地之廣州府修整粵秀書院。六月間，福建原有鼇峰書院，擬選士子百人課讀，帑銀千兩交鹽驛道發鹽場生息，添補膏火。十二年五月，廣西於桂林北面獨秀峰這後建立書院，於江浙延請館師，選各州縣文行可觀士子入院讀書。六月，湖南報修整長沙之得價值，俟本省秋成後買穀還項。朱批：「朕嘉悅覽之，是當嶽麓書院。十三年元月，河南報修整豫章書院李文海，清史編年〔Z〕（卷三下）。中國人民大學出版社，2000，頁 528。
〔註35〕趙爾巽，清史稿〔Z〕（卷一百六，志八十一，選舉一）。
〔註36〕臥碑文全文如下：「第一，生員之家，父母賢智者，子當受教；父母愚魯或有非爲者，子既讀書明理，當再三懇告，使父母不陷於危亡。第二，生員須立志求學，必爲忠臣清官；務須互相講究書史所載之忠清事蹟，凡利國愛國之事，當多加留心注意。第三，生員居心忠厚正直，讀書方有實且，出仕必作良吏；如果心術不正，讀書必無甚成就，爲官必取禍患；行害人之事者，多自殺其事，常宜思省。第四，生員不可干求官長，交結勢要，希圖進身；心善德全，上天自知，必賜以福。第五，生員當受身忍性，不可輕入官司衙門。即使涉及自己之事，止許家人代告，自不許干預他人詞訟，他人自不許牽連生員作證出庭。第六，生員須尊敬師長；若講說皆須誠心聽受，倘有模糊，從容再問，不得妄行辨難；當然，教師亦應盡心教訓，勿致怠惰。第七，軍民一切利病，生員不得上書陳言；如有一言建白，以違制論，黜革治罪。第八，不許生員糾黨多人，立盟結社，把持官府，武斷鄉曲；所作文字，不得妄行刊刻，違者聽提調官治罪」。見《清文獻通考（卷六十九）。學校考七》。

以厚俗維風，以備國家之用，非僅欲求其工於文字也」（見《欽定大清會典事例‧禮部貢舉（卷三三○）》）。也就是說，統治者首先重在以「德」治天下，其次要養育德才兼備人才，再次作爲人才不但要德才兼備且具實行的能力。

如果說培養人才只是爲國家儲存後備力量，那麼清朝統治者通過科舉考試的選拔方式來將其培養的可能的人才轉變爲現實的人才。科舉考試是選拔人才的主要方式，而薦舉則作爲科舉考試的重要補充形式二者並存：「自唐以後，廢選舉之制，改用科目，歷代相沿。而明則專取四書及易、書、詩、春秋、禮記五經命題試士，謂之制義。有清一沿明制，二百餘年，雖有以他途進者，終不得與科第出身者相比。康、乾兩朝，特開制科〔註37〕」，「制科者，天子親詔以待異等之才。唐、宋設科最多，視爲優選。清代科目取士，垂爲定制。其特詔舉行者，曰博學鴻詞科、經濟特科、孝廉方正科。若經學，若巡幸召試，雖未設科，可附見也。聖祖敦崇實學，康熙甲辰、丁未兩科，改試策論〔註38〕」，但科舉考試仍是取士的主要方式。

事實上，「有清以科舉爲掄才大典，雖初制多沿明舊，而慎重科名，嚴防弊竇，立法之周，得人之盛，遠軼前代，」「其間條例之損益，風會之變遷，繫乎人才之盛衰，朝政之得失。〔註39〕」《歧路燈》中亦描寫了婁潛齋、婁樸父子和譚紹聞、簧初父子通過參加科舉考試博取功名事。

薦舉作爲科舉的重要補充形式，清初順治時就要求地方官吏「凡境內隱跡賢良，逐一啓薦，以憑徵擢」（見《清世祖實錄（卷五）》）；康熙以後，爲籠絡名儒學者，以求「至治」，曾多次爲詔舉「山林隱逸」「奇才碩彥」先後開設過博學鴻詞、孝廉方正和經學等科。雍、乾二朝也頗有此例。《歧路燈》中譚孝移舉賢良方正（見第五回）是屬薦舉之例。此外，「屬車臨幸，宏獎士林，康熙四十二年、四十四年，聖祖巡幸江、浙，召試士子，中選者賜白金，赴京錄用有差。高宗六幸江、浙，三幸山東，四幸天津，凡士子進獻詩賦者，召試行在。優等予出身，授內閣中書；次者賜束帛〔註40〕」，由此可見，清代不但重視養士選士，且已經形成嚴格的制度。

像李綠園這樣入清後出生、在正統的儒學思想影響下成長起來的士子，

〔註37〕趙爾巽，清史稿〔Z〕（卷一百六，志八十一，選舉一）。
〔註38〕趙爾巽，清史稿〔Z〕（卷一百九，志八十四，選舉四）。
〔註39〕趙爾巽，清史稿〔Z〕（卷一百八，志八十三，選舉三）。
〔註40〕趙爾巽，清史稿〔Z〕（卷一百九，志八十四，選舉四）。

他們沒有明末遺民的滿漢情結，沒有對滿清政權的敵視和仇恨，讀書做官自然而然地成為他們的進身階梯，他們對傳統理學和八股取士制度有著很深的認同感，許多士人皓首窮經，以期博取功名富貴。

至於清朝的「捐監」則是取其不時之需，以緩解經濟壓力，只是此例一開難收，且其中少有合理有效的監督管理機制，成為導致清朝吏治腐敗的另一重要因素。

綜上所述，清初在文化教育方面，是以嚴密控制、強制執行、安撫籠絡、禮遇利用等手段交互運用，期能對於中國社會作一全面的監督管理，以確保長治久安。

二、康乾盛世的社會風氣

明末農民起義和明清鼎革之際的動盪使清初的社會經濟遭到嚴重的破壞，清統治者為恢復和發展經濟採取了一系列的措施，加之清統治者對自身宮庭用度的約束，明末奢靡的社會風氣在清初不復存在，草創中的清王朝統治者對淳樸之風的提倡和躬行使清初社會形成了尚儉的習俗。

生活在康乾盛世的李綠園也尚節儉，這一方面固然與清統治者的倡導不可分，但也是李綠園的清貧家世使然。在《家訓諄言》中他提出：「茶飯不必豐盛，卻要器皿清潔；衣服不必華麗，卻要浣洗乾淨。非好看也，此即人家盛敗之兆。何也？敬勝怠敗之分耳」（見第十六條）。「布履棉襪，盡可適足。今人多繡雲物花卉於其上，靡矣。婦女何知，只知逞巧耳。豈偉丈夫而必以此鬥靡耶？緞襪亦不必用，況織雲物於上耶，直足刺識者之目耳。至於擦汗，何必綢幅？帶束腰腿，何必華綵？亦宜戒之」（見第二十條）〔註41〕。他不但在《家訓諄言》中對自己的後人如此諄諄教誨，在《歧路燈》中對尚儉亦有描寫：如孔耘軒葬父「席上粗粗的幾碗菜兒，薄酒一二巡」（第六回）；再如婁潛齋之兄提及年輕時譚孝移之父對他的教誨：「我當初在蕭牆街開一個小紙馬調料鋪兒，府上常買我的東西。我那時正年輕哩。一日往府上借傢伙請客，那老伯正在客廳裏，讓我坐下。老人家見我身上衣服時樣，又問我請的是什麼客，我細說一遍，都不合老人家意思。那老人家便婉婉轉轉的勸了我一場話。我雖年輕，卻不是甚蠢的人。後來遵著那老人家話，遂即收拾了那生意。鄉里有頃把薄地，勤勤儉儉，今日孩子們都有飯吃，供給舍弟讀書，如今也

〔註41〕李綠園，歧路燈〔M〕，乾隆本所附《家訓諄言》。

算得讀書人家。我如今料理家事，還是當日那老伯的幾句話，我一生沒用的清。」（第二回）雖沒從正面說出譚孝移父親對他說了什麼，但從他後來的行為可以推知是重節用尚耕讀之語；在第三回中李綠園還借婁潛齋之口對七八歲的宋隆吉著鮮綢衣上學直言其「頗覺不雅」的感受，隆吉父只得「把你（隆吉）的舊衣服送來，把新衣服還捎回去」（第三回）。

但統治者的倡導並不能從根本上改變康乾盛世總體呈上升趨勢的奢侈之風，長期穩定的經濟發展為社會風氣的轉變提供了物質基礎，使得一定數量的社會財富不再流向生產領域，而流向消費領域，於是達官貴人奢侈揮霍成為社會時尚：「稍見饒餘輒思華美，日復一日妄費愈增，人復一人摹仿務過。見人樸儉，則笑以為不才；視家清素，則歉以為深恥〔註 42〕」，「婚娶則多用錦繡金珠，死喪則燒毀珍寶車馬；嫁一女而可破中人數十家之產，送一死而可罄生人數十年之用〔註 43〕」。

一般說來，社會風氣一旦形成，其影響就必然超越地域與社會等級的界限。從地域上看，最先受到奢風波及的是經濟發達的南方，而且城鎮甚於鄉村；從不同的社會階層來看，達官貴人、富商大賈開奢風之先，而且旗人又甚於漢人〔註 44〕。清代社會風氣的由儉入奢始於康熙統治後期。康熙統治後期由於「承平日久」，加上康熙本人身體「違和」及受立儲之爭的困擾等綜合因素使得康熙「以寬為政」，導致了吏治的迅速腐敗和社會風氣的惡化。雍正嗣位後，政局大變，他一方面嚴懲爭位者，株連大臣；另一方面澄清吏治、稽查虧空，以圖扭轉康熙後期的頹靡之風，由於雍正在位只有短短的十三年時間，雖然世風稍有好轉，但未能從根本上解決問題。乾隆一朝儘管多次提及禁奢尚儉，但未能除此惡習。乾隆曾諭八旗：「八旗為國家根本，從前敦崇儉樸，習尚淳厚，風俗最為近古。迨承平日久，漸即侈靡，且生齒日繁，不務本計，但知坐耗財求，罔思節儉。如服官外省，奉差收稅，即不守本分，恣意花銷，虧竭國帑，及至干犯法紀，身罹罪戾，又復貽累親戚，波及朋儕，牽連困頓。而兵丁閒散人等，唯知鮮衣美食，蕩費資財，相習成風，全不知

〔註42〕〔賀長齡、魏源，清經世文編（中）〔M〕（卷五四），北京：中華書局，1992，頁 1354。
〔註43〕同上，頁 1355。
〔註44〕參見：李景屏，清前期社會風氣的變化及其影響〔A〕，朱誠如、王天有，明清論叢〔C〕（第二輯）。紫禁城出版社，2001，頁 379。

悔。旗人之貧乏，率由於此〔註45〕」，乾隆明諭如此，可見世風不古。

康乾盛世不良的社會風氣主要表現在以下幾個方面：

（一）整個社會奢侈成風

康熙在位時就已敏感地意識到這種社會風氣的變化。他第一次南巡（1684，康熙二十三年）時發現，江南「其鄉村之饒、人情之樸，不及北方，皆因粉飾奢華所致〔註46〕」即諭令隨駕諸臣：「向聞吳閶繁盛，今觀其風土，大略尚虛華，安佚樂，逐末者眾，力田者寡，遂致家鮮蓋藏，人情澆薄。爲政者當使之去奢反樸，事事務本，庶幾家給人足，可挽頹風。〔註47〕」他第二次南巡（1689，康熙二十八年）時又再次頒諭：「南人習俗奢靡，家無儲蓄，目前經營僅供朝夕，一遇水旱不登，則民生將至坐困。苟不變易陋俗，何以致家給人足之風？〔註48〕」表現出對奢侈之風的深切憂慮。康熙四十七年（1708）九月，「康熙帝行獵途中，至布爾哈蘇臺駐地，如諸王大臣、侍衛及文武官員等齊集行宮前，命皇太子跪地，垂淚訓曰：『今觀胤礽不法祖德，不遵朕訓，惟肆虐眾，暴戾淫亂，難出諸口，朕包容二十年矣，乃其惡愈張，僇辱在廷諸王貝勒官員，專擅威權，鳩聚黨羽，窺伺朕躬，起居動作，無不探聽……種種惡端，不可枚舉。朕即位以來，諸事節儉，身御敝褥，足用布襪。胤礽所用，一切遠過於朕，伊猶以爲不足，恣取國帑，干預政事，必致辭敗壞我國家，戕賊我萬民而後已。若以此不孝不仁之人爲君，其如祖業何？』言畢，帝痛哭撲地，諸大臣扶起〔註49〕」，太子殿下尚且如此，八旗子弟的情況可想而知。

清錢泳《履園叢話》中對這種奢侈之風也有記載：「康熙初，有陽山朱鳴虞者，富甲三吳，遷居申衙前，即文定公舊宅。其左鄰有吳三桂侍衛趙姓者，混名趙蝦，豪橫無比，常與朱鬥富，凡優伶之遊朱門者，趙必羅致之。時屆端陽，若輩先赴趙賀節飲酒，皆留量。趙以銀盃自小至大羅列於前，曰『諸君將往朱氏，吾不強留，請各自取杯一飲而去何如？』諸人各取小者立飲，趙令人暗記，笑曰：『此酒是連杯偕送者。』其播弄人如此。朱曾於元宵掛珠

〔註45〕 清高宗實錄〔Z〕（卷一七），北京：中華書局，1986。
〔註46〕 清聖祖實錄（卷一一七），北京：中華書局，1986，頁 19。
〔註47〕 〔清聖祖實錄〔Z〕（卷一一七），北京：中華書局，1986，頁 11。
〔註48〕 〔清聖祖實錄〔Z〕（卷一三九），北京：中華書局，1986，頁 24。
〔註49〕 李文海，清史編年〔M〕（卷三下）。四十七年，北京：中國人民大學，頁 311 ～312。

燈數十盞於門，趙見之，愧無以匹，命家人碎之。朱不敢與較，商於雅園顏吏部予咸，顏唯唯。乃以重幣招吳三桂婿王永康來燕飲，席散遊園，置碎燈於側。王問曰：『可惜好珠燈，何碎不修？』朱曰：『此左鄰趙蝦所爲，因平西之人，未敢較也。』王會意耳，語家人連夜逐趙出城另遷，一時大快人心。鳴虞之子後入翰林，常與王往來。王居北街拙政園，俱先三桂死。今申衙前尚有陽山朱巷之名，問所謂朱鳴虞、趙蝦之號，竟無有知者。〔註50〕」

《歧路燈》中李綠園塑造了盛希僑這樣一個素日揮金如土、「撒漫的使錢」的公子。他養戲班子，玩孌童，吃喝嫖賭無所不爲，後其弟嫌其耗家財將其告到衙門，這樣一個公子哥被李綠園稱爲「天生匪人，宦門中不肖之子」（第十六回）。盛希僑這個世家子弟畢竟還是處於社會中下層者，其奢侈的能量尚還比不得《紅樓夢》中「五歲上就性情奢侈」的薛蟠及其他諸紈綺子弟。以第十三回秦可卿死賈珍尋棺板爲例：「薛蟠來弔問，因見賈珍尋好板，便說道：『我們木店裏有一副板，叫作什麼檣木，出在潢海鐵網山上，作了棺材，萬年不壞。這還是當年先父帶來，原係義忠親王老千歲要的，因他壞了事，就不曾拿去。現在還封在店內，也沒有人出價敢買。你若要，就抬來使罷』。賈珍笑問：『價值幾何？』薛蟠笑道：『拿一千兩銀子來，只怕也沒處買去。什麼價不價，賞他們幾兩工錢就是了』」（第十三回），薛蟠可謂揮金如土，而賈府喪葬用度由此亦可見一斑。

從櫳翠庵的妙玉的用度也可以透射出賈府的奢侈：妙玉用很講究的「海棠花式雕漆塡金『雲龍獻壽』的小茶盤，裏面放一個成窯五彩小蓋鍾」來孝敬賈母用茶，賈母因賞茶給劉姥姥，她便嫌杯子「醃臢，不要了」。她招待寶釵、黛玉和寶玉的分別是「一個傍邊有一耳，杯上鐫著『㼎瓟斝』三個隸字，後有一行小眞字是『王愷珍玩』；又有『宋元豐五年四月眉山蘇軾見於秘府』一行小字」、「那一隻形似鉢而小，也有三個垂珠篆字，鐫著『點犀䀉』」和「前番自己常日吃茶的那只綠玉斗」，「又尋出一隻九曲十環一百二十節蟠虯整雕竹根的一個大㼟出來」讓寶玉吃「一海」，而且沏茶用的水也極講究，給賈母用的「是舊年蠲的雨水」，給黛玉等人用的是她「在玄墓蟠香寺住著，收的梅花上的雪」（第四十一回）。一個帶髮修行的尼姑尚奢侈如斯，其他人可想而知了。

對於這種奢侈之風，雍正早已察覺，他在給各省鹽政官吏的諭令中要求

〔註50〕〔清〕錢泳，履園叢話（上）〔M〕，北京：中華書局，1979，頁17。

他們對商人過於靡費進行嚴格約束：「朕聞各省鹽商，內實空虛，而外事奢侈，衣服屋宇，窮極奢華，飲食器具，備求精巧，俳優伎樂，恒舞酣歌，宴會嬉遊，殆無虛日，金錢珠貝，視為泥沙。甚至悍僕豪奴，服食起居，同於仕官。越禮犯分，罔知自檢，驕奢淫佚，相習成風〔註51〕」，要求他們「痛自改悔，庶徇禮安分，不致蹈僭越之愆〔註52〕」，但人們對時尚的追求卻不是一道聖旨所能解決問題的。尤其對八旗子弟而言，八旗素以習武為傳統，無戰事的和平歲月，習武對他們而言百無一用，他們無所事事，沉溺於享樂、失尚武之傳統亦是必然。天長日久，八旗子弟「不習騎射，不諳生計，妄費濫用，競尚服飾，飲酒賭博〔註53〕」，漸染成習，甚至出現「往往家無斗儲，而被服必極華鮮〔註54〕」者。《清史編年》（卷三下）載：「帝諭八旗、內閣及院部大臣等：『今見八旗忽於生計，習為奢侈，皆由該管之人不能約束。所支之米，不運至家，唯圖微利，一時即行變賣。自是以後，務將所支之米，力加節省，必用於下次支米之時，才不至落入富商囤米圈套。今後八旗官兵支米之時，撥人監管，務令到家。兵丁有先期典賣者亦應禁止』〔註55〕」，連貴為一國之君的康熙都不得不下旨禁八旗子弟私自賣米，勒令官兵運米到家以維持生計，乾隆時期甚至發展到「南省民風務為觀美，花臺彩棚，盛設戲會；衙門輿隸、奴僕長隨且濫服緞紗細皮」〔註56〕，足見八旗子弟奢侈之風之劇烈。

較比之下以「吳俗奢靡為天下最，日甚一日而不知反，安望家給人足乎？」龔煒言其「少時，見士人僅僅穿裘，今則里巷婦孺皆裘矣；大紅線頂十得一二，今則十八九矣；家無擔石之儲，恥穿布素矣；團龍立龍之飾，泥金剪金之衣，編戶僭之矣。飲饌，則席費千錢而不為豐，長夜流湎而不知醉矣。物愈貴，力愈艱，增華者愈無厭心，其何以堪？〔註57〕」

〔註51〕 李文海，清史編年〔M〕（卷四）。雍正元年甲辰八月三十日庚子，北京：中國人民大學，頁32。

〔註52〕 〔清〕允祿等編，上諭內閣，元年八月初二日諭〔Z〕，雍正刻本。

〔註53〕 清世宗實錄（卷一二），北京：中華書局，1986，頁227。

〔註54〕 賀長齡、魏源，清經世文編（中）〔M〕（卷五四），北京：中華書局，1992，頁1352。

〔註55〕 李文海，清史編年（卷三下）康熙四十九年庚寅（1710）正月二十四日庚寅（2月22日），北京：中國人民大學出版社，1988，頁347。

〔註56〕 李文海，清史編年（卷五上）乾隆二十三年（1758）八月二十七日庚辰，北京：中國人民大學出版社，1991，頁610。

〔註57〕 〔清〕龔煒，巢林筆談，吳俗奢靡日甚〔M〕，北京：中華書局，1981，頁113。

最讓人瞠目的是揚州，「競尚奢麗。一婚嫁喪葬，堂室飲食，衣服輿馬，動輒費數十萬。有某姓者，每食，庖人備席十數類，臨食時夫婦並坐堂上，侍者抬席置於前，自茶麵葷素等色。凡不食者搖其頤，侍者審色則更易其他類。或好馬，蓄馬數百，每馬日費數千金。朝自內出城，暮自城外入，五花燦著，觀者目炫。或好蘭，自門以至於內室，置蘭殆遍。或以木作裸體婦人，動以機關，置諸齋閣，往往座客為之驚避。其先以安綠村為最盛，其後起之家。更有足異者，有欲以萬金一時費去者。門下客以金盡買金箔，載至金山塔上，向風揚之，頃刻而散，沿沿草樹之間，不可收復。又有三千金盡買蘇州不倒翁，流於水中，波為之塞。有喜美者，自司閽以至灶婢，皆選十數齡清秀之輩，或反之而極盡用奇醜者，自鏡之以為不稱，毀其面以醬敷之，暴於日中。有好大者，以銅為溺器，高五六尺，夜欲溺，起就之，一時爭奇鬥異，不可勝記。〔註58〕」

應當指出的是奢侈和合理消費並不是一個概念，儘管清代就有「吳民之奢，亦窮民之所藉以生」（見《吳縣縣志》）的觀點，因為刺激消費是為了增強購買力，達到擴大再生產的目的，而奢侈則是一種病態的消費，它是對相對過剩的社會商品的一種不正當的、華而不實的、違背經濟規律的使用方式。而且這種消費的動機不是為了滿足物質上與精神上的需要，而是藉此來顯示自身的財富與地位，將大量的社會財富用於無益之處；對這種生活方式的追逐必然導致道德淪喪、拜金主義泛濫，從而加速吏治的腐敗，對於社會的發展有百害而無一利。

（二）賭博成習

如果說奢侈只是花費大量的錢財追求過份的享受的話，那麼賭博則是拿財物做注比輸贏鬥勝負的一種不良的娛樂方式。一般說來，娛樂的方式有很多種，但在世風江河日下的康乾盛世，賭博成為人們最主要的娛樂方式之一。顧炎武《日知錄》云：「吾觀三代以下世衰道微，棄禮義捐廉恥，非一朝一夕之故」，「自神宗以來，贖貨之風日甚一日。國維不張，而人心大壞」，在他看來，賭博是造成世風澆薄的重要原因。而清徐珂在《清稗類鈔》中明確指出：「我國上古，男皆束髮於頂。世祖入關，乃剃髮垂辮。女子多纏足，不輕出外。男子吸鴉片者甚眾，亦好賭博，煙管賭具，幾視為日用要物〔註59〕」，也

〔註58〕〔清〕李斗，揚州畫舫錄〔M〕，北京：中華書局，1979，頁 149～150。
〔註59〕〔清〕徐珂，清稗類鈔，風俗類，全國習慣〔M〕，北京：中華書局，1984～

就是說，賭博在清代已成人們日常的娛樂習慣。

康雍乾三朝關於戒賭諭旨很多，以雍正朝爲例：

雍正二年八月，「帝以社倉、保甲、禁賭、緝盜四事密諭各省督撫。云：『社倉甚屬美政，但可行之於私，不可行之於公；可起之於豐年，不可作於歉歲。設立保甲，乃安民緝盜之第一良策，當勸勉府、州、縣漸漸舉行，不可急迫生事，三年成功不爲晚也。各地光棍、刁民串通胥吏、兵丁，日則賭博營生，夜則竊盜活計，應稽查拿獲。國家安民之要務首在緝盜。各地方官如仍前諱盜，當嚴察題參，從重治罪』〔註60〕」，可知此時賭博已成爲影響社會治安的一個重要問題。

雍正四年九月諭：「賭博最壞人品行。下等人習此，必至聚集匪類，作奸犯科。讀書居官之人習此，必至廢時失事，志氣昏濁。向來屢申禁飭，而此風尚未止息。若不嚴禁賭具，究不能除賭博之源。著京城及各省將紙牌、骰子等悉行嚴禁。又有窩賭之家誘人入局以取利，嗣後准輸錢者出首，免其賭博之罪，追還所輸銀錢。若有司官員鬥牌賭博者，著該管上司及該督撫指名題參。又定例：旗人製造紙牌、骰子售賣者，照光棍爲從例，擬絞監候。民人凡製賣賭具及賭博者，以充發、杖流分別擬罪。官員賭博者，革職，永不敘用〔註61〕」，這說明社會各階層都有人捲入賭博之中，賭風之烈由此可見一斑。

雍正七年，「重申賭博之禁，定地方官禁造賭具勸懲例。諭：賭博之人荒棄本業，蕩廢家資，品行日即於卑污，心術日趨於貪詐。鬥毆由此而生，爭訟由此而起，盜賊由此而多，匪類由此而聚。其爲人心風俗之害不可悉數。屢經嚴禁而此風尚未止息者，以向有製造賭具之人，而有司之禁約未盡力也。嗣後拿獲賭博之人，必窮究賭具之所由來，其製造財具之家出於某縣，即將該縣知縣照溺職例革職，知府革職留任，督撫司道等官各降一級留任。如本地有私造賭具之家而該縣能緝拿懲治者，知縣加二級，督撫司道紀錄二次。永著爲例，於雍正八年起實行〔註62〕」。

1986。

〔註60〕 李文海，清史編年〔M〕，（卷四）雍正二年（1724）甲辰八月三十日庚子，北京：中國人民大學出版社，頁93。

〔註61〕 李文海，清史編年〔M〕，（卷四）雍正四年（1726）丙午九月二十三日壬子，北京：中國人民大學出版社，頁216。

〔註62〕 李文海，清史編年〔M〕，（卷四）雍正七年（1729）己酉六月初四日丁丑，

雍正糾賭博之風想從禁賭具做起，從源頭上切斷，但事實並非如他想像
的那般容易。因爲到了雍正十三年，雍正又在嚴禁鬥狠、屠牛諭中兼提禁賭：
「諭稱：『市井奸凶，什五爲群，聚黨鬥狠，爲患於鄉閭。或強爭市肆，或凌
挾富人，朝罹官法，夕復逞兇，其惡不減於劫盜。』又有造言緝獲賭博置而
不問，及屠牛之禁亦開者。應密訪嚴緝造言者以正典刑。有犯此三禁而州縣
官不能治者，該督撫即時參究。〔註63〕」

賭博之風屢禁不止且習以成俗，清錢泳《履園叢話》中關於賭博有這樣
的記載：「家語，哀公問於孔子曰：『吾聞君子不博，有諸？』孔子曰：『有之，
爲其兼行惡道也。』司馬子長謂博貴梟，言便則食，不便則止，貪之至也。
近時俗尚葉子戲，名曰馬弔碰和。又有骰子之戲，曰趕洋跳猴，擲狀元，牙
牌之戲，曰打天九斗獅虎，以及壓定搖攤諸名色，皆賭也。上自公卿大夫，
下至編氓徒隸，以及繡房閨閣之人，莫不好賭者。按諸律例，凡賭博，不分
軍民，杖一百；官員有犯者，革職枷責，不准收贖，若是其嚴也。余嘗論女
子小人，未嘗讀書識義理，犯之有也。若公卿大夫，受國重寄，食祿千鍾，
不以致君澤民爲心，而以草竊狗偷爲事，亦終日屹屹，彼此較量，而斯民號
呼門外，拘候堂皇，愁怨難伸，飢寒交迫者，不知凡幾，而皆不之省。斯人
也，大約另具一種心肝者耶。記戊辰十月，余遊濟南時，菊溪相國尚爲方伯，
有太守監司俱爲此戲，方伯聞而責之，監司曰：『此不過消遣而已。』方伯怒
曰：『君等非無事者，盍即以公案簿書消遣乎？』監司莫能對也〔註64〕」，官
吏尚且如此，百姓如何可想而知。

上文清錢泳僅提及到江浙胥吏參賭，王士禎所處的山東亦然：「余常不解
吳俗好尚有三：鬥馬弔牌、吃河豚魚、敬畏五通邪神，雖士大夫不能免。近
馬弔牌漸及北方，又加以混江、遊湖種種諸戲，吾里縉紳子弟多廢學競爲之，
不數年而貲產蕩盡，至有父母之殯在堂而第宅已鬻他姓者，終不悔也。始作
俑者，安得尚方斬馬劍誅之，以正人心、以維惡俗乎！或云宋楊文公大年好
葉子戲。〔註65〕」

可是賭博陋習並非始自清代，明「萬曆之末，太平無事，士大夫無所用

北京：中國人民大學出版社，頁385。

〔註63〕李文海，清史編年〔M〕，（卷四）雍正十三年（1736）十一月二十一日丙辰，
北京：中國人民大學出版社，頁683。

〔註64〕〔清〕錢泳，履園叢話（卷二十一）〔M〕，中華書局，1982，頁578。

〔註65〕王士禎，分甘餘話〔M〕，中華書局，1982，頁21～22。

心，間有相從賭博者。至天啓中，始行馬弔之戲，而今之朝士，若江南、山東幾於無人不爲此，有如韋昭論云『窮日盡明，繼以脂燭，人事曠而不修，賓旅闕而不接』者〔註66〕」，清代不過在經濟發展提供了這種條件之後又重續明中後期的賭風而已。可是清代的「賭博之風，莫甚於今日。閭巷小人無論已；衣冠之族，以之破產失業，其甚至於喪身者，不勝屈。近有諸生犯賭一案，教官坐贓落職，以不褫革擬罪者數人，似亦可以少懲矣。而沉溺遊場者，卒無悛心。愚謂聲蟲尚可通以意氣，人爲物靈，冥頑一至此耶！且盜賊，飢寒迫之也，此更何所迫歟？數年前，隴西有僕馬遵者，身受賭害，抽刀斷一指自誓，於時觀者失色，盡謂其能痛改矣；乃左創未愈，而右執葉子如初〔註67〕」可知社會已到了賭風難戒、賭徒習性難改的地步。

李綠園生在河南，長在河南，其一生的大部分時間都是在河南度過的。這裡筆者從河南的部分史志中尋找康乾盛世關於賭博的記載。

清趙林成纂的《汝州全志・風俗志（卷五）》有「俗聞賣妻鬻女之事所在多有，非女家嫌貧而另圖，即男子貪得而轉售，不思夫婦幫活成家，便是無窮之得。若貪得些微，能有幾何？而重則上干法紀，輕亦惹人恥笑。今此風未能盡革，皆由賭博遊惰所致。爲上者不可不痛加懲創也。俗聞賭博一事，最爲人害，不特廢時失業，立見蕩產傾家，甚至流爲竊匪，釀成命案。種種罪孽，皆由此生。卒之沉溺愈深，至死不悔。爲父兄者可不防之於先，而禁之於後哉！」

《祥符縣志》亦載一個浪子回頭的例子：「朱祥，家故貧寒，早喪父，自幼不聞教訓，惟母尚健，年十四五時，好入博場，一日，其母拄杖來，見與眾人賭博，舉杖即打。祥臥以受杖，母老無力，責至半晌，喘呼不定，祥心動，念母衰老如此，大泣，誓不入博場。自此竭力養親，痛改前非」。

可以說李綠園耳聞目睹了當時賭博對人自身和家庭及社會造成的危害，難說譚紹聞的身上就沒有朱祥的影子。李綠園在《歧路燈》中不厭其煩地揭示賭博的危害，從形形色色的參賭之人，到各種各樣的賭具，再到參賭之人的各色嘴臉、心態，無不刻畫得細緻入微，目的只有一個：警世後人。

其一，關於參賭者：既有譚紹聞這種祥符世家子弟，也有盛希僑、張繩祖這樣的祥符望族後人；既有像管貽安這樣財大氣粗的新興地主子弟，也有

〔註66〕龔煒，巢林筆談〔M〕，中華書局，1982，頁107～108。
〔註67〕龔煒，巢林筆談〔M〕，中華書局，1982，頁107～108。

像巴庚這樣的商人；既有像小豆腐這種平民子弟，也有靠拉賭劫財謀生的夏逢若這樣的幫閒蔑片；此外還有像虎振邦這樣的兵丁，也有像巫翠姐這樣的婦女。這裡筆者僅截取《歧路燈》中虎振邦和巫翠姐兩個人物，以此來佐證康乾盛世賭博行為的普遍性。

虎振邦「原是個村農子弟，祖上遺有兩頃田地，一處小宅院，菜園五畝，車廠一個。他學的有一身半好的拳棒，每日在車廠中開場賭博。人人誇他賭的精通，自己也仗著索討的硬，不知怎的，日消月磨，把一份祖業，漸漸的弄到金盡裘敝地位。爹娘無以為送終之具，妻子無以為資生之策，不得已吃了標營下左哨一分馬糧。因膂力強盛，漸成本營頭腦。每日少有閑暇，還弄賭兒。只因賭棍們花費產業，到那寸絲不掛之時，那武藝兒一發到精妙極處，這虎鎮邦就是那色子的元帥，那色子就成了虎鎮邦的小卒了。放下色盆，要擲四，那緋的便仰面朝天；要擲六，那盧的便即回臉向上；要五個一色的，滾定時果然五位；要六個一般的，滾定時就是三雙」（第五十八回）。他用「領糧餉銀子，做個照眼花的本錢」（第五十八回）來誘惑譚紹聞參賭，結果譚紹聞上當輸了一身賭債，他又拿出兵丁之豪橫本色來逼債（第六十四、六十六、六十七回），逼得譚紹聞上弔自殺（因家人發現及時而被救，第五十九回），最終仗義的盛希僑揭他「冒稱行伍，指賭訛人」的花賭真相，而以「賭博經官，這懸贓就是該入庫」之例相威脅，轉而讓譚紹聞以二十兩銀子打發他「半惱半喜」走路（第六十九回）。兵丁參賭既然已屢見不鮮，那麼乾隆八年（1743）發生軍內聚賭醜聞（見《清（高宗）實錄》）也就不足為奇了。

如果說譚紹聞敗家先是因交友不慎而被盛希僑強拉去玩賭遊戲，而後來是遭匪友夏逢若等暗算而致敗家鬻房地、揭息債、伐墳樹、鑄銅錢，一步一步走向窮途末路的話，那麼從家庭而言，他的繼室夫人巫翠姐對此負有不可推卸的責任。巫翠姐家「是個大財主」，她「家屋裏女人，都會抹牌，」巫翠姐不但會抹牌，還會描牌，而且「人材出眾」（第四回），譚孝移在世時看不好巫家暴發戶出身拒絕了這門親事而與孔家結親，不料譚孝移死後，譚紹聞走下坡路，孔慧娘又被譚紹聞活活氣死，一個偶然的機會，譚紹聞在廟裏看戲「看見」了「一個女子生的異常標緻」，此人就是巫翠姐（第四十九回），巫家知譚紹聞妻死，特請譚紹聞的母舅「說一宗親事」，而此時的巫翠姐是「高門不來，低門不就」，「過了二十，還不曾受聘於人」（四十九回），母舅說媒正中譚紹聞下懷，於是譚巫二人結縭。巫翠姐把在娘家玩牌的習慣帶到了婆

家，婚後「夫婦兩個時常鬥骨牌，搶快，打天九，擲色子，抹混江湖玩耍。巫翠姐只嫌冰梅、趙大兒一毫不通，配不成香閨賭場。也曾將牌上配搭，色子的點數，教導了幾番，爭乃一時難以省悟。翠姐每發恨道：『眞正都這樣的蠢笨，眼見極易學的竟全弄不上來。』倒是孌婦老樊，自幼兒雇覓與本城舊宦之家，閨閣中鬧賭，老樊伺候過場，抽過頭兒，牌兒色子還懂哩些」，甚至因爲玩牌而廢寢忘食（第五十回）。她和譚紹聞回娘家時，譚紹聞與其家人賭博，她還「到前邊看了幾回，方才歇息」（第五十回）。後來譚紹聞在家設賭場抽頭，「兩三個妓女，白晝都陪巫翠姐耍牌兒」（第六十四回），她以此爲樂。巫翠姐在譚紹聞墮落的進程中實際上起了推波助瀾的作用。

其二，關於賭具：雍正戒賭想從銷毀賭具入手，這本是一種舍本逐末的做法，無法從根本上解決問題。因爲只要賭博之風尚在，賭具就有用武之地。

《歧路燈》中描寫的賭具主要有「比子，色盆，寶盒子，水滸牌」（三十四回）和「西湖圖酒令」。「西湖圖酒令」的玩法是「只用一個色子，各人占點，有秀士、美人、緇衣、羽士、俠客、漁翁六樣兒」，每人扮演一個角色，西湖圖酒令「猶如兒童擲的圍棋一般，螺道盤中，一層一層兒進去。開首是湧金門，中間是一個湖心亭」，「有現成令譜」，可按令譜的規定來決定賞罰（第十七回）。實際上就是清徐珂《清稗類鈔》上所載的《擲攬勝圖》：「攬勝圖者，以骰一枚擲之，爲閩人高兆所撰。以「麼」爲詞客，「二」爲羽士，「三」爲劍俠，「四」爲美人，「五」爲漁父，「六」爲緇衣。分馬既定，齊集勞勞亭，挨次遞擲，照點前行。詞客至瀛洲止，羽士至蓬萊島止，劍俠至青門止，美人至天台止，漁父至桃源止，緇衣至五老峰止。其局蓋亦脫胎於陞官圖也。〔註68〕」

實際上清朝流行的賭具遠不止這些，如《清稗類鈔》上記載的「群仙慶壽圖」：「乾隆時，高宗嘗於几暇，取《列仙傳》人物，繪《群仙慶壽圖》，用骰子擲之，以爲新年玩具。」

其三，賭場之抽頭：有賭博之徒，必有開賭場之人。《清稗類鈔》上有此記載：「召集博徒於家而飲食之，伺其既勝，或二十取一焉，或十五取一焉，謂之抽頭，俗所謂囊家者是，宋蘇東坡所謂賭錢不輸方也。〔註69〕」對此，《歧

〔註68〕〔清〕徐珂，清稗類鈔，賭博類，擲攬勝圖〔M〕，北京：中華書局，1984～1986。

〔註69〕〔清〕徐珂，清稗類鈔，賭博類，賭博之抽頭〔M〕，北京：中華書局，1984～1986。

路燈》中介紹巫翠姐的親戚：「巴庚，是個開酒館的。借賣酒為名，專一窩娼，圖這宗肥房租；開賭，圖這宗肥頭錢」（第五十回）。譚紹聞輸得還不起賭債時，夏逢若就夥同虎振邦躥掇他開了賭場抽頭，他們不但「續了幾個賭家，又來了兩家妓女。每日兩三場子擲色，鬥葉子，押寶帶敖二，是一天有十幾串抽的頭錢。」最初譚紹聞怕母親不同意開賭場，虎振邦等人就和他講「叫老伯母打上幾遭鑽，興相公（紹聞子）抓幾遭彩，後邊還怕前邊散了場兒哩」，見譚紹聞不懂這些「術語」，就解釋說：「賭到半夜時，老伯母煮上幾十個熟雞蛋，或是雞子炒出三四盤子，或是麵條、蓮粉送出幾甌子來，那有不送回三兩串錢的理，這個叫做打鑽。興相公白日出來，誰贏了誰不說送二百果子錢，誰不說送相公二百錢買筆墨？這個叫做抓彩。」（六十四回）而最終的情形不出所料：「王氏黃昏時，果然煮出來兩盤雞蛋，約有三四十枚，果然送回樓下有兩三串青選大錢。興官出來時，這個送買瓜子錢，那個送買筆墨錢。興官拿回二百錢，冰梅接在手裏，就給了樊爨婦，不許興官要這錢。這鄧祥、蔡湘、雙慶、德喜等，每日都有三五百賞錢進手。這幾個廝役，自尋僻地，就賭將起來。兩三個妓女，白晝都陪巫翠姐要牌兒。熟食家中盡吃，幾乎不用動鍋灶了。」（六十四回）

其四，賭博的伴生因素：嫖娼與賭博幾乎是不分家的，有賭博的地方往往都有妓女出現，有妓女出現的地方往往也有賭博這種娛樂方式。對此《清稗類鈔》有載：「飲博摴蒲，妓家所擅，古人每藉以作狹邪之遊。唐岑參詩曰：『美人一雙閒且都，紅牙縷馬對摴蒲，玉盤纖手撒作盧。』博場招妓陪侍，妓至，則歌一曲，且有為客代博者。〔註70〕」

其五，賭博的結果：「康熙時，無錫王氏有巨宅，濱小河，上有魁星閣、重陽閣，閣後有園，園有五老峰。五老峰者，為太湖石五，嵌空玲瓏，狀若五老人，高逾蘇州留園之冠雲峰。咸同間，粵寇擾錫，峰毀其四，屹立於荒煙廢池之畔者，僅一而已。園左有巨室，為王豐亭大令世濟所築。豐亭宰雩都。四年，以失上官意，解印歸。歸而營此第，堂構煥然。及歿，後人溺於博。時邑中秦氏最強大，兩家為中表親。秦睇王宅，王豔秦妾，乃相約以博戲決勝負。王勝，則挾秦妾歸；秦勝，則亦為王宅之主人翁也。乃一擲而王

〔註70〕 〔清〕徐珂，清稗類鈔，賭博類，博時有妓陪侍〔M〕，北京：中華書局，1984～1986。

負，大好園林，遂爲秦氏所有矣〔註71〕」。這裡記載的干氏以博失園，《歧路燈》中的譚紹聞亦因賭敗家，二者的結果都是相同的，可見賭博決非是一種健康有益的娛樂方式。

那麼有識之士又是如何看待賭博的呢？

康雍乾三帝戒賭之諭，李綠園以《歧路燈》警示後人，當時有識之士「長洲尤展成」作《戒賭文》，其沉痛心情如下文：「天下之惡，莫過於賭。牧豬奴戲，陶公所怒。一擲百萬，劉毅何苦。今有甚焉，打馬鬥虎。群居終日，一班水滸。勢如劫盜，術比貪賈。口哆目張，足蹈手舞。敗固索然，勝亦何取？約有三費，未可枚舉。既卜其晝，又卜其夜。寢尚未遑，食且無暇。不見日斜，寧聞漏下。歡呶辟寒，袒跣消夏。賓客長辭，琴書都罷。是曰費時，寸陰難借。三人合力，以攻一樁。兵不厭詐，敵必用強。殺機潛伏，詭計深藏。左顧右盼，千思萬量。精神恍惚，面目焦黃。是曰費心，終必病狂。一文半文，千貫萬貫。錙銖必較，泥沙無算。贏乃借籌，負或書券。家棄田園，祖遺寶玩。慳者不吝，貪者不倦。是曰費財，困窮立見。始作俑者，公卿大夫。退朝休沐，宴會相娛。點籌狎客，秉燭監奴。間同姬妾，角技觝觗。平章重事，豈在是乎？亦有儒生，厭薄章句。博弈猶賢，詩書沒趣。引類呼朋，攤錢爭注。赤腳無成，白頭不遇。文鬼誰憐，牌神莫助。富人長者，公子王孫。珠玉滿室，車馬盈門。呼盧白日，喝采黃昏。千金忽散，一畝無存。墦間乞食，泉下埋魂。至如商旅，間關萬里。競利錐刀，窺竊倍蓰。火伴誘人，牙行弄鬼。囊破吳山，身漂越水。夢斷嬌妻，饑啼稚子。其下市人，肩挑步販。體少完衣，廚無宿飯。脫帽繞床，投馬翻案。登場醉飽，出門逃竄。賣兒鬻女，盡供撒漫。最恨奴僕，全無心肝。暖衣飽食，游手好閒。酒肴偷釀，房戶牢關。忙中作要，背後藏奸。狐群狗黨，非賭不歡。故賭雖百族，惡實一類。天理已絕，人事復廢。蓋以大滅小者不仁，以私害公者不義。式號式呼者無禮，倖得倖失者非智。分無貴賤，四座定位。上攀縉紳，下接皁隸。齒無尊卑，一家弗忌。父子摩肩，弟兄紾臂。閒無內外，男女雜次。繡閣拋妻，青樓挾妓。交無親疏，惟利是視。陌路綢繆，故人睚眥。四端喪矣，五倫亡矣。身家蕩矣，子孫殃矣。賭必近盜，對面作賊。戰勝探囊，圖窮鑿壁。賭必誨淫，聚散昏黑。豔婦絕纓，孌童薦席。賭必狴殺，弱肉強食。老拳毒

〔註71〕〔清〕徐珂，清稗類鈔，賭博類，王氏以博失園〔M〕，北京：中華書局，1984～1986。

手，性命相逼。戒之戒之，凡戲無益。今有貪夫，開肆抽頭。創立規則，供給珍饈。如張羅網，鳥雀來投。鷸蚌相持，漁利兼收。更有險人，合成毒藥。躡足附耳，暗通線索。彼昏不知，束手就縛。旁觀諮嗟，當局笑樂。人之過也，必藉箴規。惟耽賭癖，陽奉陰違。父師呵叱，妻孥涕洟。勇足拒諫，巧能飾非。貧而無怨，死且不辭。及至悔悟，靡有孑遺。嗚呼哀哉，誰為為之。吾聞此風，明末最盛。曰闖曰獻，又曰大順。流賊作亂，其名皆應。相公馬弔，百老阮姓。南渡亡國，不祥先識。聖王在上，豈容妖氛。敢告司寇，宜制嚴刑。天罡地煞，大盜餘腥。誅不待教，有犯必黥。火其圖譜，殛此頑民。聖人設教，君子反經。慢遊用儆，驕樂當懲。人心禽獸，何去何存？借曰未知，請視斯文。〔註72〕」

《戒賭文》寫得深刻，李綠園的《家訓諄言》中對賭博的認識與論述和《戒賭文》有異曲同工之處。李綠園首先看到了賭博這種風氣對社會的不良影響，告誡他的後人遠離賭博之行：「近來浮浪子弟，添出幾種怪展品，如養鷹、供戲，鬥鵪鶉，聚呼盧等是。我生之初，不過見無賴之徒為之，今則俊麗後生，潔淨書房，有此直為恒事。我看爾曹決然做不到此，然而教之者，卻不能說不到此。蓋不惟不許爾曹做，亦並不許爾曹見也。至於配硝花於元宵，放紙鳶於仲春，亦不許焉。即門前晒捕魚之網，簷下掛畫眉之籠，亦予之所深厭者也（第五十條）」，李綠園在坦陳其對賭博惡習的深惡痛絕之後，又論及賭博帶來的嚴重後果，：「人於浮浪子弟鬻產拆屋時，往往憐之曰：可惜！可惜！不知此固毫無足惜也。衣輕食肥，於天地既毫無所益；作奸犯科，於風俗且大有所損。他若常享豐厚，那些謹守正道，甘淡薄，受辛苦的子孫，該常常挑擔荷鋤，嚼糠吃菜乎？天道無親，必不然矣（第八十條）〔註73〕」，但李綠園的良苦用心在他故去後卻不幸言中了，他的後人渾不顧李綠園的教誨反其道而行之，並因賭敗家，一敗塗地。這對李綠園未嘗不是一個絕妙的反諷，李綠園若泉下有知，定當痛心疾首。

（三）拜金主義盛行

商品經濟條件下，金錢在某種程度上成為衡量人的社會地位的標準，拜金主義思潮盛行成為必然，唯利是圖由隱形的潛在的行為轉換為顯性的外在

〔註72〕〔清〕徐珂，清稗類鈔，賭博類，尤展成勸人戒賭〔M〕，中華書局，1984～1986。

〔註73〕〔清〕李綠園，家訓諄言〔A〕，見歧路燈〔M〕，乾隆本。

的行爲，傳統道德中長幼尊卑秩序在一定意義上不得不接受金錢的挑戰，銅臭味兒似乎已無所不在。明清小說與戲曲中對此現象均有深刻的反映，透過文本所反映出來的現象可以明顯地反映出當時社會商品經濟發展所帶來的拜金主義思潮。

就整個中國社會而言，明季是商品經濟相對比較發達的時期，而產生於明季的《金瓶梅》對此有極具代表性的入木三分的揭示：

先看孟玉樓：玉樓的原夫楊宗錫是由販布致富的，他開的鋪子「一日不算銀子，銅錢也賣兩大簸羅」，「一日常有二三十染的吃飯」（第七回）。「他男子漢去販布，死在外邊。他守寡了一年多，身邊又沒子女」，又「青春年少」不能守，她丈夫的「一個嫡親姑娘，要主張著他嫁人」，「這婆子愛的是錢財，明知侄兒媳婦有東西，隨問什麼人家他也不管，只指望要幾兩銀子」（第七回），而她丈夫的「母舅張四，倚著他小外甥楊宗保（宗錫之親弟），要圖留婦人東西」，說西門慶「行止欠端，專一在外眠花臥柳，又裏虛外實，少人家債負，只怕坑陷了你」，讓玉樓嫁給尚舉人，因爲尚舉人是「詩禮人家，又有莊田地土，頗過得日子」，在舉人與商人之間，玉樓選擇了西門慶，因爲西門慶是「清河數一數二的財主。」她理直氣壯地對張四舅說：「世上錢財儻來物，那是長貧久富家？」從玉樓的話中可以看出，在商品經濟的衝擊下，傳統的詩書禮儀正在日益失去其往日的吸引力，一向清高的詩書禮儀也拜伏在金錢面前而沾上銅臭味兒，進而斯文掃地。孟玉樓擇偶透露出她「有了財富便有了一切」這一價值觀。

再看王婆：王婆是潘金蓮的鄰居，她在縣前街開了一座茶坊，西門慶看上了潘金蓮，便首先來央求她牽線搭橋。其實，早在西門慶經過潘金蓮的門前被竹竿打了頭，二人一個心中驚豔，一個眉目傳情時，王婆就已「冷眼旁觀」看了個一清二楚。她看準了這是一次賺錢的機會，於是暗地裏決定利用西門慶找她成全此事而要在他們身上撈一筆。於是，她便裝出一副什麼都不知道的樣子。看著西門慶三番五次地出入她的茶坊，她故意旁敲側擊，試作探詢，藉以放長線釣大魚。而西門慶是個有錢的主，爲了漁獵美色，並不在乎施捨給王婆一點錢財，就直截了當地向王婆吐露了心事。王婆先是裝作驚訝，然後又向西門慶剖析女人心理，給西門慶一個印象：很難引金蓮上手。當然，如果有了錢，那就什麼事都好辦了。西門慶言聽計從，乖乖地聽任擺佈，但只有當王婆真正拿到西門慶出的酬金，這樁事才算做成。王婆爲西門

慶牽線搭橋是爲了錢，設計害死武大也是爲了錢。而西門慶死後，潘金蓮被吳月娘趕出家門，完全落入她的掌握之中時，她更是要把金蓮賣個好價錢。她對潘說：「你休稀裏打哄，做啞裝聾！自古蛇鑽窟窿蛇知道，各人幹的事兒，各人心裏明。金蓮你休呆裏撒奸，說長道短，我手裏使不的巧語花言，幫閒鑽懶。自古沒個不散的筵席，『出頭椽兒先朽爛』。人的名兒，樹的影兒。『蒼蠅不鑽沒縫兒蛋』。你休把養漢當飯，我如今要打發你上陽關」（第八十六回）。陳經濟來看潘金蓮，先送給王婆兩弔銅錢才能進去。他出五十兩銀子要買走潘金蓮，她執意不肯。商人何官人出七十兩，她還是不鬆口，一口咬定非一百兩不賣。武松回到清河鎮決心爲兄報仇，想贖出潘金蓮，結果也被王婆詐去一百兩銀子，此外還詐去他五兩謝媒銀子。而賣金蓮所得的這一百多兩銀子，她只給了吳月娘二十兩，其餘大部分被她自己私吞了。王婆爲利而生，結果也爲錢而死。當她正爲自己賺得的人肉錢而沾沾自喜時，她無論如何也沒想到她會和潘金蓮一起死在武松的刀下。

再看王六兒：王六兒是西門慶的夥計韓道國的妻子，在貪財逐利方面比土婆有過之而無不及。王六兒不但有王婆的所有伎倆，而且還有王婆所沒有的青春姿色，她以色、智謀財。最初她和小叔子韓二通姦，結果被當街的小夥子捉住，韓道國爲此請西門慶出面營救韓二和王六兒，西門慶也通過媒婆說成了太師府管家買王六兒女兒爲妾一事，西門慶見到王六兒「心搖目蕩，不能定止」（第三十七回）。女兒出嫁韓道國去送，媒婆將西門慶想到她那裏「坐半日兒」的話借機說給她，王六兒問：「宅裏神道相似的幾房娘子，他肯要俺這醜貨兒？」（第三十七回）顯然她是以貨自居。既然是「貨」就要賣出價錢，於是王六兒先是有了丫環（第三十七回），接著西門慶「替他獅子街石橋東邊使了一百二十兩銀子，買了一所房屋居住。門面兩間，到底四層，一層做客位，一層供養佛像祖先，一層做住房，一層做廚房」（第三十九回）。她和丈夫通報自己與西門慶的「勾搭」是爲了「落他些好供給穿戴」（第三十八回）。但她並不滿足現狀，她讓西門慶派丈夫去外地跑生意（第五十回），表面上是爲了方便她和西門慶偷情，實際上是「假公濟私」肥自己。待西門慶一死，王六兒就露出了她的本來面目，她唆使丈夫拐騙西門慶的錢財，丈夫和她「商議」把「江南置的許多衣裳細軟貨物，並那一千兩銀子」「咱留下些，把一半與他（西門家）如何？」她罵丈夫：「呸，你這傻奴才料，這遭再休要傻了。如今他已是死了，這裏無人，咱和他有甚瓜葛？不爭你送與他一

半，交他招暗道兒，問你下落。到不如一狠二狠，把他這一千兩，咱雇了頭口，拐了上東京，投奔咱孩兒那裡」，「等西門慶家人來尋你，只說東京咱孩兒叫了兩口去了」，她丈夫還有些於心不忍：「爭奈我受大官人好處，怎好變心的，沒天理了」，她說：「自古有天理到沒飯吃哩。他佔用著老娘，使他這幾兩銀子，不差甚麼，」於是二人「雇了二大輛車，把箱籠細軟之物都裝在車上。投天明出西門，徑上東京去了。」（第八十一回）可見市井小民如王六兒者貪財逐利已寡廉鮮恥。

商品經濟相對比較發達的明季，人們尚且如此拜金；商品經濟與明季發展相近的清中葉，與此相類似：

清龔煒《巢林筆談·紳士媚態》有載：「槎溪一富宦治喪，紳士畢集，有一老者自遠來唁，寒素若儒生。既入門，莫有迎者，徘徊廳事，眾賓佯不見；及視其束，乃一八座鄉宦也。乃大驚，爭先媚承，有擁擠不前者，卒自咎眼鈍。風俗薄惡，莫甚於今治喪家，而鄰邑中太倉尤甚。弔者有貴賤，孝子不得貴賤其人。當道之所以異於從賓者，有受治之義也。餘則非親即友，同一拜其父母，何分軒輊？彼則鄉宦至，匍匐出謝；否則，齒德雖尊，弗動也。孝子如此，何怪接賓者之諂人慢人乎？婁士有詆崐俗卑貧薄陋者，予謂太之富，誠足驕崐，若卑薄陋，則何地不然！〔註74〕」治喪人家如此，此外尚有《沒財得疾》者：「有一生沒其宗女之財，女故出家早沒者。其人感腹疾，常蠕蠕動焉。一日，腹中忽作語曰：『爾負我財，不急為好事，不汝貸也。』語畢痛甚，因私祝曰：『苟捨我，唯命！』居久之，其人怠忘，痛如初，憶前語，為舉一葬理公事。〔註75〕」可見清人拜金如此。

清代的戲曲對此也有深刻的反映：如嵇永仁的《罵閻羅》，寫烏老過世後，因在陰間用錢財打點，竟得以還陽，司馬貌知曉此事後，憤慨不已，乃云「俺只道陽間人愛錢鈔，原來陰司地府也是恁般混濁」。再如張韜的《木蘭詩》，寫王播富貴後，重回木蘭院，昔日那些傲慢的和尚，全換了一副嘴臉：「（雁兒落）俺見這大師裝聾啞，又見他首座呆懵懂。慌的波頭陀兩腳忙，嚇得波行者雙肩聳。（得勝令）可笑您努目的也假慈容，饒舌的都斂機鋒。一行行頻杆齊合掌，一個個低頭深鞠躬，謙恭。早知道今日真惶恐，豪雄，何似那當初莫逞兇」。另如葉承宗的《孔方兄》直言：「人情世態，再不能出孔方兄圈

〔註74〕〔清〕龔煒，巢林筆談〔M〕，北京：中華書局，1981，頁 46。
〔註75〕〔清〕龔煒，巢林筆談〔M〕，北京：中華書局，1981，頁 102。

子」，遍數古今歷代孔方兄「尊超三遠，勢壓群豪」的偉大作用，指出世見「（從今後）銀錠樣結一頂帽，古輪錢繡一件袍。錢眼裏窺出玄天妙，錢窩裏鑿破混沌竅，錢堆上看盡炎涼調。（拼著那）數緡錢鑽透焰摩天，（拼著那）幾條銅占遍長安道」。

《歧路燈》中對人們的拜金亦有力透紙背的描寫：

地藏庵的住持范姑子，為求盛希僑等人的銀米，把自己的徒弟慧照當成變相的妓女來陪這位公子哥；為了得到夏逢若等人的酬金，她明知這些人找譚紹聞是拉譚重新涉賭，也還樂此不疲，設計賺譚入庵並將之送入虎口（第四十三回）。後來又讓慧照陪譚紹聞，目的也不過是為了得到一點香火錢。

精明的商人王隆吉是譚紹聞的表弟，「平素聞知公子（盛希僑）撒漫的使錢，想招住這個主顧。今日自上門來，要買鞭子，隆吉所以情願奉送。知公子回來，口乾舌渴，臉水茶酒預先整備。所以見面就邀，要掛個相與的意思」（第十五回）。

錢萬里「包移文巧詞漁金」，先是告知來辦事的譚孝移的帳房和僕人此事不要另託他人，後讓他們去自己家裏談此事，接著在自己家裏和二人討價還價，最終成交此事，圍繞的也是一個錢字（第五回）。

夏逢若則是典型的拜金狂。他初見盛希僑等人就「心下躊躇：『這一千人我若搭上，吃喝盡有，連使的錢也有了。我且慢慢打聽，對磨他』」（第十六回），他「渾號叫做兔兒絲。他父親也曾做過江南微員，好弄幾個錢兒。那錢上的來歷，未免與那陰騭兩個字些須翻個臉兒。原指望宦囊充足，為子孫立個基業，子孫好享用。誰知道這錢來之太易，去之也不難。到了他令郎夏逢若手內，嗜飲善啖，縱酒宿娼，不上三五年，已到『鮮矣』的地位。但夏逢若生的聰明，言詞便捷，想頭奇巧，專一在這大門樓裏邊，衙門裏邊，串通走動。賺了錢時，養活萱堂、荊室」（第十八回），他纏住譚紹聞就是一門心思從他身上撈錢，不但他自己撈，他還夥同他人從譚紹聞身上撈，直到譚紹聞傾家蕩產走投無路他還不想撒手，最終「犯科遣極邊」（第一百回）。

「新從江南吳江縣乎望驛驛丞任中告休回來」的鄧三變，「是走衙門的妙手」，「才做官回來，宦囊殷富」，很「有體面」，譚紹聞因賭弄出人命案，夏逢若出主意讓譚紹聞找鄧三變求人出脫此事，鄧三變一方面圖譚紹聞二百兩的酬金，另一方面仗著自己和審案的董公有交情，在夏逢若的攛掇下願意成全此事（第五十一回）。他給譚紹聞出主意的同時亦明碼侃價：「從來官場中

尚質不尚文，先要一份重禮相敬，若有要事相懇，還要駕而上之些，才得作
準。適才夏世兄說，要麼讓譚世兄拜在董公門下，做個門生。以老朽看來，
董公未必遽植此桃李。若是有厚貺相貽，董公自然神怡，樂爲栽培。況董公
見譚世兄這樣豐標，將來自是遠到大器，豈有不加意作養之理？這就是內消
妙劑，何至更有腫潰。董公現正辦皇差，捧旨大人今日過去，內監大人明日
方到，還有這一兩日閒空。不如奉屈二公就在寒舍住下，明日差小價置辦贄
見禮物。後日董公回署，弟進去講這屏文款式、祖上科第閥閱實跡，順便就
把譚世兄誠意預透，叫董公把名子先記下。此時嫌疑之際，且不必遽然晉謁，
只待彼此心照即妙。至二月初間，再成此師生厚誼」（第五十一回）。後來他
替譚紹聞墊付的行賄董公的二百兩銀子以及譚紹聞答謝他的二百兩酬金都被
夏逢若以「左右是他（指鄧三變）剋扣的馬料麩價銀兩，天爺今日賜了我，
便吞了也不妨。從來交官府的人，全指望說官司打拐，我不打拐，便是憨子」
爲由「拐的使了」（第五十三回），鄧三變憂懼疑慮之下，「又不敢說出」自己
搭進的「這二百兩銀子」（第五十二回），因爲他自己也「心裏盤算，這二百
兩銀已同譚紹聞稱過，即如抽回不交，只要官司清白，也不怕譚紹聞不認」，
這樣一來，他不但有譚紹聞的酬金二百兩，還可以白白地訛譚紹聞二百兩的
賄銀，算下來就是四百兩。可是就在他應董公之邀上堂的空兒，「夏逢若想道：
『這二百兩銀子，原是行賄過付東西，不是光明正大的事兒，既然閃此大空，
料老鄧也不敢聲張問我明討，不如我帶了走罷』」，順走了賄銀；在鄧三變被
他氣「得個中風不語之病」時，夏逢若又扣住了酬金，四百兩全入夏私囊。
鄧三變如此一個「刁精不過」，幼時就「翻精掏氣的出格」（第五十三回）的
人，受此愚弄、偷雞不成蝕把米，吃如此之大的啞巴虧，他氣成如此這般模
樣也當在情理之中。

　　董公是個守廉，他因「堂翁南陽公出」而被「藩臺命弟（指董公自己）
護理，不過是代拆代行，替堂翁批批簽押，比比銀糧」而「榮升縣尹」（第四
十六回）。他是個「褲帶拴銀櫃——原是錢上取齊的官。如今坐升正堂」（第
五十一回），一群賭徒想通過他來逼譚紹聞還賭債，於是他一方面收了賭徒王
紫泥、張繩祖的禮盒，見尚有「餘者願申頂感之情」的賄賂，便「心內動了
欲火，連聲道：『這還了得！這還了得！只叫令表侄，等我進堂上衙門去，補
個字兒就是。這還了得！』」（第四十六回）夏逢若讓鄧三變出馬周旋此事，
鄧三變認定「董公一向厚交，他是一個最融通的性情。只叫他記下譚紹聞名

字，也就七八分沒事。」但「要說這個人情，想著乾研墨兒是不行的。除一份拜門生厚貺之外，還得二百多兩銀子的實惠」（第五十二回）。雖然給董公買禮物只是「綢緞三十多樣，豬羊鵝鴨之外，山珍海錯，俱是各省佳產」，共「費一百九十七兩」，但這已讓董公有了枉法的藉口：譚紹聞是「閥閱子弟，又有鄧老爺臺論」，他「豈有不從之理？」（第五十二回）審案時節，「董公猛然想起鄧三變送禮情節」，於是貴手高抬。

被賭債逼極了的譚紹聞也想盡一切辦法向「錢」看齊，因爲他「近日光景，家中費用，頗欲賦「室人交讁」之句；門外索討，也難作摧沮敗興之詩」（七十一回）。他先是去老師婁潛齋的衙門「打抽豐」，不料婁潛齋「是一個最祥慈最方正的。即如衙門中，醫卜星相，往往交薦，直是常事」，「遇此等事，刻下就送程儀，從不會面。即有薦筆墨、綢緞、山珍海味的書簡」，也「總是留得些須，十倍其價以贈之。或有送戲的，署中不過一天，請弟們同賞。次日便送到隍廟，令城中神人胥悅去了。三日之後，賞他十兩銀，就完局。若戲子求別爲吹噓」，「從不肯許，也不見旦腳磕頭的事」，自然譚紹聞「所攜的貴珍」也就無從讓婁潛齋「銷貨」了（第七十一回），「打抽豐」不成，回程的路上又遇險，差點丟了性命；可是譚紹聞太需要錢了，於是想辦法請遊方的道士「燒丹灶」，以求一日暴富，不想又被道士乘巫翠姐生產之際卷銀外逃（第七十五回）；夏逢若給他出主意，讓他「鑄私錢」，而此事因被小妾冰梅和義僕王中二人勸阻攔住而未成事實（第七十六回），可他內心對金錢的渴望卻是顯而易見的。

由上述諸例可以總結出一個相對帶有普遍性的結論：無論是明季，還是清中葉，拜金似乎已成爲商品經濟發展的伴生物而如影隨形，從市井細民，到官宦子弟，再到國家官吏，各個階層無不受其薰染而呈現出不同程度的唯利是圖，傳統道德不得不在這股濁流的衝擊下接受嚴峻的挑戰。

（四）人生無常及時行樂的人生態度成為時尚

「在封建社會，不論是報國還是濟民，理想實現的主要途徑就是入仕。元人對功名看法的改變，意味著人生理想的頹墮」，「既然功名是虛幻的，那就追求實在的。實在者爲何？那就是對生命、對生活的珍惜與享受。唐代士子的歷史使命感、社會責任感，生成爲愛中精神，化爲建功立業的追求；宋代科舉錄取名額的擴大，重文輕武的政策，刺激了文人普遍的功名欲望；元

人則是追求詩酒聲情，或流連於妓館飲醇近婦，或徜徉於山林無拘無束地享受自然風光，對世俗生活有一種普遍的認同感〔註76〕」，元人「追求的是杯中有酒、心頭無事、輕暖甘肥、妖淫豔麗的縱慾生活〔註77〕」，關漢卿〔南呂·一枝花·不伏老〕就塑造了這樣一個放浪形骸的浪子形象：「我是個蒸不爛煮不熟捶不匾炒不爆響噹噹一粒銅豌豆，恁子弟每夜教你鑽入他鋤不斷斫不下解不開頓不脫慢騰騰千層錦套頭。我玩的是梁園月，飲的是東京酒，賞的是洛陽花，攀的是章臺柳。我也會圍棋，會蹴踘，會打圍，會插科，會歌舞，會吹彈，會咽作，會吟詩，會雙陸。你便是落了我牙，歪了我口，瘸了我腿，折了我手，天賜我這幾般兒歹症候，尚兀自不肯休。則除是閻王親自喚，神鬼自來勾，三魂歸地府，七魄喪冥幽。天那，那其間才不向煙花路兒上走，」這個浪子形象表現出的就是元人「今朝有酒今朝醉，且盡樽前有限杯」的觀念，而這一觀念的產生歸因於元代民族歧視政策和科舉的時興時廢，因「士惟不得用於世，則多致力於文字之間，以為不朽」（見《青陽先生文集·貢泰父文集序》），才有雜劇與散曲的盛極一時。

明末由於社會長期處於黨爭和內亂之中，致使人生厭倦，崇禎時，江淮民謠中有「朱家麵，李家磨，做得一個大饅饅，送與對巷趙大哥」，以朱家謂明朝，以李家謂闖王，趙家謂清朝。明清鼎革且清初高壓懷柔政策並用，一部分人就如嵇永仁的《扯淡歌》借劉伯溫之口所說的那樣：「古今世事皆參遍，興亡成敗多少人。……爭名爭利一場空，原來都是精扯淡」，把三皇五帝、周朝八百年以來的一切世事，全以「精扯淡」一語鉤銷，勸告世人只須「每日拍手笑呵呵，遇著作樂且作樂，得高歌處且高歌，古今興廢及奔波，一總編成扯淡歌」，因為「勘破浮生真大夢，一枕黃粱夢始覺」。

到了清中葉，由於商品經濟的發展提供的條件和清政府對民眾進行精神箝制，再加上社會風氣的江河日下，人生無常及時行樂亦成為一部分人的信仰。

《紅樓夢》中的《好了歌》道出了人生無常的悲哀：「世人都曉神仙好，惟有功名忘不了！古今將相在何方？荒冢一堆草沒了。世人都曉神仙好，只有金銀忘不了！終朝只恨聚無多，及到多時眼閉了。世人都曉神仙好，只有

〔註76〕張燕瑾，《新選元曲三百首》前言〔Z〕，北京：人民文學出版社，2003，頁15。

〔註77〕張燕瑾，《新選元曲三百首》前言〔Z〕，北京：人民文學出版社，2003，頁16。

姣妻忘不了！君生日日說恩情，君死又隨人去了。世人都曉神仙好，只有兒孫忘不了！癡心父母古來多，孝順兒孫誰見了？」「可知世上萬般，好便是了，了便是好。若不了，便不好；若要好，須是了。」（第一回）被甄士隱解爲：「陋室空堂，當年笏滿床，衰草枯楊，曾爲歌舞場。蛛絲兒結滿雕梁，綠紗今又糊在蓬窗上。說什麼脂正濃，粉正香，如何兩鬢又成霜？昨日黃土隴頭送白骨，今宵紅燈帳底臥鴛鴦。金滿箱，銀滿箱，展眼乞丐人皆謗。正歎他人命不長，那知自己歸來喪！訓有方，保不定日後作強梁。擇膏粱，誰承望流落在煙花巷！因嫌紗帽小，致使鎖枷槓；昨憐破襖寒，今嫌紫蟒長：亂烘烘你方唱罷我登場，反認他鄉是故鄉。甚荒唐，到頭來都是爲他人作嫁衣裳！」（第一回）既然是人生無常，那麼及時行樂就成爲一部分人的必然行爲，而且賈府公子們的行樂都透著不同程度的齷齪，以致於賈府裏「除了那兩個石頭獅子乾淨，只怕連貓兒狗兒都不乾淨」（第六十六回）。曹雪芹的《紅樓夢》實是作者以一種絕望的心態爲清朝提前唱出的一曲憂傷的輓歌。

《歧路燈》從夏逢若這個人物形象身上表現這種及時行樂的思想觀念：夏逢若「酒酣之後，說的無非是綢緞花樣，騾馬口齒，誰的鵪鶉能咬幾定，誰的細狗能以護鷹，誰的戲是打裏火、打外火，誰的賭是能掐五、能坐六，那一個土娼甚是通規矩，那一個光棍走遍江湖，說的津津有味」（第二十一回）。他勸譚紹聞說：「人生一世，不過快樂了便罷。柳陌花巷快樂一輩子也是死，執固板樣拘束一輩子也是死。若說做聖賢道學的事，將來鄉賢祠屋角裏，未必能有個牌位。若說做忠孝傳後的事，將來《綱鑒》紙縫裏，未必有個姓名。就是有個牌位，有個姓名，畢竟何益於我？所以古人有勘透的話，說是『人生行樂耳』，又說是『世上浮名好是閒』。總不如趁自己有個家業，手頭有幾個閒錢，三朋四友，胡混一輩子，也就罷了。所以我也頗有聰明，並無家業，只靠尋一個暢快。若是每日拘拘束束，自尋苦吃，難說閻羅老子，憐我今生正經，放回託生，補我的缺陷不成？」（第二十一回）但夏逢若是個潑皮破落戶，想吃喝玩樂卻缺少本錢，於是便以謅媚、坑蒙和詐騙爲手段，把玩樂建築在損人利己上。只是他「這一片話，直把個譚紹聞說的如穿後壁，如脫桶底，心中別開一番世界了。不覺點頭道：『領教』。」於是李綠園分析道：「若說夏鼎這一個藥鋪，沒有《本草綱目》，口中直是胡柴，縱然說的天花亂墜，如何能哄的人？爭乃譚紹聞年未弱冠，心情不定，閱歷不深；況且在希僑家走了兩回，也就有欣羨意思；況且是豐厚之家，本有驕奢淫佚之資；

況且是寡婦之子，又有信慣縱放之端，故今日把砒霜話，常飴糖吃在肚裏」，最後他得出一個與他提出的「用心讀書，親近正人」宗旨頗有些距離的極端的結論：「子弟寧可不讀書，不可一日近匪人。」（第二十一回）

同樣在作品中再現世家子弟及時行樂的內容，《歧路燈》和《紅樓夢》的再現意圖是截然不同的。儘管《歧路燈》的問世要比《紅樓夢》晚一些，但李綠園再現的目的是想找出社會的病因，以便對症下藥，他希望並相信他開的藥方足以救世，從譚紹聞浪子回頭衛國興家的結局我們可以做出這一推斷，而在《紅樓夢》中我們找不到曹雪芹開出的救世藥方，有的只是「氣昂昂，頭戴簪纓，光燦燦，胸懸金印；威赫赫，爵祿高登，——昏慘慘，黃泉路近！問古來將相可還存？也只是虛名兒與後人欽敬」的感歎和對「忽喇喇似大廈傾，昏慘慘似燈將盡」，「為官的，家業凋零；富貴的，金銀散盡；有恩的，死裏逃生；無情的，分明報應。欠命的，命已還；欠淚的，淚已盡。冤冤相報實非輕，分離聚合皆前定。欲知命短問前生，老來富貴也真僥倖。看破的，遁入空門；癡迷的，枉送了性命。好一似食盡鳥投林，落了片白茫茫大地真乾淨」的無奈、蒼涼與悲傷。

以上是從文學作品中透露出的表象，實際上在清朝貴為一國之君的雍正皇帝在其即位前的所作所為、所思所想亦有人生無常及時行樂的跡象。雍正在未即位前曾有「天下第一閒人」之想，先不論其真與假，且看其詩二首：

園居：懶問沉浮事，閒娛花柳朝。吳兒調鳳管，越女按鸞簫。道許山僧訪，碁將野叟招。漆園非所慕，適志即逍遙（見《清世宗詩文集・雍邸集・園居》）。

山居偶成：山居且喜遠紛華，俯仰乾坤野興賒。千載勳名身外影，百歲榮辱鏡中花。金罍潦倒春將暮，蕙徑葳蕤日又斜。聞道五湖煙景好，何緣蓑笠釣汀沙。（見《清世宗詩文集・雍邸集・山居偶成》）

胤禛以其富貴之身，處榮華之境，卻居然以富貴閒人自居，他以個人喜好集他人文字而成《悅心集》，其中既有明唐寅的《一世歌》：

人生七十古來稀，前除幼年後除老。中間光景不多時，又有炎霜與煩惱。過了中秋月不明，過了清明花不好。花前月下且高歌，急須滿把金樽倒。世人錢多賺不盡，朝裏官多做不了。官大錢多心轉憂，落得自家頭白早。春夏秋冬彈指間，鐘送黃昏雞報曉。請君

細點眼前人，一年一度埋荒草。草裏高低多少墳，一年一半無人掃〔註78〕。

又有《布袋和尚笑呵呵》：

　　我笑那李老聃五千言的道德，我笑那釋迦佛五千卷的文字，乾惹得那些道士們去打雲鑼，和尚們去敲木魚，生出無窮活計。又笑那孔子的老頭兒，你絮絮叨叨說什麼道學文章也，平白地把好些活人都弄死。住住住，還有一笑，我笑那天上的玉皇，地下的閻王，與那古往今來的萬萬歲，你帶著平天冠，衣著袞龍袍，這俗套兒生出什麼好意思，你自去想一想，苦也麼苦，癡也麼癡，著什麼來由，乾碌碌大家喧喧嚷嚷的無休息〔註79〕。

究其實，未即大寶之前的胤禛如此言行一方面是其高明的遠禍之法、全身之術，合乎他作為雍親王只能是「富貴閒人」的身份，另一方面在他當政前就和許多道士往來有關，雍正喜愛丹道，連他的暴亡，史書都不排除其吃丹中毒所致，其出世之思、及時行樂之想難免沒有眞實的成分在其中；當然絕不排除其目的在於韜光養晦、掩人耳目。雍正即位前的觀念與其即位後勤躬政事多有建樹的形象截然不同，當然身為一國之君，他是一個積極進取者，他的個性決定了他不可能安於做一個「富貴閒人」，事實上他在歷史上是開創有清一朝鼎盛局面的重要君主。但其即位前的言行卻在某種程度上透射出其出世和人生當及時行樂的態度。

及時行樂的人生態度一旦成為一部分人追求的時尚，也就意味著這部分人對社會對家庭的責任與義務在主觀上的拒絕履行與客觀上的行為抵制，而它所帶來的一系列的社會問題將不同程度地影響社會的安定，其危害是顯在的。

由此可見，康乾盛世奢侈成風，賭博成習，拜金主義盛行，及時行樂成為時尚，如此惡習一旦沾染，皆「荒棄本業，蕩廢家資，品行日即於卑污，心術日趨於貪詐」，「鬥毆由此而生，爭訟由此而起，盜賊由此而多，匪類由此而聚〔註80〕」，必在一定程度上增加社會的不安定因素，加劇社會的動盪。清錢泳在《履園叢話》指出「嫖賭吃著四字，人得其一，即可破家，有兼之

〔註78〕　〔清〕胤禛，悅心集〔Z〕，雍正四年刻本，1726。
〔註79〕　同上。
〔註80〕　清（世宗）實錄（卷八二），北京：中華書局，1986。

者，其破更速」，他舉出例證：「吳門有二紳俱官縣令，一好吃，一好賭。好吃者，有一嫗善烹調，一僕善買辦，其蒸炙之法，肴饌之美，迥非時輩庖人所能夢見。每一日餐費至十餘金，猶嫌無下箸處。其後家事日落，嫗僕亦相繼死，至不能食糠粃，臥死牛衣中。其賭者，家中無上無下俱好之，游手之徒亦由此入門，凡田地產業書籍器用盡付撌蒱（古代的擲色子），不及十年，一家蕩然。其人死後，至兩女尚未適人，亦邀群兒賭博，不知其所終云〔註81〕」，而李綠園的《歧路燈》宛如一面鏡子，照出的正是康乾年間的大千世界中宦門子弟的尷尬相。

事實上，維持和延續了百餘年的康乾盛世在乾隆統治末年就已呈現出由昌盛逐漸走向衰落的跡象，表面的繁榮掩蓋不了日趨暴露出的腐朽，突出表現在世風的江河日下與統治者的腐化墮落。可以說，康乾盛世由儉入奢的社會風氣為李綠園創作《歧路燈》提供了契機和土壤，沒有這一契機和土壤就不可能有清中葉的《歧路燈》的產生，《歧路燈》的產生是歷史的必然。

每一個時代，每一個有責任感的作家，都會嚴肅地思考社會的發展問題，並對這個問題作出自己的回答。同處康乾盛世，吳敬梓認為清代的社會問題是由八股取士制度造成的，確切地說，是八股取士制度造成了士人精神的墮落，而士人是社會的脊樑，是社會進步的保證；因此，他以如椽之筆對八股取士制度下的士人社會以及官紳市井社會進行窮形盡相的描寫，在對科舉制度進行百年反思中，呼喚「瞬息煙塵中的真儒理想和名士風流」即「以真儒名賢理想，提升六朝名士的人格品位；又以六朝名士風流，沖淡真儒名賢理想的刻板和迂腐，追求一種道德和才華互補兼濟的人生境界〔註82〕」，從而使一部諷刺中飽含深刻憐憫的《儒林外史》成為充滿世紀悲涼的文化小說。

吳敬梓將人才出現廢品這種現象歸因於科舉制度，李綠園與吳敬梓的不同之處在於他將人才出現廢品這種現象歸因於「先富後教」和「富而乏教」。李綠園身處康乾盛世，以其敏銳的嗅覺和理性的分析，發現了社會發展的不同階段，經濟對人才成長的影響、經濟對教育的影響；他繼承了儒家「先富後教」（見《論語・子路》篇、《孟子・梁惠王上》篇）的思想，並將其發展為「富教並重」、「教化至上」。他對當時康乾盛世潛伏的危機的清醒認識，反

〔註81〕〔清〕錢泳，履園叢話〔M〕，中華書局，1982，頁638。

〔註82〕楊義，楊義文存（卷六）中國古典小說史論〔M〕，北京：人民出版社，1998，頁447～477。

映了他作爲一個生活在當時的正統道學家對當時社會的理解和認識，在那個時代是有預見性的；即便在今天，國家與國家角逐的遊戲中，歸根結底是人才的競爭，而經濟與教育即「富」與「教」的問題是人類社會一個永恆的話題。雖然我們無法說李綠園身後半個多世紀爆發的鴉片戰爭與中國忽視科技教育的傳統、和滿清政府的「富而不教」「教而失當」有直接的關係，但「落後就要挨打」的屈辱教訓是我們整個民族用血的代價換來的，這是無法否認和抹殺的歷史事實。我們今天反觀歷史，李綠園當年的思考可以給我們許多啓迪。

綜上所述，本節在參考大量史實資料的基礎上，結合《歧路燈》文本，盡可能地使研究最大限度地接近史實，描述當時康乾盛世經濟得以繁榮的主要原因及其繁榮背後所伴生的問題，通過分析其文教政策進而指出統治者的這種重理學、倡教化、籠絡與高壓並行的用人策略及其在經濟繁榮之後崇尚節儉的做法並未能從根本上改變當時由儉入奢的社會風氣，相反，由於政策失當、實施不力而使整個社會奢侈成風、賭博成習，拜金主義盛行，人生無常及時行樂的人生態度成爲時尚。正是康乾盛世的經濟、文化與社會風氣使得李綠園敏銳地將目光鎖定教育，催生了《歧路燈》這部作品，李綠園希望通過這部小說實現其以小說行教化的淑世目的。

第二節　李綠園的家世及其社會角色

作家是文學創作的主體，沒有這個主體，也就沒有文學創作；只有理解了文學創作的主體，才有可能更深刻地理解作品。因爲「一部文學作品的最明顯的起因，就是它的創造者，因此，從作者的個性和生平方面來解釋作品，是一種最古老和最有基礎的文學研究方法〔註83〕」，前面筆者從時代的角度闡釋了李綠園以小說行教化創作觀念產生的可能性，本節將從創作主體即作家自身的角度來解讀其教育思想及創作觀念產生的必然性。

李綠園是《歧路燈》創作的主體，他既是當時社會生活的體驗者和評價者，又是一個活生生的有血有肉有個性和思想的社會成員，他的作品不可避免地帶有其獨特的個人印跡，而其個體的個性化取決於他作爲一個人其「本質是人的眞正的社會聯繫」，因爲「人的本質並不是單個人所固有的抽象物。

〔註83〕韋勒克，沃倫，文學理論〔M〕，北京：三聯書店，1984，頁68。

在其現實性上，它是一切社會關係的總和」。我們既不能抹殺李綠園作為個體的人的本質存在，也無法把他這樣一個個體從社會關係中孤立出來，因為任何一個作家都既是個體的人，又是一定的社會人，他的作品所表現的態度、價值觀和思想感情既是個人的，又是一定時代精神和社會意識的折射。

金聖歎在《讀第五才子書法》中云：「大凡讀書，先要曉得作書之人，是何心胸。如《史記》，須是太史公一肚皮宿怨發揮出來，所以他於遊俠、貨殖傳，特地著精神，乃至其餘記傳中，凡遇揮金殺人之事，他便嘖嘖賞歎不置。一部《史記》只是『緩急人所時有』六個字，是他一生著書旨意」。知人方能論事，李綠園究竟是怎樣一個人，「是何心胸」？著《歧路燈》其「旨意」何在？本節將把李綠園本人盡最大可能還原到其當時所處的社會關係之中，以此來為解析其創作觀念提供依據。

一、李綠園「以孝相踵」的家世

關於李綠園的祖籍許多研究者多傾向於河南新安，有的研究者認為「李綠園祖籍河南省河南府新安縣，世居縣北北冶鎮之馬行溝村〔註84〕」；大陸的研究者〔註85〕多沿襲這種說法。

臺灣的研究者打破此說，認為李綠園的祖籍是山西，其依據有二：

一是「林中園、張青編《洪洞古大槐樹誌》，記載元末鼎革之際，由於中原地區飽受戰禍，及自然災害，使得燕、魯、豫華北平原一帶，民不聊生，哀鴻遍野，人口稀少，土地荒蕪，而其近鄰晉省由於處黃土高原東部，居高臨下，地勢優越，民族性強悍，受到戰禍少；及善於經商，經濟發達，社會較安定，反而人丁旺盛。於是明太祖朱元璋掃平群雄之後，為安定流民田園生活，恢復農村經濟，增加稅源，充實國用，消除潛在的威脅勢力，以及鞏固加強邊防等基於政治、軍事、社會、經濟四大考量，而採取狹鄉之民移墾寬鄉之政策。人口稠密的晉省自然是被遷移的對象。由於晉南的洪洞地處交通要道，北達幽燕，東接齊魯，南通秦蜀，西臨河隴，自唐宋以來，該縣城北二里的廣濟寺便設有驛站，常駐驛官，辦理四方來往的公差事務。因此，明洪武永樂年間便於此設局駐員，集中山西邊民，編排隊伍，發給憑照川資，

〔註84〕樂星，歧路燈研究資料〔C〕，鄭州：中州書畫社，1982，頁1。
〔註85〕參見李延年，歧路燈研究〔M〕，鄭州：中州古籍出版社，2002，頁55～56。
　　　　參見〔新加坡〕吳聰娣，歧路燈研究——從《歧路燈》看清代社會，春藝圖
　　　　書貿易公司，1998，頁6。

移徙於河南、河北、山東等處。筆者曾經彙集大量的民間譜牒與墓碑、祠堂碑文，再根據一些歷史文獻，如《明太祖實錄》、《明史》、《續文獻通考》、《日知錄》等，證明明洪武年間確有山西移民於河南、河北、山東之事實，且是有史以來一項規模最大，計劃最詳的一次移民行動。因此，綠園之先世於明洪武年間從山西洪洞遷來河南新安是可得歷史根據的」；

二是李綠園的七世孫「李春林又說，後來綠園次子李蓬，責令族侄遍訪族人所分居的新澠池、洛陽等處，根據他們的譜系及寺廟墓碣，創修了李氏宗譜。此宗譜書名頁題《新澠李氏族譜》，書口有『澠池郁文齋石印』字樣。譜前載有三序，據序知此譜創修於嘉慶年間，後於光緒及民國二十八年二次續修過。其題『新澠』，意即包括新安本宗及本宗流衍於澠池、洛陽及寶豐者〔註86〕」；韓國的研究者沿襲此說，其「據李綠園的第七世孫李春林（此處為作者筆誤，當為第十一世孫）說，李綠園的先世為晉人，在明洪武初由山西的洪洞遷居到河南西部的山區新安縣北冶鎮馬行溝一帶的，後來這一支李姓又分居新安、澠池、洛陽等處〔註87〕」。

因為臺灣和韓國的這兩個研究者都曾親自去河南走訪過李綠園的第十一世孫，按理，此說當無誤。但細細分析開來，卻覺得有值得推敲的地方：其一，李春林依靠口耳相傳的所謂依據是否可靠？其二，臺灣學者提及的明代移民歷史上確有其事，但李氏是否一定就是晉人？如果是晉人，明洪武移民李氏是否必在其中，無據可考；其三，《新澠李氏宗譜》所載的均是流衍於河南的李氏後人，無法依此證明其祖籍山西。鑒於此，筆者個人認為，李綠園的祖籍不能以山西為定論。

《中州先哲傳·孝友二（卷三十）》有這樣的記載：「李甲，寶豐諸生，原籍安徽新安，父玉琳遷寶豐，父歿仍葬新安〔註88〕」。在清代，新安由河南省河南府轄管，不屬安徽，如果李綠園的父親李甲的原籍真的是安徽，那麼解釋此句就有些勉強，因李玉琳生在新安已是定論〔註89〕，從他開始李家才定居寶豐。究竟李綠園祖籍何處，因無確鑿的證據，本研究對這一問題姑且

〔註86〕〔臺灣〕吳秀玉，李綠園與其《歧路燈》研究〔M〕，臺北：師大書苑有限公司，1996，頁11～12。

〔註87〕〔韓國〕李昌鉉，李綠園與《歧路燈》研究〔M〕，蘇州大學博士學位論文，1999，頁11。

〔註88〕李時燦，中州先哲傳〔Z〕，民國刻本。

〔註89〕「新安父玉琳」解釋不通，有可能是《中州先哲傳》誤記。

存疑。

關於李綠園遠祖沒有資料可查，最早的記錄只能從《新澠李氏宗譜》中獲知。李綠園的一世祖名李昂，生三子：守分、守裕、守靜；守分生三子：養元、調元、毓元；調元生二字：玉琳、玉玠。而李玉琳以上事均不可考。

關於李綠園的祖父李玉琳的記載可從河南襄城劉青芝在《江村山人續稿（卷二）》中找到：「余嘗聞新安李孝子玉琳尋母事云：康熙辛未歲，大饑。玉琳兄弟，方謀奉母就食四方，會洛陽歲試，玉琳乃留試，遣弟玉玠負母赴南陽去矣。試竣，持七十錢，星夜奔跡，抵南陽之梅林鋪，音問渺然。值日將暮，計窮情急，乃坐道旁呼天大號曰：『我新安李某也，尋親至此，已八百里，足繭囊竭，而親不可得，獨有死耳！』益大號。突有倉皇來前者，即玉玠也。玉玠已為土著延為作塾師。坐間，忽心動若有迫之者，曰：「起！起！汝兄至矣。」急出戶，聞號聲乃前，與玉琳相持泣歸。」「玉琳自南陽歸，即卜居寶豐之魚山，家焉。〔註90〕」據此可知李玉琳就是新安縣志所載的「尋母李孝子」。李玉琳，字雍州，號鹿峰，由上文可知是個秀才，逢災即「奉母就食四方」實際上和沿街乞討無異，足見其家境貧困，後亦因此將家由河南新安遷到河南寶豐，其去世後仍歸葬新安。《中州先哲傳·孝友二（卷三十）》基本上轉載的是劉青芝上文。

李於潢《方雅堂詩集（卷四）》載：「公（指李玉琳）新安博學，性純孝。精治麟經，著《春秋文匯》。事具劉芳草先生李孝子傳。以康熙辛未，移家寶豐，卜居魚齒山左。公歿，歸葬新安，墓在蘇園。〔註91〕」《春秋文匯》今惜已不傳。

《汝州續志·藝文志》中錄有他的一首《魚齒山詩》：「扶筇行藥陟魚陵，今古興懷意不勝。千載楚壘迷井灶，一抔漢墓委田塍。紅燒尚剩前朝砌，綠蘚還封舊碣僧。滿目滄桑堪惆悵，愁看山色碧層層〔註92〕」。此詩寫的是魚齒山古蹟與景色，「千載楚壘」指的是左傳襄公十八年楚師伐鄭次於魚陵一事，「一抔漢墓」則是指漢黃門吉包墓的遺址。這首詩是目前發現的唯一的保存下來的李玉琳的作品。

關於李玉琳移居寶豐事，李於潢《方雅堂詩集（卷四）》已有記載，李蓬

〔註90〕　〔清〕劉青芝，江寶豐文學李君墓表〔A〕，江村山人續稿〔C〕，乾隆刻本。
〔註91〕　〔清〕李於潢，方雅堂詩集（卷四）。道光 17 年（1837）大樑書院刻本。
〔註92〕　〔清〕宋名立、韓定仁纂修，汝州續志，藝文志〔C〕，乾隆刻本。

所撰《於瀚墓表》可資佐證：「廣容先生與先曾祖友善。康熙辛未同遊於寶豐，喜其風土淳厚，因以為家焉，今〔之〕魚山〔宋家寨〕也。先公每為余道之。先生孫諱作梅者，又從先公遊，余以童稚追陪硯席，因盡得先生始末。先生姓於氏，諱瀚，字淵如，廣容其別號也。世〔為〕河南府新安縣上石村人。父世賢公，生四子，長澤，次泳，次即先生，次□。先生〔聰穎〕性過人。弱冠補博士弟子員，有聲庠序。而落拓不遇，屢困棘圍。中歲棄舉子業，倘伴詩酒，以其餘力專攻駢體文。〔陳〕希芳，寶邑賢父母，負知人名，留心當代人文。知先生為洛社老宿，雅相器重，筆翰之緣往往倩其捉刀，吉村之玄帝廟〔碑一〕也。余嘗讀其文，想見其人，並悲其遇。以為天之玉成斯人不與其身，必與其子孫。今觀於子弟，皆彬彬雅興，克執祖父業，〔喜〕余言不愈為可信哉。余老而不文，特以世好，隨援筆誌其顛末云。〔註93〕」

李玉琳之弟李玉玠當過塾師，李玉琳得宋寨李姓的推薦在當地魚齒山義學當過塾師，李於潢曾「閱郡志，見先高王父魚齒山詩，恭依元韻，效謝臨川述德之什，並以自勵。〔註94〕」其詩有「移居辛苦傍魚陵」記載李玉琳移居寶豐事，「當日窮經只伴僧」句描繪出李玉琳當年的貧困家境，儘管如此，「新安節義似廬陵，累葉冠裳記不勝」其以孝相踵之家風依舊。李玉琳兄弟二人以耕讀持家，亦如李綠園《歧路燈》中所描述的婁氏昆仲以孝悌相友。

李綠園的父親李甲，「字尺山，號厚夫，是「寶豐諸生〔註95〕」。李玉琳籍先屬新安且後徙寶豐，而李甲則籍隸寶豐。李甲生年不可考，但卒於乾隆十三年（1748），卒後葬於寶豐。關於李甲的志行事狀，有劉青芝的《寶豐文學李君墓表》可資參證：「乾隆戊辰月日，寶豐李子海觀將葬其父文學君，乃先以狀，來乞表墓之辭於余。余讀狀，乃知文學君，即余向所聞尋母李孝子玉琳之子，而玉琳為海觀之王父也」，「文學君諱甲，因隸寶豐學，補博士弟子員。及玉琳歿，仍歸葬新安祖塋。寶距新六百里，文學君春秋霜露，祗薦頻繁，歷數十年不愆期。後以年暮，子弟請問歲行之，君已諾焉。夜半，忽

〔註93〕 欒星，李綠園家世生平再補〔A〕，明清小說研究〔C〕，北京：中國文聯出版公司，1986，第 3 輯。頁 259，欒星稱「綠園八世孫李春林先生，寄給我綠園次子李蘧所撰《於瀚墓表》的抄件，為綠園祖父李玉琳在康熙三十年辛未移家寶豐的物證」，「此碑今存已斷為兩截，分別鋪墊於宋家寨東地及東南地涵洞上。加括號都為破損字，李春林以意補」，「於瀚，即李玉琳由新安移家寶豐時的伴當。」
〔註94〕 〔清〕李於潢，方雅堂詩集（卷四）。道光 17 年（1837）大樑書院刻本。
〔註95〕 李時燦，中州先哲傳，孝友二（卷三十）〔Z〕，民國刻本。

招諸子榻前，涕淚橫流曰：『吾適夢入汝祖墓中，面如生存，至今恍然在吾目。』
因仆地哭，不能起。黎明即就道，赴新安省墓。母病腿痛，君常翼之行，雨
雪則負之。群兒相隨而笑，君亦笑謂之曰：『汝曹笑老叟負母耶？』時市果納
母衣袖中，小兒女爭來索，母笑而分給之。母重聽，然喜聞里巷好事，君坐
臥指畫，以色授母，母目之而省，時爲頤解。其因時隨事，委曲以博高堂之
歡者，多此類也，〔註96〕」由此可見李甲也是一個孝子。李甲何以親赴新安
掃墓，可能與李玉琳一生三娶〔註97〕，止李甲一男丁有關。

有的研究者認爲「李甲只有一個夫人黎氏，綠園是他們的獨子〔註98〕」，
李甲一生止娶一黎氏是實〔註99〕，而說「綠園是他們的獨子」或不然。李綠
園可能有兄弟，因上文中有「招諸子榻前」語，只不過他們可能因無聞而無
記載罷了。「以孝相踵」是李氏家風，出生在這樣家庭的李綠園，潛移默化，
耳濡目染，《歧路燈》中的某些人物身上都或多或少地留有李氏家風的印跡。

「百善孝爲先」。篤行孝道歷來被統治者視爲做人的根本，尤其是清代。
順治、康熙兩朝曾撰述《孝經衍義》，康熙年間就有會試論題從《孝經》中選
取的事例。雍正繼位後強調「孝爲百行之首」，重視《孝經》，並命從元年恩
科會試起，仍用《孝經》命題，「庶士子咸知誦習，而民間亦敦本勵行，即移
孝作忠之道胥由此乎〔註100〕」，主張民眾懂孝道，在家做孝子，在朝做忠臣；
因東漢時有「求忠臣必於孝子之門〔註101〕」，雍正把它概括爲「移孝作忠」，
其提倡孝道的終極目的是要臣民忠君。雍正圍繞這一目標，自覺地大力地倡
導孝道和與此相聯繫的宗族制度。

孝道實行於家庭，家庭又是宗族構成要素，崇尚孝道必然重宗族。《〈聖
諭廣訓〉序》中第二條即是「篤宗族以昭雍睦」，雍正要求族人：「凡屬一家
一姓，當念乃祖乃宗，寧厚毋薄，寧親毋疏，長幼必以序相洽，尊卑必以分
相聯，喜則相慶以結其綢繆，戚則相憐以通其緩急」，「立家廟以薦烝嘗，設
家塾以課子弟，置義田以贍貧乏，修族譜以聯疏遠〔註102〕」。而雍正所倡導的

〔註96〕〔清〕劉青芝，江村山人續稿〔M〕，乾隆刻本。
〔註97〕參見李蕙《置家祠祭田碑》。
〔註98〕〔新加坡〕吳聰娣，歧路燈研究——從《歧路燈》看清代社會，春藝圖書貿
　　　　易公司，1998，頁 8。
〔註99〕參見李蕙《置家祠祭田碑》。
〔註100〕〔清〕允祿等編，上諭內閣〔Z〕，雍正刻本。
〔註101〕參見〔東漢〕班固，後漢書，韋彪傳（卷二十）。
〔註102〕清世宗，聖諭廣訓〔Z〕，乾隆刻本。

這一切，在李綠園的家族及李綠園的小說《歧路燈》中均有反映。

先說宗族。其一，《歧路燈》第一回說的就是譚孝移「念先澤千里伸孝思」，應族人之邀千里迢迢由祥符去丹徒專爲修家譜，祭祖；後其侄譚紹衣在譚紹聞回頭之路上的敦促與提攜作用亦是因同宗使然；其二，李綠園次「子李蘧，責令族侄遍訪族人所分居的新灤池、洛陽等處，根據他們的譜系及寺廟墓碣，創修了李氏宗譜〔註103〕」，而且李蘧曾「置田四百畝，屬從子經理，爲祀先資〔註104〕」《歧路燈》涉筆及此，必有李綠園重家族觀念在其中，而次子李蘧的創修宗譜行爲中不可能沒有其父李綠園的教育影響所及。

次論孝行。其一，《歧路燈》四十一回中有《韓節婦全操殉母》：「西南甜漿巷，有婆媳二人孀居。婆婆錢氏，二目雙瞽，有六十四五年紀。媳韓氏，二十五歲守寡，並無兒女。單單一個少年孀婦，奉事一個瞽目婆婆，每日織布紡棉，以供菽水。也有幾家說續弦的話，韓氏堅執不從，後來人也止了念頭。這韓氏晝操井臼，夜勤紡績，隔一日定買些腥葷兒與婆婆解解淡素。」後「婆婆錢氏病故」，韓氏傾其所有「殯葬婆婆」，自稱「是我替俺家男人行一輩子的大事」，葬完婆婆，韓氏亦自縊，以身殉葬。其二，李綠園晚年亦有被次子李蘧兩次「迎養京邸」的記載〔註105〕。李氏一門素有「以孝相踵」之家風，李蘧在其長兄李菝死後迎養父親亦屬爲人子者當盡孝行之必然，李綠園本人對此定深有體會。至於李綠園所記韓節婦事在有清一朝並不少見，對此清徐珂《清稗類鈔・孝友篇》比比皆是，李綠園不過是錄其實而已。至於李綠園的孝行史無記載，但其請劉青芝「表其父墓，至再至三，情詞懇惻，若恐其先人之行，不得暴揚明顯於來世，即無以自立於天地者」，使劉青芝產生「斯意豈可孤也哉」的感歎，「故即所聞，與今所睹一家父子以孝相踵者，以表之〔註106〕」，但由此亦可推知李綠園對孝道的極力推崇。

李綠園一生凡三娶，先余氏，後繼室潘氏，妾張氏。在次子李蘧於清嘉慶三年歲次戊午三月所刻《置家祠祭田碑》載：「綠園公配余，十一月二十五日生辰，三月初四忌辰；潘，六月二十九日生辰，三月二十六日忌辰；側室

〔註103〕〔臺灣〕吳秀玉，李綠園與其《歧路燈》研究〔M〕，臺北：師大書苑有限公司，1996，頁12。

〔註104〕〔清〕李彷梧、耿興宗纂修，寶豐縣志，人物志，李蘧傳，道光刻本。

〔註105〕〔清〕李彷梧、耿興宗纂修，寶豐縣志，道光刻本。

〔註106〕〔清〕劉青芝，江村山人續稿（卷二）〔M〕，乾隆刻本。另見李時燦《中州先哲傳，孝友傳》（卷三十）。

張，五月二十四日忌辰〔註107〕」。「綠園首娶余氏早卒，約於乾隆初續弦於魯
山潘氏」，「余氏家世不詳。據綠園後裔累世相傳，潘氏夫人爲魯山縣東北境
漫流人。漫流是一個大村子，潘氏爲漫流世族。據傳潘氏夫人的父親爲進士
出身，綠園由岳父那裡承襲了大量遺書。〔註108〕」李綠園爲宋足發的《性理
粹言錄》做的跋語，即寫在他經過漫流，住宿在岳父大人家。潘夫人精於義
理，教子有方，次子蘧爲官廉正、四子葛書法精湛，二人均名聞於世。

《新滙李氏族譜》載：綠園長子葂爲余氏出，次子蘧、四子葛爲潘氏出，
三子範爲妾張氏出。

李綠園壯年時專心致意於功名進取，對長子葂疏於管教，葂因此而無寸
進，被責以料理家務，葂性恣肆，因與村鄰口角而支使家人毆人致殘被告官，
初被判充軍陝西，後又提於開封，李綠園耗去家資大半爲救兒子四處奔走，
乾隆五十一年李葂先於李綠園四年死於開封。李葂家境如何有以下二例可知：

一是李蘧於嘉慶三年所製的《置家祠祭田碑》所載：「吾家自乙巳年兄弟
四人分居之時，所有祖遺房產蘧雖盡數推讓，而長門所得股分僅止房十餘間，
薄田一頃，仍不足以備時獻而安先靈。今於本身自置產內，敬撥四頃（行糧
一頃八）作爲祭田，並交給銀三百，空白宅基一處（本村西頭，第二處五間
寬）以爲修建祠堂之地……此項祭田，既不許藉端日後瓜分營私，長遠作爲
長門公產。倘蘧之子孫或有異議，長門子孫立即揭石鳴官治以不孝之罪，爰
使立石以示來昆。〔註109〕」

二是李葛於嘉慶十二年十二月十六日所作的《不寐苦》：「不寐苦，不寐
苦，傷心乾隆歲丙午；長兄病歿汴梁城，客囊羞澀心無主；編丐諸舊遊，釀
金廿四五；草草成殮畢，我攜侄兒扶櫬歸僕僕。可憐孀嫂！從此食貧將孤撫；
未及十年嫂亦古！父子姑媳葬西郊，此時果否會地府〔註110〕」。

由此可見李葂家境之困窘及家道之凋零。以李綠園這樣一個如此重視聲
名者，其長子李葂於功名無聞倒也罷了，又觸刑罰，無疑是他的一塊心病，《歧
路燈》中處處可見苦口婆心的說教亦不排除與此有關：「借他人酒杯，澆自己

〔註107〕此碑今存，已斷裂爲兩截，擺置於綠園書屋「今有軒」前之院落。
〔註108〕欒星，李綠園家世生平再補〔A〕，明清小說研究〔C〕，北京：中國文聯出版
　　　　公司，1986，第3輯。
〔註109〕李春林，李綠園生平及家世〔A〕，平頂山市文史資料研究委員會，平頂山市
　　　　文史資料〔C〕，1987，第三輯。頁131。
〔註110〕徐玉諾，牆角消夏瑣記（其二）〔J〕，明天，第二卷第十期，1929。

胸中塊壘」。

與李綠園科場蹭蹬正好相反，次子李蘧科場、仕途均得志。《道光寶豐縣志・人物志》載李蘧：「乾隆乙未進士，除吏部主事。阿文成公以大學士總理部務，特相引重，有疑難，輒委誠取決。屢遷至本部正郎。出理七省漕務，發奸摘狀，門無私謁。歷江南道御史、工科給事中，感恩納節，振明綱轄，不輕事彈擊。外轉江西督糧道，釐剔弊竇，廉明而出以仁恕，一如理漕務時。移病歸里。病痊，兩典山右書院，被其指授者，多發名於世。內行修飭，待昆季及疏族有恩紀。又置田四百畝，屬從子經理，為祀先資。彌留之際，為以績學提躬，推衍先緒勖諸子，語不及私。蘧博洽，工詩古文辭。〔註111〕」清楊淮《國朝中州詩鈔》稱李蘧「分吏部學習。時總理吏部阿文成公桂性嚴毅，祉亭獨邀特識，每事與籌」「丙午擢本司郎中，丁未出坐糧廳差，抵任，嚴禁七省運官，不得私貼書役，合署肅然。庚戌丁艱家居，構村西別墅，聯曰：『新戶恰添三逕竹，故園猶隔一重山〔註112〕』」。李蘧官吏部時，李菕案發，家人皆盼其出面周旋，他寧遭埋怨，不肯徇私情（參見吳秀玉對李春林的訪談），足見其操守之正；但在長兄歿後，李蘧卻分家財以救濟長兄一家，其用情之深亦由此可見〔註113〕。李蘧一生為官廉潔，政聲遠播，耀顯三代之封贈〔註114〕。李蘧著有《深竹軒集》，惜已不傳。楊淮《國朝中州詩鈔》載其詩兩首，其中一首為李玉琳詩而誤入李蘧名下，另一首為李蘧詩《秋日重遊山寺》：「重登叢祠路，於今九載過。悲風來古木，頹殿倚新蘿。村落看仍是，兒童認半訛。西山千萬疊，依舊夕陽多」，此詩寫山寺，意平平，並無可取之處，可能與李蘧務時文、逐科名、疏於攻詩有關。

三子李範是寶豐的廩貢生，關於李範的事蹟除李綠園的一首《諭範葛兩兒》詩：「邁邁時運（時運），資待靡因（勸農），日居月諸（命子），尚或未珍（參軍），穆穆良朝（時運），慨暮不存（榮木）。遐路誠悠（歸鳥），勖哉征人（參軍）〔註115〕」，此外關於李範別無記載。

四子李葛，《道光寶豐縣志・選舉志》載：「李葛：乾隆丁酉，字南耕，

〔註111〕〔清〕李彷梧、耿興宗纂修，寶豐縣志，道光刻本。
〔註112〕〔清〕楊淮，國朝中州詩鈔〔Z〕，道光二十三（1843）年刻本。
〔註113〕參見李蘧於嘉慶三年所製的《置家祠祭田碑》。
〔註114〕參見〔清〕李彷梧、耿興宗纂修，寶豐縣志，選舉志，道光刻本。
〔註115〕欒星，歧路燈研究資料〔Z〕，中州書畫社，1982，頁82。

靈寶縣教諭，舉人，李海觀第四子」，清楊淮《國朝中州詩鈔》在此基礎上提及李葛「著《南園詩稿》。南園工書，頗得顏、蘇筆法，人甚珍之〔註116〕」。《道光乙酉科明經通譜》中有關於李葛「乾隆丁酉科拔貢，癸卯科挑取四庫館謄錄官。候選知縣，借補靈寶縣教諭」的記載。

關於李葛事亦有後人傳說：李蘧官御史時迎養李綠園於京邸，李葛前去省親，與在京學士閒談中逢南北方文化水平高低問題爭論不休，晉人認為晉地為炎黃子孫發祥地，有平陽的堯、歷山的舜、夏邑的禹、中條的湯；南方人則認為本朝乾、嘉二帝點狀元二十多，而杭州和錢塘就占十五個；李葛因其是中州人，不偏北也不向南，就提議讓二人當面筆試，在一刻鐘之內寫出一幅五字匾額，既要字好，又要合乎當下所爭論題，讓旁觀者作證，二人遲遲不敢下筆，後李葛一揮而就，寫出「天子重英豪」，五字瀟灑奔放，眾人交相稱讚，而二人羞慚。後此事被嘉慶帝知曉，索觀其字，御批「字壓三江」，稱其「筆力氣勢不凡，而且文出有典，古人云：『普天之下，莫非王土；率土之濱，莫非王臣』，無論南北都是天子的股肱，國家的棟樑。無才之輩，即在天子腳下也是廢物〔註117〕」。

《道光寶豐縣志・藝文志》上載有李葛的詩《沙河昨渡》一首：「無故〔註118〕使人愁？煙波古渡頭。牛羊青草岸，鷗鷺白沙洲。日色千峰晚，風聲萬樹秋。坐觀垂釣者，安樂傲公侯〔註119〕」，但李葛的詩名不如其字名，終為字名所掩。

據李綠園世系表所載，李綠園有孫十二人，其中有科名的只有李於潢和李於澋，《寶豐縣志・選舉志》載：「李於潢，道光乙酉科，江西督糧道李蘧第三子」，「李於澋，嘉慶癸酉科，靈寶縣教諭李葛子，江西督糧道李蘧胞姪〔註120〕」。而二人中最有名的當屬李於潢，他是道光年間極負盛名的中州詩人。

「李於潢，字子沆，號池東，別號李村。行十一。乾隆乙卯年十二月二十一日吉時生。河南直隸汝州寶豐縣優廩生。民籍。世居縣南宋寨，原籍河南府新安縣」（見道光乙科明經通譜）。李於潢生於李綠園去世後的第五年，

〔註116〕〔清〕楊淮，國朝中州詩鈔〔Z〕，道光二十三（1843）年刻本。
〔註117〕丁書亭，李葛的字〔A〕，平頂山市文史資料研究委員會，平頂山市文史資料〔C〕，1987，第三輯。頁65～66。
〔註118〕楊淮《國朝中州詩鈔》上為「何處」。
〔註119〕楊淮《國朝中州詩鈔》上為「富春有高士，我願與之遊」。
〔註120〕〔清〕李彷梧、耿興宗纂修，寶豐縣志，道光刻本。

祖孫未見過面。李於潢「少有異才，經史百家之書無□不讀。年十七受知學
憲姚文田補邑諸生，屢試冠儕，偶顧獨喜吟詩，承綠園祉亭之家學，含宮咀
商不懈，而及於古。年二十，已績成卷軸。及壯，遊齊魯吳楚間，與其賢士
大夫相切磋，詩乃益進。所著方雅堂集，大樑書院山長錢爲撰其序，李觀察
捐俸授之梓〔註 121〕。」

清楊淮《國朝中州詩鈔》稱其「十二三歲時，即能詩歌古文詞」是「早
濡家學」之故，而「詩益工」得益於「繼隨京師，復遊金陵，過維揚，入會
稽，得山水之助」，稱「子沆才氣高邁，有唐六如之風，一時宗工，如姚伯昂
總憲、劉松嵐觀察、吳蘭雪刺史、鄭子研大令、姚春木上舍，無不交口推轂」，
並提及李於潢「性最孤介，縣令某欲見之，君以其墨也不與見。迫焉，則跣
而出，令怒去」之事和李於潢醉詩大明湖事，因「子沆世居魚齒山下，其地
左林右泉，爲吾邑東南勝區，距淮家五十餘里。春秋佳日，子沆即相過從，
煮酒論詩。淮推子沆爲前輩，而子沆即以長者自居，每論詩，以淮主孺子可
教。迄今回首，其文采風流，洵爲不可及云〔註 122〕。」

最能說明李於潢行止性情的當屬《中州先哲傳・文苑傳五（卷二十七）》：
稱李於潢「幼負奇才，隨父京邸，所遇多偉人。鉅公年十三能詩，甚工且速。
爲人倜蕩不可抵，縣官某欲見之，於潢以其墨也不見，迫焉，跣而出，縣官
怒去。爲詩淋漓悲壯，感發無端，每醉後揮毫大叫狂走，自誇爲神。道光五
年，吳縣吳慈鶴督豫學，得於潢文大喜，時慈鶴倡修小峨嵋山蘇軾墳，廟落
成，記以詩，於潢從風簷中和之七古五十韻，風雨飛而波濤湧也。復爲蘇廟
上樑文以獻，慈鶴大喜。置高等，遂充是科拔貢。語人曰：『李生，人中龍也』。
廷試報罷，就慈鶴濟南固。始蔣湘南先在幕，湘南與於潢同受知慈鶴。慈鶴
贈詩所謂采風行兩河得士蔣與李已。蔣因陪張詡來，四人皆嗜酒。一日放
舟大明湖，對荷花萬柄，縱飲浩歌。於潢醉甚至，詩來，左蕩槳，右把筆，
每倚一花，即贈詩一絕句，吮毫書花瓣上。風起舟幾覆，嘔吐大作，且吐且
書，不可止。讀其詩，仙思逸韻，與波光相宕也。數其花，得二百二十三朵。
於潢以跣見縣官事得狂聲，所如輒不合，而內行甚修，晚亦自謙，抑家境益
困。十五年將赴省試，不能具行李，走謀於戚某家，飲酒遂死，年四十一。
子蠻蠻先殤，竟無子。其詩祖唐人才調，集於近代似陳子龍、吳偉業，體格

〔註 121〕〔清〕李彷梧、耿興宗纂修，寶豐縣志，人物志（卷十二），道光刻本。
〔註 122〕〔清〕楊淮，國朝中州詩鈔〔Z〕，道光二十三（1843）年刻本。

自成，不屑形貌之擬宋派，卒之以年。錢儀吉主講大樑，讀其詩，驚詫累日，曰『恨吾遊梁晚，不及與李村握手，一傾倒也』。最愛其過殤子蠻蠻葬處五言長篇，所謂是漢魏樂府，目中所希見。外有汴梁竹枝詞一百首，南朝南唐宮詞二百餘首，蕉雪詞百餘首，春綠閣筆記一卷〔註123〕。」李蘧一生凡五娶，四妻一妾，李於潢爲庶出。李於潢的性情行止固然與其才情高邁相關，但與其出身低下（雖然中國有重視男丁的傳統，但在清代，庶出者仍然有相當大的心理壓力）亦不無關係。

李綠園第一次由北京回河南，所爲何事，已無從知曉，但最大的可能是因爲長子蘧觸刑使然，因爲李綠園作爲父親不可能坐視不管，但李綠園耗去家財大半奔走的結果依舊未能使兒子免於樊籠之苦。李綠園極其看重李氏「以孝相踵」的家風，從他懇請劉青芝爲其父寫墓表一事就可確認無疑。相信李綠園作爲父親對自己的子女亦必多有教化之舉，但因受教育者本身具有不可設定性和不確定性，因此這種家庭教育究竟能在多大程度上有所收效亦是變數。李綠園既有對長子失教的隱痛，又有對次子、四子教育成功的體驗，成敗得失集於其一身，難免不觸發他將自己的人生經驗傳於後人之想，《歧路燈》的創作起因之一不應排除這一點。

那麼又該如何解釋李綠園在李蘧死前一年（乾隆乙卯 1785）讓四個兒子分家獨立過活這一行爲呢？分家，對於李綠園這樣一個如此看重其「以孝相踵」家風的人而言，肯定要承受巨大的心理壓力，因爲在中國的傳統觀念中分家的潛在含義與家庭失和有關。但從已知的關於李綠園的資料可以推斷，分家絕非李綠園的主觀本意，但客觀地分析就會發現，分家又是不可避免、勢在必行的：

李綠園的祖父李玉琳做過塾師，靠設館維持生計；父親李甲只是一介諸生且家中可能不止李綠園一個男丁，以祖、父二人的實際情況可推知他們不可能給李綠園提供更多的家產，薄弱的經濟基礎使李綠園少小即知其家計維艱，其友劉伯仁對「有貧而文，旅寓不能生活者」施以「不惜齒牙筆箚」的幫救，很難說這其中受益者沒有李綠園。而李綠園生活狀況的好轉當在其中舉前後，因爲在清朝有窮秀才，卻無窮舉人（《儒林外史》中的周進、范進就是例證），加之李綠園爲官只有短短的一年，且有「運鉛之役〔註124〕」的煩惱，

〔註123〕李時燦，中州文獻彙編（中州先哲傳37卷），民國刻本。
〔註124〕李綠園詩《宦途有感寄風穴上人二首——乾隆癸巳暮春印江署中作》中有「竹

以他對名聲的看重，他不可能在知縣任上中飽宦囊，何況他有自己為官的哲學與操守：「知縣是父母官。請想世上人的稱呼，有稱人以爺者，有稱人以公者，有稱人以伯叔者，有稱人以弟兄者，從未聞有稱人以爹娘者。獨知縣，則人稱百姓之父母。第一句要緊話，為爹娘的饞極了，休吃兒女的肉，喝兒女的血。即如今日做官的，動說某處是美缺，某處是醜缺，某處是明缺，某處是暗缺；不說衝、繁、疲、難，單講美、醜、明、暗。一心是錢，天下還得有個好官麼？其尤甚者，說某缺一年可以有幾『方』，某缺一年可以有幾『撇頭』。方者似減筆萬字，撇頭者千字頭上一撇兒。以萬為方，宋時已有之，今則為官場中不知羞的排場話。官場中『儀禮』一部，是三千兩，『毛詩』一部，是三百兩，稱『師』者，是二千五百兩，稱『族』者，是五百兩。不惟談之口頭，竟且形之筆札。以此為官，不盜國帑，不啖民脂，何以填項？究之，身敗名裂，一個大錢也落不住。即令落在手頭，傳之子孫，也不過徒供嫖賭

節扶步叩禪關，峰嶺千層水一灣。禍不可攖聊遠害（余以運鉛之役，缺匱部項，幾頻於險）。盜何妨作只偷閒。猶誇循吏頻搖首，但號詩僧亦赧顏。易地皆然唐賈島，兩人足跡一般般」，癸巳為1773年，李綠園正在貴州印江知縣任上，一年後他辭官歸田，很顯然，運鉛之役與其辭官歸田有必然的關係。清康熙六年曾「命各省復開鼓鑄」〔清聖祖實錄，卷二十四〕，全國各地採礦之業開始發展：康熙二十三年「以錢貴，更鑄錢，減四分之一。聽民採銅鉛，勿稅」（見趙爾巽《清史稿（卷七）。本紀七，聖祖本紀二》，中華書局，1976～1977）。李綠園所在的貴州是當時著名的採鉛重地，有名的鉛廠如新寨、蓮花、砂朱、永興和大豐、柞子（見《清高宗實錄（卷一八五、卷三七五、卷七六三、卷一〇二五、卷一一五三）》）等，其所採之鉛或供鼓鑄（見清高宗實錄（卷二四八）））。或為商鉛，而且鼓鑄又分本省、外省和京鉛三種，而運鉛是其中很重要的環節。「黔省福集、蓮花二廠，歲供京楚兩運白鉛六百餘斤」（見《清高宗實錄（卷一三一）》）。「大豐廠鉛，全撥楚省額運；新寨鉛，酌撥京運一百餘萬斤」（見《清高宗實錄（卷一〇二五）》）。而「黔省加運鉛觔，由威寧發運者，二十餘萬，運腳維艱。黔省起運，俱於重慶雇大船至漢口更換，每有壞船之患。黔省辦運京船，係沿途雇募船隻，每多勒掯、耽誤等弊」（見《清高宗實錄（卷一八五）》）。據當時的記載，大豐和新寨廠鉛的運法比蓮花和福集可「節省水陸腳費四萬餘兩」（見《清高宗實錄（卷一〇二五）》）。足見運鉛之役工程之浩大，運輸之困難，開支之驚人。李綠園作為知縣必然是參加並負責了運鉛之役，才有「缺匱部項，幾頻於險」之事發生。此次宦途風波直接並深刻地影響到他對仕與隱的看法，並產生了「盜何妨作只偷閒」的歸隱念頭，事實上他也是如此做的。《儒林外史》中蕭雲仙修復青楓城，卻被工部核減追賠（第四十回：蕭雲仙廣武山賞雪 沈瓊枝利涉橋賣文）。李綠園的情形與此相類。而且在《歧路燈》中譚紹聞也只做了一年黃岩縣令就以母病辭官，其離任時「替前令擔有一千五百金，出具完結。一年填有一千兩，大約還有五百金虧空」，這與李綠園自己為官的情形何其相似！

之資，不能設想，如此家風可以出好子孫。到頭只落得對子一副，諛是『須知天有眼，枉叫地無皮』，圖什麼哩？」「做官之法，只六個字：『三綱正，萬方靖』」（見第一百零五回），何況李綠園又有「循吏」之稱，因此可以確認短暫的爲官並未給李綠園帶來物質上更進一步的積累。

但李葯之事已使其耗去家資大半，只因長子事而虧其餘諸子肯定是李綠園所不願爲卻又不得不爲者，只因他是父親，不可能眼睜睜看著自己的兒子落難而不伸援手，其難心之處亦在此。估計是在李葯事定之後，李綠園才做出分家決定的。

一方面因爲此時的李綠園以他的經濟實力已不足以維持其家庭不斷增多的人口的龐大開支負擔，另一方面他已過古稀之年（七十九歲），精力亦大不如從前，縱有興家之心，已無興家之力，從李蔭於嘉慶三年所製的《置家祠祭田碑》的記載也能瞭解到李綠園給諸子分家時其境況（因李葯事）已大不如從前。

儘管李綠園晚年未能給兒孫們留下物質上的遺產，但李於潢詩中仍有「孝子門庭綿舊德，農夫畎畝念先塋」，「一代通儒垂簡冊，三原廉吏視田塍，」「仰企家風生永慕，置身須在最高層〔註 125〕」的句子，他緬懷先澤，述德自勵，這一方面與李氏家風和李蔭的教育影響不無關係〔註 126〕，另一方面也說明分家的原因未必定是家庭失和。

二、道學家、師者和循吏的社會角色

李綠園究竟是一個什麼樣的人？他爲什麼要寫《歧路燈》？是什麼樣的責任心和使命感使然？李綠園「以孝相踵」的家世是解讀李綠園其人的重要背景，而李綠園的個人追求，是其以小說行教化創作觀念最直接的決定性的動因。

「李綠園字孔堂，號綠園。祖居新安，遷於縣七里宋家寨。乾隆丙辰恩科舉人。沉潛好學，讀書有得，及凡所閱歷，輒錄記成帙。每以明趨向、重交遊，訓誡子弟。襄城劉太史青芝，稱其『有志斬伐俗學，而力涸筋疲於茹古』，非虛也。任貴州印江縣知縣，以老告歸〔註 127〕。」這段文字大致概括出

〔註 125〕〔清〕李於潢，方雅堂詩集（卷四）。道光十七年（1837）大樑書院刻本，頁7。

〔註 126〕李綠園與李於潢祖孫二人未見過面，李於潢生於李綠園去世之後。

〔註 127〕〔清〕李彷梧、耿興宗纂修，寶豐縣志，人物志（卷十二）。道光刻本。

了李綠園的一生性情與行止。據劉青芝《李孔堂制義序》中的記載，李綠園「儀觀甚偉，風氣非常〔註128〕」。

一個人一生所扮演的角色有很多種，李綠園也一樣。在家庭中，他是孫子、兒子、父親、祖父，可他同時又是丈夫、家長；在社會上，他是童生、秀才、舉人、知縣、師者、道學家。在這眾多的社會角色中，其最重要的角色有三個，一是道學家，一是師者，一是知縣，在這裡筆者主要通過詮釋李綠園的這三個社會角色來剖析李綠園的個性及其一生追求。

（一）表裏如一的道學家

道學家有很多種，但往往給人一種印象就是「陽為道學，陰為富貴，被服儒雅，行若狗彘」，但通過對已有資料分析的結果來看，可以確認李綠園是一個表裏如一的道學家，其主導性格是正統。依據如下：

首先，「以孝相踵」的家世奠定了李綠園道學家的底色。

李綠園於康熙四十六年出生於河南寶豐，寶豐歷史悠久，西周屬應國地，春秋隸鄭，漢設父城縣屬潁川郡，晉屬襄城郡，唐屬汝州，宋宣和年間更名為寶豐襲唐制，元旭梁縣，明屬汝州（明末李自成占寶豐時改寶豐為寶州），清復名寶豐，沿用至今，現屬平頂山市管轄。《古今圖書集成》載寶豐風俗為「士習樸實，不事矜飾，容貌言動，率皆陋約。對人言，或倉卒、鄙俚。著衣，忌華美，蓋過質而少文也。貧惟閉門拙守，寧甘飢寒，恥於干人。凡民有驕富不尚禮儀者，即不與容，節會飲不與共席，即共席，亦不與之言；若鄉有修行好義之民，雖貧無衣食，陋居山林，見者必加殊敬；其有孝行卓異之子，節烈冰操之婦，眾口同詞，薦之有司，恐至沒善也。婦人非至親不相往來，不輕見容菜。婚尚論財，喪則張樂燕豐於祭，為不近古；然知禮之士頗多，未可一概而論也〔註129〕」，《歧路燈》雖以祥符為依託，但其風俗與寶豐相去不遠。

李綠園的出生地在寶豐的宋寨。其地北濱滍水（今沙河），西依魚（齒）山，南為隋犨城遺址，犨城與魚（齒）山之間有東漢中常侍吉苞墓，墓前有奇獸「辟邪」石雕〔註130〕，宏偉異常。清楊淮曾云「其地左林右泉，為吾邑

〔註128〕〔清〕劉青芝，江村山人續稿（卷一）〔M〕，乾隆刻本。
〔註129〕陳夢雷，古今圖書集成（冊三）。方輿彙編職方典（卷四八四）。汝州〔Z〕，臺北：臺北鼎文書局，民國七十四年，頁4392。
〔註130〕欒星，李綠園傳〔A〕，《歧路燈》研究資料〔C〕，鄭州：中州書畫社，1982，

東南勝區〔註131〕」。

李綠園幼時曾「抱書此地童齡慣，坐數青山藉草茵」（見李綠園詩《立夏登村右魚齒山》），晚年猶「擎茶笑說垂髫日，抱得書囊日往還」（見李綠園詩《乙未三月登村右魚齒山》），因魚齒山有寺，寺內有僧，義學設在山寺〔註132〕，李綠園的祖父李玉琳就在這裡教書。李綠園的啓蒙老師當非李玉琳莫屬。

淳厚的民風，悠久的歷史，優美的自然環境，給李綠園的一生以良好的影響和薰陶，李綠園一生的純樸本色與其生活的環境不可分割。李綠園非常熱愛自己的家鄉，在保存下來的李綠園為數不多的詩作中，就有十多首是關於他的家鄉的，家鄉的山川秀色、人情世態在他的筆下流淌成一份眞情：

如寫《魚山看殘雪》：「雪融三日後，聚散欲平分。鋪阪疑垂瀑，蟄坳訝斷雲。鳥留飛白體，葉落巾黃文。試看畦町地，羊欣幾幅裙〔註133〕」。

再如他晚年寫的家鄉古遺址的《辟邪歌》：「滍水南岸雙城北，巨冢突兀列三四，蒙茸青草供牧芻，墓門那覓碑版字。桑經酈注說吉苞，大長秋官漢閹寺。書畫譜傳州輔吉，吉成難辨爵與諡。碑陰曾勒延叔堅，題名共說四十二。若云碑出蔡中郎，茫茫千古認眸記？總之東漢一椓人，奚改斷斷頻置議。餘有三冢概無聞，土呼將軍昧所自。四冢各蹲辟邪一，風雨剝蝕野火燹。吁嗟呼！辟邪之獸產何宇？稱者每與天祿伍。麕首駝項俊猊尾，前伏雙翼後兩股。村人不識奇獸狀，翼者稱雞股稱虎。金馬銅駝尙無存，賴是石兮有此土。我昔十齡慣摩挲，我今七袤猶拍拊：辟邪辟邪爾無恙，我自髫齡已傴僂〔註134〕」，與辟邪的親近之情躍然紙上。

再如他《京邸庚伏，偶憶家中農況，無由睹也，爲繪六絕句，示宋受徵》：

「村叟：皤然兩鬢背生斑，因飼疲牛守皁間。兒輩極知農務急，尙嗔癡少肯偷閒。村媼：手拈團線坐蓬門，膝邊席地睡弱孫，只恐醒來啼索乳，喃喃附耳細溫存。村丁：頂笠揮鋤臂半裎，刵除稂莠護嘉莖。今春社北逢村賽，學得新伶一兩聲。村婦：隴畔禾垂小路叉，筍籃盛餅缶盛茶。餂婦阿嫂饒閒趣，攜贈小姑野草花。村童：碧水溪頭綠柳坡，群兒鬥草襯新蓑，急呼黃犢申嚴囑，休囓南邊豆半科。村姑：短髮新梳自覺妍，笑呼阿哥近門前：東家

　　　　頁10。
〔註131〕〔清〕楊淮，國朝中州詩鈔〔Z〕，道光二十三（1843）年刻本。
〔註132〕〔清〕李彷梧、耿興宗纂修，寶豐縣志，道光刻本。
〔註133〕〔清〕李彷梧、耿興宗纂修，寶豐縣志，藝文志（卷十五）。道光刻本。
〔註134〕〔清〕同上。

妹妹新衫好，儂有昨朝賣繭錢」（參見《李綠園詩鈔》殘卷），叟嫗丁婦童姑等人的聲色口吻無不各肖其人，可見他們在李綠園的心中是那樣的熟悉。

而且李綠園《憶同里四叟》詩中亦有：

「西憶魚山麓，北憶滍水涘，東憶湛陂路，南憶讎城址，古蹟星碁間，落落幾蓬藁。藁藁者伊誰？王趙與孫李。不是士夫儔，三四田叟耳。田叟年幾何？長我一兩紀。或遠三里外，近則與同里。憶余三十後，諸叟頗親邇，或憩柳蔭下，或過蕭寺裏。寺中僧灶茶，樹下舀缶水。將欲申鳳解，羞澀鄙俚俗，徐徐扣所見，直驚古同揆。聞諺以爲經，觀劇以爲史，得失窮究竟，休咎溯緣起。憂勤惕屬心，吉凶消長理，不能澤以文，披陳摹諸嘴。心本無枝葉，言自寡糠秕，幾多衿綬人，往往昧所以。似此耆年叟，萬里念桑梓，時時樂與儔，只雙均所喜。何期十餘載，先後忽奄矣！斯人雖云亡，厥理終不死」（參見《李綠園詩鈔》殘卷）。雖然現在我們作爲後人已無法考得李綠園的這四位鄰里老叟的姓名，但李綠園對父老鄉親的這份深情卻躍然紙上，李綠園的純樸的本色也盡顯無遺。

而李綠園詩《佃叟病》最能體現其家鄉淳厚的民風：「舍邊老佃七十九，駝背雞皮稱臺耆，伏夏候被二豎纏，三日勺漿不入口。閭社走問群歎息，咸說就木行駕鉚。連綿周月沉屙起，里門忽見扶杖走。孫曳兒持大樹下，比鄰爭看病餘叟。老翁聾聵復聾聵，爲云贅世今已久。少年勤劬不知勞，此日次第攻衰朽。無病常呻不自禁，麻木在胯酸在肘。前月癘疫臥繩床，嚦中已與冥官偶，自分應辭人間世，已故骨肉見某某。子婦百計求痊可，渾忘麥熟苗正莠。屑豆膩糯強相喂，屍魂又與殘軀友。大兒媳婦眞多事，早許持齋斷蔥韭。四兒媳婦更倔強，冬月單衫屛溫厚。貧家那得魚與肉，佐飯虀瓷與醬瓿。貧家慣烤爐前火，雪天何堪頻抖擻。芳鄰苦勸癡兒女，莫教常將故見狃。詎知愚孝多專執，佛前一語效死守。二月往朝香山寺，兩婦十步一稽首（魏叟長媳張、四媳王）」（參見《李綠園詩鈔》殘卷）。詩中病叟以抱怨的口吻向人述說他的兒女在其生病之時表現出的孝心，其驕傲滿足的心態一目了然，讓人覺得此翁煞是可愛，其家庭之和睦亦由此可見一斑。李綠園詩末署出長媳和四媳的姓，由此亦可知病叟即是李綠園的身邊鄰里，極熟識的人，李綠園此詩亦反映出他對孝悌之家的嘉許態度。

另一方面更爲重要的影響來自於他的家庭：李綠園的祖父李玉琳是史志

上有名的孝子〔註135〕，其父李甲奉母至孝亦有據可查〔註136〕，李綠園對父祖聲名的珍視決定了他不可能反其道而行之。而且其子李蘧兩次迎養李綠園於京邸，亦是孝子之行，其孫李於潢亦有緬懷先澤、述德自勵之詩句，這一切都說明了李綠園道學家的底色是由其「以孝相踵」的家世奠定的。

其次，李綠園的交遊鞏固了他道學家的觀念。

李綠園一生交遊甚廣，他本人「每以明趨向、重交遊，訓誡子弟〔註137〕」。由於李綠園本人及其後人所保留下來的關於其交遊的資料極其有限，因此其交遊者多不可考，只能根據視野所及範圍內的李綠園的詩文或其他間接資料進行耙梳，將其一生交遊可考知者作出細緻的考證，以便從中大體判斷李綠園其為人可能受到的影響。究竟這些人能在多大程度上代表李綠園的交往範圍？究竟這些人能給李綠園多大程度的影響？目前尚沒有辦法具體確定。但有一點可以確認，那就是可以從李綠園與這些人之間的交往互動中所表現出來的好惡傾向，明視其人生價值取向之一斑。

筆者個人認為：對李綠園影響最大的當首推其以師友事之的中州古文家劉青芝。劉氏家族為書香門第，襄城望族，以孝持家、以文著世，在河南很有影響。劉青芝之父劉宗泗「年十四喪父，從兩兄奉母，克行孝悌四十餘年。與母連屋而居，屋內通以戶。夜聞聲咳必披衣坐，既以息乃復寢。或寂無聞，又必俟有伸欠聲殆終宵，疑懼幾不成寐也。兩兄以哀母氏卒，遂撫諸孤，勉之學，群從諸子各著名於世〔註138〕」。劉青芝本人事親至孝，「以父母年高，不上公車者，十有七年。侍起居色養備至。比親歿，哀毀幾滅性，非杖不能起〔註139〕」，且事兄至悌，「雍正五年成進士，上命總裁各薦可入翰林者，勵廷儀舉青芝引見，改庶吉士，居數月念兄青蓮，數請告不得。青蓮亦思弟入都，相向哭。力請得許。沈近思挽之曰：『閱子與王豐川張儀封書，經濟具見，方擬薦。何遽歸也？』青芝告以情，且誦兄詩：『今朝不盡團圞樂，那有來生未了因』，問曰：『尚忍留乎？』近思喟然曰：『東坡而後今見子矣！』偕兄歸，閉戶著書垂三十年，四方宗仰，歸然為中原大師〔註140〕。」劉青

〔註135〕參見《新安縣志》（民國刻本）。《中州先哲傳‧孝友（二）》（卷三十）。

〔註136〕參見清劉青芝《江村山人續稿‧寶豐文學李君墓表》（卷二）。乾隆刻本。

〔註137〕〔清〕李彣梧、耿興宗纂修，寶豐縣志，道光刻本。

〔註138〕〔清〕汪運正纂修，襄城縣志，孝友傳（卷六）〔Z〕，乾隆十一年刻本。

〔註139〕〔清〕楊淮，國朝中州詩鈔〔Z〕，道光二十三（1843）年刻本。

〔註140〕李時燦，中州先哲傳，文苑四（卷二十六）。民國刻本。

芝非常賞識李綠園「有志斬伐俗學」、「希正學之旨爲之」，且有「憂世之懷，壯行之志」。

除劉青芝以及劉青芝之侄──「聰穎好勝」、能「急人之難」的劉伯仁（實爲劉青芝之子，過寄給其族人）之外，李綠園的交遊中還有河南新安以詩文見長、志同道合的宦族呂氏諸雄（呂公溥、呂公滋、呂中一、呂守曾等），他們是李綠園交遊中很重要的部分，李綠園一生的道學家的本色固執多緣於他們的影響。同時，李綠園的交遊中還有其「舟車海內」時的仕宦朋友，多爲中下層官吏，且以下層官吏爲主，這其中亦有知音者如屈敬止等人。此外，李綠園家鄉的鄉村野老、言行樸直敦厚者，亦是李綠園交往的對象，李綠園雖是道學家但其自始至終不蛻其耕讀持家的底色亦多得益於此。

再次，李綠園於《歧路燈》中對假道學極盡挖苦、譏諷之能事的同時表現出對眞道學不遺餘力的推崇。

（二）以身作則的良師

李綠園有爲師情結不足爲奇，但李綠園是一個有責任心與道義感的「師者」。這來自於他的祖父李玉琳、叔祖父李玉玠，尤其是其祖父爲師使他熟稔教師這一職業，他的祖父即是鄉塾的老師，又是他的啓蒙老師，他從小就耳濡目染祖父李玉琳的師者言行，這種潛移默化的影響不可低估。李綠園的家族中其祖父當過教師，李綠園本人當過教師，李綠園的後人也有從事教師職業者。《道光寶豐縣志・人物志・李蘧傳》中記載李蘧任「江西督糧道」時，「移病歸里。病痊，兩典山右書院，被其指授者，多發名於世 [註141]」，看來李蘧不僅自己長於應試，而且其本人也長於應試教育。《方雅堂詩集》（卷四）中李於潢在《述先德自勵詩》的序中提及他自己的「授徒之地，距蘇園（李玉琳的墓地）不二百里」，可見李於潢也曾設館授徒。究竟是家風使然，還是個人興趣使然，亦或是官方聘請，或者是眾（學）生相求，難以考證。

李綠園的教師情結固然有其祖父爲師的影響，但他本人對「師道尊嚴」的重視從其《李秋潭遺墨幅間題語》中亦可顯現：「余十三歲入城應童子試，先生於海觀有瓜葛姻誼，遂主於其家。晨起，攜餘步北門認潦水。反入七世同居坊，左入飯館，各盡漿粥二器。蓋先生素寠，懼晨炊之不佳也。爾時海觀雖髫齡，頗微窺默識其意。及先生捐館日，海觀適笨仕黔南，且客京師者

〔註141〕〔清〕李彷梧、耿興宗纂修，寶豐縣志，道光刻本。

六載，未獲執紼。抵里後心常歉仄。睹此遺稿，手澤依然，不勝人琴之感，遂題六十三年前事於其幅間。後學李海觀敬書於阮氏書舍，時年七十有七〔註142〕。」

「李秋潭工書，死後他的孫子把遺墨裝幀成冊，征諸題詠，李綠園於幅間寫下了這段回憶。後綠園孫子李於潢見到了這個冊子，把李綠園題語錄入他的《春綠閣筆記》，遂得以留存下來〔註143〕。」

「捐館」二字點出了李秋潭的教師身份，而且李秋潭作爲教師死在其教書的崗位上，可謂適得其所，一個「捐」字道出了李綠園對李秋潭爲人師者所具敬業精神的敬重。他和李綠園的交往緣於二人的姻誼關係，而他雖家境貧寒，但其盡最大可能去細緻入微的照顧參加童子試的李綠園，讓少年的李綠園無法言說地感激，李綠園以李秋潭去世「未獲執紼」而「心常歉仄」，而「執紼」者一般多爲亡者後人與子弟方可盡此禮，李綠園有此心說明他一方面把自己置身於李秋潭姻誼後人的位置，另一方面也不排除他想執弟子禮的心情。晚年的李綠園見到李秋潭遺墨遂產生「不勝人琴之感」，勾起他對「六十三年前」的往事的回憶……寥寥數語，李綠園對一個與自己有姻誼之親、從事教師職業的故人的深情躍然紙上。

李綠園在其辭官歸隱田園之後，曾因「厥族邀之課子侄〔註144〕」而回到祖籍新安，李綠園新安的朋友呂公滋在《碩亭詩草》（卷上）中寫當地板話詩人李元章時曾有「元章元章善教兒，近市惟恐俗所移。十年閉戶延名師，三鳳表表資格奇〔註145〕」，這裡李綠園的族人亦包括李元章在內，李綠園的學生中也包括李元章的兒子。當然李綠園在新安教書的時間並不長，前後算起來不超過三年的時間，但三年的教學實踐對李綠園來說殊爲難得，在某種程度上可以說實踐了他中年時期在《歧路燈》中倡導的教學理念。

而且以李綠園「學問淹博，尤洞達人情物理〔註146〕」的個性，他絕非是一個古板的教書匠或教書先生，儘管他是一個道學家，但他懂得爲師之道的關鍵所在，《歧路燈》通過婁潛齋同意「三月三」帶譚紹聞去看「吹臺

〔註142〕〔清〕李於潢，春綠閣筆記，道光刻本。
〔註143〕欒星，李綠園傳〔A〕，歧路燈研究資料〔C〕，鄭州：中州書畫社，1982，頁12。
〔註144〕參見李綠園友呂公溥《綠園詩鈔序》所載。
〔註145〕〔清〕呂公滋，碩亭詩草〔M〕（卷上）。乾隆刻本。
〔註146〕李時燦，中州先哲傳，文苑傳，民國刻本。

會」表現出李綠園的主張:「若說是兩個學生叫他們跟著家人去上會,這便使不得;若是你(指譚孝移)我(指婁潛齋自己)同跟著他們,到會邊上望望即回,有何不可?自古云:教子之法,莫叫離父;教女之法,莫叫離母。若一定把學生圈在屋裏,每日講正心誠意的話頭,那資性魯鈍的,將來弄成個泥塑木雕;那資性聰明些的,將來出了書屋,丟了書本,把平日理學話放在東洋大海。我這話雖似說得少偏,只是教幼學之法,慢不得,急不得,鬆不得,緊不得,一言以蔽之曰難而已」(見第三回),展示出李綠園對師道的理性觀照。

但李綠園也有其「好大喜功」的有趣的一面,清楊淮《國朝中州詩鈔》中曾提及李綠園「老年酒後耳熱,每自稱通儒」,炫耀其學識淵博,好在是「酒後耳熱」時所為,並不妨礙李綠園作為一個良師的社會形象。

小說家有許多種,李綠園只是其中之一,在《〈歧路燈〉自序》中他是以一個「師者」的身份來闡釋他的小說觀,而且事實上他也是以「師者」的身份而非地道的小說家的身份來寫《歧路燈》的,小說只是他宣揚教化、寓教於樂的一種手段。既然是「師者」,他就需要有「師者」的風範,因為「師者,所以傳道、授業、解惑也」(韓愈《師說》),中國的儒學傳統如此,李綠園知其所當為,不為其所不當為,這就是為什麼《歧路燈》不能像《紅樓夢》那樣講警幻仙姑所授之事、且每涉及穢褻之事就止筆不前的原因,正如李綠園在《歧路燈》中所「自白」那樣:「每怪稗官例,醜言曲擬之。既存懲欲意,何事導淫辭?《周易》金夫象,《鄭風》蔓草詩,盡堪垂戒矣,漫惹教猱嗤」(見第二十四回)。也就是說,清雅淳正的內容是李綠園刻意保持的,世人詬病《歧路燈》「道學氣太濃」(見馮友蘭樸社本《歧路燈》序),在於《歧路燈》中「師者」說教隨處可見,而說教是「師者」義不容辭的責任,李綠園及其《歧路燈》均以教化為己任,對此李綠園在序言中已坦承無諱。

(三)重視民瘼的「循吏」

李綠園的祖父是秀才,父親是諸生,二人都希望通過科舉成就功名,李綠園亦然,李綠園的後人如李蘧、李於潢者亦然,可見,李綠園家族對科舉的重視程度。李綠園不僅制舉業,而且與當時其他制舉業者略有不同的是他制舉業「有志斬伐俗學」,且有「憂世之懷,壯行之志〔註147〕」不全是為了功

〔註147〕〔清〕劉青芝,江村山人續稿(卷一)〔M〕,乾隆刻本。

名利祿，他既強調中國儒家傳統的「修身齊家」，要求自己「在綱常上立得住」
（參見《李綠園詩鈔》自序），又希望自己能通過科舉實現其「治國平天下」
的志向，實際上這是中國古代讀書士子延續了兩千多年的集體意識，李綠園
作爲讀書人也未能例外。

李綠園的志趣集中體現在他《贈汝州屈敬止》一詩中：「君不見隆中名流
擬管樂，抱膝長吟志澹泊。又不見希文秀才襟浩落，早向民間尋憂樂。一日
操權邀主知，功垂青史光爍爍。男兒有志在勳業，何代曾無麒麟閣？君有學
殖裕康濟，惟我能知君綽綽。憶昔我登雙松堂，綠酒紅燈供小酌，把杯偶談
天下事，捫虱侃侃似景略。只因文章傳海內，致令藝苑稱淹博。昨年天子御
極初，廣搜楨幹及汝洛。君臣際會良非偶，薦章累累何能卻？承恩直上通明
殿，一人側席聽諤諤。天人三策邀睿鑒，聖心甘與麋好爵，即令褒書下豫會，
促君整裝攜琴鶴。莫耽讀騷嗅蘭茝，須念國計與民瘼。安石已符蒼生望，不
許東山戀丘壑〔註148〕。」

據道光《汝州全志・人物志・屈啓賢傳》載：「屈啓賢，字敬止。康熙癸
酉例貢。辛巳吏部會同翰林院在瀛州亭考試，授翰林院孔目。乾隆丙辰，舉
孝廉方正〔註149〕」，曾纂乾隆八年的《汝州續志》〔註150〕。由此可以斷言屈
敬止是一位以操行見譽者。屈敬止與李綠園同舉丙辰，李綠園此詩作於次年
（時年三十一歲，丁巳），從詩的內容可以推斷是寫在會試之前。李綠園在詩
中督促朋友「整裝攜琴鶴」，激勵朋友要有入世之思，「須念國計與民瘼」，不
可有隱逸之想，「莫耽讀騷嗅蘭茝」。

李綠園自己在詩中以諸葛亮、范仲淹爲期，希望有朝「一日操權邀主知，
功垂青史光爍爍」；他以王猛爲比，自信「男兒有志在勳業，何代曾無麒麟閣」；
回憶他自己曾效謝安「捫虱侃侃」「天下事」。

劉青芝在《李孔堂制義序》中稱其自己「余少不自量，常懷仲舉不事一室、
孟博登車攬轡之志」，「茲閱李子（指李綠園）文（制義），於我有戚戚焉〔註151〕」，
可見李綠園志向之高遠。而李綠園自我實現的唯一途徑是科舉考試。

但李綠園中舉後科場並不順利，他三十歲（乾隆丙辰）中舉，到他四十

〔註148〕〔清〕趙林成、白明義纂修，汝州全志，藝文志，道光刻本。
〔註149〕〔清〕趙林成、白明義纂修，汝州全志，道光刻本。
〔註150〕參見《汝州續志》乾隆刻本。
〔註151〕〔清〕劉青芝，江村山人續稿（卷一）〔M〕，乾隆刻本。

二歲（乾隆戊辰）丁父憂，其間有四次（丁巳、己未、壬戌、乙丑）會試，以他在《歧路燈》中表現出的對河南到北京往返路線之熟可知李綠園應當不止一次赴京趕考，但都以落第報罷。在《歧路燈》中「有一位老先生由孝廉做到太守。晚年林下時，有人送屏幛的，要請這位先生的銜，老先生斷斷不肯。子弟問其故，老先生道：『我讀書一場，未博春官一第，爲終身之憾。屏幛上落款，只寫得誥授中憲大夫，這賜進士出身五個字白不得寫。我何必以我心抱歉之處，爲他人借光之端？』」（見第七十七回）實際上李綠園創作是有原型的，此人物的原型就是李綠園的朋友劉伯仁。劉伯仁臨終前「顧其子曾輝曰：『吾獨生汝，吾一生以未得著青衫進身爲恨，汝好勉之〔註152〕』」。李綠園一生未嘗沒有此恨，因爲科場蹭蹬在很大程度上直接妨礙了他遠大抱負的實現。

但李綠園並未因此而消沉，他五十一歲開始了「舟車海內二十年」的生涯，而中間他以六十六歲的年紀出任貴州印江知縣，一介知縣只是七品芝麻官，可它卻是李綠園平生最大的官職。官職雖小，但李綠園的政績對百姓、對他自己而言都具有重要意義。

清鄭士範纂《道光印江縣志‧官師志》載：「知縣，李海觀，寶豐舉人。（乾隆）三十七年任。李海觀，字綠園。能興除利弊，愛民如子，疾盜若仇。乾隆己丑〔註153〕秋，邑大旱，步禱滴水崖，雨立沛。百姓設筵迎勞，海觀教之食時用禮，以度歲歉。歡如也。」清夏修恕、蕭琯纂修《道光思南府續志‧職官志》（卷四）亦有相似的記載：「印江知縣：李海觀，字綠園，寶豐縣舉人。乾隆三十七年任。興利除弊，愛民如子，疾盜若仇。適縣旱，步禱滴水崖，雨立沛。」

據考證，《印江縣志》的纂成在道光十七年（1837），距李綠園於印江爲官只有短短的六十五年，而《思南府續志》的纂成在道光二十年（1840），距李綠園於印江爲官也只有六十八年。「興利除弊，愛民如子，疾盜若仇」反映出李綠園爲官關心民瘼，眞正做到了七品知縣——父母官。「百姓設筵迎勞，海觀教之食時用禮，以度歲歉」，李綠園對老百姓的慰勞並不安然受用，而是教以節儉之事，以備歲歉之需，這樣的父母官當然是受老百姓歡迎的。「步禱

〔註152〕同上。
〔註153〕此處縣志記載有誤，李綠園在印江爲官實是由乾隆壬辰年到癸巳年，一年時間。

滴水崖，雨立沛」，未免有稍許的誇張、神化的成分，但絕不會是空穴來風。
李綠園的爲官政績由此可見一斑。

李綠園何以能在短短的一年知縣任上有如此的政績？如此地受當地百姓
的愛戴？這與李綠園的出身、志趣、修養以及他對社會的瞭解與認識是分不
開的：

李綠園出身於當時社會中下層的地主家庭，他的祖父李玉琳曾有過「康
熙辛未歲，大饑」「奉母就食四方」的經歷，其父爲一介諸生，家境困窘；他
自己亦仕途淹蹇，加之他此時已「舟車海內」十多年，足跡遍及蜀、黔、吳、
齊、魯〔註154〕等地，對當時社會弊端〔註155〕、民間疾苦有相當深刻的觀察、

〔註154〕 李綠園詩《戊戌春正月坐橫山惜陰齋與中牟胡菓船呂廿寸田話山水》有「蜀
道貌岸然之難上青天，黔南之山黑如黝，吳頭楚尾多岡嶺，齊郊魯域亦丘阜，
若擬日觀落雁峰，總是臺有牛馬走」之句。見《李綠園詩鈔》殘卷。
〔註155〕 在《歧路燈》中李綠園指出：「如今日做官的，動說某處是美缺，某處是醜缺，
某處是明缺，某處是暗缺；不說衝、繁、疲、難，單講美、醜、明、暗。一
心是錢，天下還得有個好官麼？其尤甚者，說某缺一年可以有幾『方』，某缺
一年可以有幾『撇頭』。方者似減筆萬字，撇頭者千字頭上一撇兒。以萬爲方，
宋時已有之，今則爲官場中不知羞的排場話。官場中『儀禮』一部，是三千
兩，『毛詩』一部，是三百兩，稱『師』者，是二千五百兩，稱『族』者，是
五百兩。不惟談之口頭竟，且形之筆箚。以此爲官，不盜國帑，不啖民脂，
何以填項？究之，身敗名裂，一個大錢也落不住。即令落在手頭，傳之子孫，
也不過徒供嫖賭之資，不能設想，如此家風可以出好子孫。到頭只落得對子
一副，說是『須知天有眼，枉叫地無皮』，圖什麼哩？」做官「不可聽信衙役」，
「不可過信長隨」，因爲「衙役，大堂之長隨；長隨，宅門之衙役。他們吃冷
燕窩碗底的海參，穿時樣京靴，摹本元色緞子，除了帽子不像官，享用不亞
於官，卻甘垂手而立稱爺爺，彎腰低頭說話叫太太，他何所圖？不過錢上取
齊罷了」，「這關防宅門一著不可等閒。」「做官請幕友」「是最難的事。第一
等的是通《五經》、《四書》，熟二十一史，而又諳於律例，人品自會端正，文
移自會清順、暢曉，然著實是百不獲一的。下一等幕友，比比皆是」，「俗氣
厭人」，出「告示稿」又做不到「婦孺可曉，套言不陳」，「這宗幕友，是最難
處置的，他謀館不成，吃大米乾飯，挖半截鴨蛋，著頭兒戳豆腐乳：得了西
席，就不飲煤火茶，不吃柴火飯，炭火煨銅壺，罵廚子，打醜門役，七八個
人伺候不下。將欲撤出去，他與上司有連手，又與上司幕友是親戚，咱又不
敢；少不得由他呎喝官府，裝主文的架子身份。別的且不說，只這大巳牌時，
他還錦被蒙頭不曾醒來；每日吸著踩倒跟的藤鞋，把人都厭惡死了。他反說
他那是幽閑貞靜之貌。」而「衙門中，第一以不抹牌、不唱堂戲爲高，先消
了那一等俗氣幕友半個厭氣光景。」「審問官司，也要有一定的拿手，只以親、
義、序、別、信爲經，以孝友、睦姻、任恤爲緯，不拘什麼戶婚田產，再不
會大錯，也就再不得錯」（見第一百零五回）。審案「從來獄貴速理。人命重
情，遲此一夜，口供就有走滾，情節便有遷就。刑房件作胥役等輩，嗜財之

認識、瞭解和體驗，而且他早就「志在勳業」，「官印江知縣」爲他從「國計」「民瘼」出發，以實際行動踐行他的政治理想提供了一個很好的機會，他也不負眾望，以自己的實際行動獲得了「循吏」的美譽。

《歧路燈》中「譚紹聞定期辭署上省。這城鄉百姓連夜做萬民傘，至日盒酒擺了四五里，父老子弟遮道攀轅，不忍叫去。紹聞不勝酒力，一桌一盞，竟成酩酊。總之，愚百姓易感而難欺，官是錢字上官，他們的口舌，是按捺不住的；官是民字上官，他們的眼淚，是收煞不來的。譚紹聞雖蒞任不久，畢竟是民字上刻刻留心」（見第一百零六回）。李綠園辭官歸田時是否也如此，已不可考，但可以肯定的是正是基於這種深厚的生活積累，李綠園才會在《歧路燈》中塑造出「只是愛惜民命」（第三十一回）的荊縣尊、「在山東做官，處處不愛錢，只實心爲民」（第九十回）的婁潛齋、「曲全生靈」（第九十一回）「上焉爲德，下焉爲民」「正直」「清廉」（第一百零七回）的譚紹衣等官吏形象，如果沒有他爲官的深厚的生活基礎無論如何筆墨難達。

李綠園「在官不廢吟詠，風土山川悉說以詩，其說黔三十首（今已不傳），物俗民風，體驗入微〔註156〕」，有「詩僧」雅號。其友呂公溥說他「遠官（指李綠園於印江爲官事）數千里外，日手一篇，於蠻煙瘴雨中，卒全其諸生之本來面目〔註157〕」即指此事。《開州署中苦雨》一詩頗能反映出李綠園居官印江時的心態：「碧蕉完葉少，黃菊臥枝多。不獲登城望，田間更如何〔註158〕？」

「開州」即現在的貴州開陽縣。詩中沒有直接寫雨如何，但淫雨成災的情形早已從字裏行間透露出來。作者由眼前「碧蕉完葉少」和「黃菊臥枝多」聯想到田裏的莊稼，可自己被雨困在官署之中，無奈和焦慮由此生發。可以想見，陰雨連綿，莊稼得不到及時收割，倒伏田中，必將影響到百姓的生活。表面上看作者憂慮的是田裏的莊稼，其實質卻是百姓的生活。全詩言淺意深，語短情長。

按理說李綠園既有「循吏」的美譽，說明他是一個很稱職的知縣，既然

心如命，要錢之膽如天。惟有這疾雷不及掩耳之法，少可以杜些弊竇，且免些鄉民守候死户，安插銀錢之累」（見第七十一回）。

〔註156〕李時燦，中州先哲傳，文苑傳，民國刻本。

〔註157〕參見《李綠園詩鈔》殘卷卷首所存呂公溥原序。

〔註158〕〔清〕楊淮，國朝中州詩鈔（卷十四）〔Z〕，道光二十三（1843）年刻本。

稱職似乎就不該那麼快辭官，那麼究竟是什麼原因迫使他堅決辭官的？

如果我們客觀地分析就會發現：李綠園辭官歸田是為必然。一方面固然有「運鉛之役」這一事件的直接打擊，但也不能忽略他為官時的年齡因素。李綠園出任貴州印江知縣時早已過了花甲之年（六十六歲），《歧路燈》中的譚孝移在舉「賢良方正」時也只有四十多歲，可是譚孝移在北京等待觀見皇帝時卻遇到一個「濮陽公，二十歲得了館選，豐格清姿，資性聰明，真可謂木天雋望。不知怎的，專一學了個不甚禮人」，他的冷落使得譚孝移心中「動了一個念頭：人家一個少年翰林，自己任意兒，還以不謙惹刺；我一個老生兒子，還不知幾時方進個學，若是任他意兒，將來伊於胡底？口中不言，已動了思歸教子之念。」（見第七回）這種情形未必不是影響李綠園歸隱的因素之一。儘管在清代像周進、范時這樣「大器晚成」者有之，但從李綠園詩《陶然亭同江南梅塢少年》「眼中小友齒渠儂〔註159〕」句亦不難看出他自己內心深處對於入仕年齡上的心理落差。

而且在仕與隱的問題上，李綠園實際上的入世表現與其在《歧路燈》中表現出的歸隱傾向有些矛盾：《歧路燈》中譚孝移以自己「實難屈膝」於「得志」「閹寺」和恐「若以言獲罪」而遭「廷杖之法，未免損士氣而傷國體」，懼「履霜堅冰」為由，藉以「年衰病情願終養」而只「以正六品職銜榮身」辭官歸里（見第十回）。譚紹聞雖稱「為人臣者報國恩，為人子者振家聲，此丈夫事也」（見第一百零四回），但上任一年即以母病辭歸（見第一百零六回）。李綠園究竟是以什麼原因辭職已無法考證，但在辭官歸田事上與譚氏父子如出一轍。

李綠園辭官之時曾作有《宦途有感寄風穴上人二首——乾隆癸巳暮春印江署中作》一詩，其中有「禍不可攖聊遠害（余以運鉛之役，缺匱部項，幾頻於險），盜何妨作只偷閒」句，在他辭官歸田的路上亦作有《襄陽發程抵新野北望口占》，其中有「臨眺堪添騷客興，奔馳已疲旅人顏。無心最是揮鋤叟，冠蓋往來若等閒」表現出其疲於仕途奔波，想往歸隱田園生活的願望，這似乎與前面所介紹的李綠園積極入世的情形相牴觸，實則不然。

對於李綠園的辭官歸隱，李綠園的朋友呂公溥有《詩贈李孔堂二首》表示出歡迎和欣喜：「吾鄉風教至今醇，萬里歸來一故人。流水高山清以越，太

羹元酒淡而眞，忘言沕穆欣相對，得句推敲妙入神。惟我兄君君弟我，榻懸更解詎嫌頻？雲嶺虛懸待叩鐘，誰尋逸響躡高蹤？兩齋弟子何須問，五柳先生未易逢。剩有通家孔文舉，愁無仙侶郭林宗。南陽耆舊知存幾，最愛躬耕老臥龍〔註160〕」，這固然和呂公溥一生不務科名，「素無宦情〔註161〕」有關，但也反映出山水依舊故人情。

　　李綠園在自己歸隱之後又是如何看待他自己短暫爲官的經歷呢？辭官後的第四年他曾在《丙申今有軒夢餘口占》一詩中寫道：「歸田賦就剩閒身，扶杖里門兩度春。友憶前歡如隔世，詩翻舊稿似他人。老覺文章終有價，宦惟山水不曾貧。夢中偶到印江地，猶見吁呼待撫民〔註162〕」，居然於「夢中」「猶見吁呼待撫民」可見李綠園當時爲官執政時的責任心，也可想見他魂牽夢繞的印江在他心目中的位置。

　　李綠園還有一首《攬鏡》詩，此詩只能判斷是寫在其辭官之後，具體是辭官後的哪一年則無法考證，李綠園在詩中寫道：「攬鏡拈鬚雪色新，頹然剩得一閒身。蠻煙幾歷荒綏外，蜃氣曾終渤海濱。道遠惟欣農務好，年高漸悟格言眞。平生不負稱循吏，夢繞桐鄉愛我民〔註163〕」「桐鄉」就是印江，因其地多油桐，故有此稱。「平生不負稱循吏，夢繞桐鄉愛我民」一句表現出李綠園對自己爲官一任造福一方的欣慰之情。

　　上述兩首詩可以大致地概括出李綠園辭官後的心態。雖然李綠園也有因「運鉛之役」的打擊而產生去官歸隱的想法，頗有些「進則儒，退則道」的意味，但從總體上講，李綠園一生總體基調還是積極進取昂揚向上的。

第三節　李綠園以小說行教化的創作觀念

　　創作觀念是指導作家發揮主體精神藝術地把握世界、以期最大限度地表現特定生活、最有效地感動特定讀者的基本理念。一方面，作家要在自己和自己生活對象之間找到契合點，以自己獨特的思維方式、思想觀念、情緒情感和審美態度去感應生活、表現生活，以獲得主體精神的自我實現；另一方

〔註160〕〔清〕楊淮，國朝中州詩鈔（卷十五）〔Z〕，道光二十三（1843）年刻本。
〔註161〕李時燦《中州先哲傳，文苑傳四》（卷二十六）。民國刻本。
〔註162〕〔清〕楊淮，國朝中州詩鈔〔Z〕，道光二十三（1843）年刻本。
〔註163〕〔清〕楊淮，國朝中州詩鈔（卷十四）〔Z〕，道光二十三（1843）年刻本。

面，作家要在自己和讀者之間找到可接觸介質，通過這種可接觸介質，運用其基於共性又獨具個性的藝術方式，把自己所要表達的思想、感情、價值取向等傳遞給自己所預先選定的那部分讀者（作家發揮其主體精神這種藝術感應方式和藝術交流方法，集中體現在其創作活動過程和通過創作而形成的物化作品中）。因此，創作觀念所體現的決不僅僅是作家對生活的藝術認識和表現方式，不僅是作者同讀者的藝術對話和交流方式，也是作家主體精神的自我實現的藝術方式，更是這三者構成的有機系統。作家創作觀念的全部價值體現在作家主體精神與生活、與讀者的連通功能的有效性上。

一部《紅樓夢》眾說紛紜，其原因之一就是除小說作品外作者留下的東西實在太少，後人只能從「滿紙荒唐語，一把辛酸淚。都云作者癡，誰解其中味」的感歎中來推斷《紅樓夢》的創作意圖。與此相反，人們對《歧路燈》的歧解甚少，一方面是書名本身就有「歧路之燈」的教化本義，另一方面作者李綠園的《〈歧路燈〉自序》無疑將文本解讀過程中可能產生歧義的因素排除很多。

李綠園「以小說行教化」的創作觀念其內容並不複雜，主要體現在他的《〈歧路燈〉自序》、《家訓諄言》、《李綠園詩鈔自序》和《歧路燈》等文本之中。李綠園以小說行教化的創作觀念中有許多有價值的東西值得我們用理性的目光重新觀照並在行為中大膽借鑒。主要表現在：他對傳統「文以載道」觀的良性繼承、對創作主體的道義要求、對小說題材內容與創作形式有選擇的界定及其一切服從「教化至上」的創作原則。

一、李綠園對儒家傳統「文以載道」的繼承

中國傳統的「文」「道」觀念始於孔子的「興觀群怨」思想。孔子從文學（文章博學，含一切學術）角度論詩：「詩可以興，可以觀，可以群，可以怨；邇之事父，遠之事君，多識於鳥獸草木之名」（《論語·陽貨》），言詩有涵養性情之作用，因「不學詩無以言」（《論語·季氏》），而「言之不文，行之不遠」，且「行有餘力，則以學文」（《論語·學而》），蓋因「誦詩三百，授之以政，不達；使於四方不能專對：雖多亦奚以為？」（《論語·子路》）故《論語·述而》總結孔子的教育思想：「子以四教，文行忠信」，由此可知，孔子的文學觀重在尚文、尚用，即以純文學的作品作為政教的應用。

究其實質，「興觀群怨」講的都是用詩，不是作詩。孔子提倡學詩、誦詩

的目的在於應用。「興」是指從詩中引發學生聯想，使之得到啓發，加深對禮和仁的理解，即發揮詩在情感上打動人的力量，但著重點仍在理性上的啓發，孔子把「興觀群怨」歸為「邇之事父，遠之事君」，概括了詩為禮治服務的功用。

「文以載道」說始於宋人。宋代是理學流行的時代，理學是以打通天人關聯的宇宙論模式重新強調傳統儒家倫理綱常。由於理學的目的是為了宣揚儒家之道，所以也被稱為道學，理學家也稱為道學家。宋代理學的繁榮發展對文學思想的影響很大，它要求一切文學藝術都服從它的需要，文學成為宣揚理學思想的說教工具。宋周敦頤在《周子通書・文辭》中首次提出「文所以載道也，輪轅飾而人弗庸，徒飾也。況虛車乎？文辭，藝也；道德，實也。篤其實而藝者書之；美則愛，愛則傳焉，賢者得以學而至之，是為教。故曰：『言之不文，行之不遠。』然不賢者，雖父兄臨之，師保勉之，不學也；強之，不從也。不知務道德而第以文辭為能者，藝焉而已。噫！弊也久矣。」周氏的「文以載道」與唐代韓愈、柳宗元的文以「明道」和李漢的文以「貫道」明顯不同，前者的出發點是「道」，突出說明「文」只是「道」的載體，所以不能以「文」為目的；後者的出發點是「文」，強調「文」要有充實的內容，目的是寫好文〔註164〕。所以郭紹虞說：「唐人主文以貫道，宋人主文以載道；……貫道是道必藉文而顯，載道是文須因道而成」，「後來貫道說成為古文家的文論，而載道說則成為道學家的文論，所以這不僅是唐人和宋人文學觀之不同，實也是古文家與道學家論點之互異〔註165〕。」宋朱熹明確指出文與道的關係只能是「文以載道」，他說：「這文皆是從道中流出，豈有文反能貫道之理！文是文，道是道，文只如吃飯時下飯耳，若以文貫道，卻是把本為末。以末為本，可乎？」「道者文之根本，文者道之枝葉，惟其根本乎道，所以發之於文皆道也。三代聖賢文章皆從此心寫出，文便是道」（參見《朱子語類》）。

李綠園在文道觀上與宋儒一脈相承，集中表現為「文」必合乎「道」者方為「文」。我們可以從李綠園的詩和小說創作的角度來解讀他的文道觀。

〔註164〕 參見張少康、劉三富，中國文學理論批評發展史（下）〔M〕，北京大學出版社，1995，頁 32～39。

〔註165〕 郭紹虞，中國文學批評史上文與道的問題〔A〕，照隅室古典文學論集（上）〔C〕，上海：上海古籍出版社，1983，頁 170～171。

在《李綠園詩鈔自序》中李綠園指出：「詩以道性情，裨名教，凡無當於三百之旨者，費辭也」，也就是說，「詩」以「道」存，不合乎「道」之要求的詩，都是「費辭」；李綠園爲「詩」的目的是「道性情，裨名教」，不爲此目的而爲「詩」者，在李綠園看來皆非正道。李綠園作爲道學家，他頭腦中的「道」很顯然是以儒家思想爲中心的「道」，他的小說觀也注定了是「文以載道」觀。

李綠園處心積慮、苦心經營創作《歧路燈》，其目的是「代聖人立言」，「爲下等人說法（見第五十六回）」。他是想「藉科諢排場間，寫出忠孝節烈」，使「善者自卓千古，醜者難保一身」，「發人之善心」「懲創人之逸志」，與傳統的「文」「道」觀未曾須臾稍離。

那麼在李綠園看來非正道者果非正道嗎？非也。事實上有許多「文」的產生並非都爲「道性情，裨名教」，否則也不致於有那樣多「蚌病成珠」、「發憤爲文」的佳作問世了。而且也有無法計數的「文」雖打著「道性情，裨名教」的旗號而究其實質卻與此正好相反，如《〈癡婆子傳〉序》曰：「從來情者性之動也。性發爲情，情由於性，而性實具於心者也。心不正則偏，偏則無拘無束，隨其心之所欲發而爲情，未有不流於癡矣。矧閨門袵席間，尤情之易癡者乎。嘗觀多情女子，當其始也，不過一念之偶偏，迨其繼也，遂至欲心之難遏。甚且情有獨鍾，不論親疏，不分長幼，不別尊卑，不問僧俗，惟知雲雨綢繆，罔顧綱常廉恥，豈非情之癡也乎哉。一旦色衰愛弛，回想當時之謬，未有不深自痛恨耳。嗟嗟！與其悔悟於既後，孰若保守於從前。與其貪眾人之歡，以玷名節，孰若成夫婦之樂，以全家聲乎。是在爲少艾時先有以制其心，而不使用情之偏，則心正而情不流於癡矣」，話雖如此說，但其文中所展示出的內容既寡「綱常」，又鮮「廉恥」，與其序言全無瓜葛。再如《肉蒲團》，開篇就自標「做這部小說的人原具一片婆心，要爲世人說法，勸人窒欲不是勸人縱慾，爲人秘淫不是爲人宣淫」，並以「近日的人情，怕讀聖經賢傳，喜看稗官野史」爲由，爲其作「風流小說」辯護，但通觀全文，卻全是「借淫事」宣「淫風」，「就色欲」「談色事」，對其自我標榜正好是反其道而行之。可見，在這個問題上，李綠園的觀點有些偏激，並不具有普遍意義。

李綠園所闡釋的「道」，有「法自然」的傾向。「孟郊『臨行密密縫，意恐遲遲歸』，王建『三日下廚房，洗手作羹湯』，樸而彌文，讀之使人孝悌之心，油然於唇吻喉臆間。斯即陟岵瞻父、浣私寧母之遺音也。彝倫之化視此

矣〔註166〕」。李綠園的這種「道」法自然，實是從社會倫理的角度立論，而非真的從自然立論。如果從荀子「性惡論」的前提出發來理解後天環境對人的影響，結論則是「其善者偽也」（「偽者，人為也」），也未嘗不可。「道」法自然固然可貴，但「道」不法自然也同樣可以有美文行於世，而李綠園所追求的實是創作內容的樸素與真實，是一種本色論的思想。從李綠園耕讀之家的出身底色及其道學家的社會責任、小說家的淑世行為論，他自始至終都在堅持踐行著這種樸實的人生哲學。

而且在「文」與「道」二者關係的處理上，李綠園明確表現出重「道」輕「文」的傾向。關於「文」「道」之間孰輕孰重的問題上在宋以前就存在不同的主張，雖在宋以前人們沒有明確「文以載道」這一概念，但對文道關係人們思考的並不少：荀子重「道」輕「文」，他認為「凡言不合先王，不順禮義，謂之奸言」（《荀子·非相篇》），揚雄亦云「委大聖而好乎諸子者，惡睹其識道也」（《法言·吾子篇》），又說「君子言則成言語，動則成德……以其弸中而彪外也」（《君子篇》）。相反，劉勰重「文」輕「道」，他認為「文之為德也大矣，與天地並生者何哉！夫玄黃色雜，方圓體分，日月疊璧，以垂麗天之象，山川煥綺，以鋪理地之形，此蓋道之文也」，「故知道沿聖以垂文，聖因文而明道，旁通而無滯，日用而不匱。《易》曰『鼓天下之動者存乎辭』，辭之所以能鼓天下者，迺道之文也」（《文心雕龍·原道》）（當然，劉勰之「道」並非僅指儒家之「道」）。李綠園既然強調其「文」為「道」而作，自然在文道之間以「道」為主，《歧路燈》就是為傳「道」而作，前面所引的《李綠園詩鈔自序》和《〈歧路燈〉自序》均體現了李綠園重「道」輕「文」的觀念，也正因如此，李綠園被有的研究者稱為「貶低小說的小說家〔註167〕」。

「文」以載「道」，固有其理，但處理失當，則難免採之東籬，失之桑榆。《歧路燈》以「道」害「文」在某種程度上就是文道關係處理失當的例子。

由此可見，作家自釋其創作意圖只是我們理解其創作的一個參照因素，我們最看重的是作家本人的創作實踐，因為其創作實踐能夠具體、深刻地體現出作家的創作理念，而這才是我們客觀、準確地解讀作家及其創作的真實依據。

〔註166〕〔清〕李綠園，《李綠園詩鈔》自序〔A〕，李綠園詩鈔殘卷〔C〕。
〔註167〕王先霈、周偉民，明清小說理論批評史〔M〕，廣州：花城出版社，1988，頁542。

二、李綠園對創作主體「文行出處」的要求

「漢魏六朝以及唐宋元明詩人林立，而晉義熙之陶淵明、唐寶應之杜少陵、宋乾道之陸劍南，凡知詩者，莫不矢口先之，果奚以故哉？彭澤以祖侃宰輔晉室，恥爲宋民；子美麻鞋見天子；放翁論子以宋室恢復無忘告祭君之誼，拳拳肝膈：惟其於倫常上立得足，方能於文藻間開得口，所以感人易入，不知其然而然也。不然者，使屈靈均而非有忠君愛國之心，纏綿篤摯於不可已，則美人香草，亦不過如後世之剪雲鏤霞，媲青妃白而已，烏所睹與日月爭光者哉〔註168〕？」「惟其於倫常上立得足，方能於文藻間開得口」，也就是說立言者必先立德，爲「文」者要以德馭文，先德後文，先人品後文品，而不是正好相反，李綠園舉陶淵明、杜少陵、陸放翁的例子來說明文品與人品的關係。《歧路燈》中李綠園通過智周萬教譚紹聞作文表達其對「文」與「行」的見解：

「智周萬已聽過孔耘軒說的譚紹聞病痛（先賭後嫖，邊賭邊嫖），師弟相對過了十日，智周萬只淡淡如水。」「譚紹聞執書請教，隨問就隨答，語亦未嘗旁及。這也無非令其沉靜收心之意。」後來他令譚紹聞作《「爲善思貽父母令名必果」論》，作此文的目的是令其反省自身，而當譚紹聞「脫稿謄眞呈閱，智周萬極爲誇獎，批道：『筆氣亢爽，語語到家。說父子相關切處，令人感注，似由閱歷而得者，非泛作箕裘堂構語者所能夢見』」，看來譚紹聞此文的確是結合自己實際情況所作，所以智周萬才有此評語。他藉此機會「問道：『爾文如此剴切。可以想見令先君家教。但昨日眾先生俱言爾素行不謹，是何緣故？』」將譚紹聞「素日行」與「當下文」結合起來發問，既相機行事，又拿捏得恰到好處，可謂有的放矢因材施教。「譚紹聞於是把父親臨終怎的哭囑的話，述了一遍。一面說著，早已嗚咽不能成聲，」譚紹聞之所以「嗚咽不能成聲」實是父子之情使然。既然已經動之以情，智周萬不忘趁熱打鐵，問道：「『你既然如此，何至甘入下流？』譚紹聞道：『總因心無主張，被匪人刁誘，一入賭場，便隨風倒邪。本來不能自克，這些人也百生法兒，叫人把持不來。此是眞情實話。』」（見第五十六回）智周萬讓譚紹聞自己來總結他墮落的原因，見時機已成熟，遂作「箴銘」，警其言行。

譚紹聞因「文勝其行」觸此題而心生愧疚，智周萬見縫插針教育學生勿

〔註168〕〔清〕李綠園，《李綠園詩鈔》自序〔A〕，李綠園詩鈔殘卷。

重蹈覆轍，目的是使譚紹聞迷途知返，言行一致，知行合一。雖然這段文字李綠園是爲突出智周萬教學得法、出一題而令譚紹聞生悔過之意而敷衍出來的，但從「文行出處」而言，亦能解讀出李綠園要求人如其文、文行統一，立言者必先立德，講求文行出處的潛臺詞。

在「文」與「行」的關係問題上，李綠園稍略有些走極端。他可以如此要求自己，卻不能如此要求也不可能如此要求每一個「立言」者。在「文」與「行」的問題上，不妨「躬自厚而薄責於人」，也許更合乎常理。

文行關係是從古至今歧見最多的問題之一。孔子曾云：「有德者必有言，有言者不必有德」（見《論語・憲問》），但「自陽明心學流行以來，『人格決定文品，內容先於技巧』的文學主張被一再強調〔註169〕」，而事實上並非每一立言者都是有德行者，也不是每一立言者均是無德行者，「立文」與「立德」、文品與人品是應然而非必然的關係。

就「立文」者的德行論，有文如其人者，也有文勝其人者，更有人勝其文者。古今中外，例子比比皆是：文如其人者如《出師表》，其作者一生眞可謂「鞠躬盡瘁，死而後已」，堪稱古今良相第一人；文勝其人者如阮大鋮，雖其文采華然，但因其人品下流，故其文亦不被世人看好。在此問題上李綠園強調「文如其人」，但即便孔子都認爲「有言者不必有德」，有時候「失之東隅，收之桑榆」，不能因人廢言，更不能因噎廢食，阮大鋮「其人無行」卻寫出令反對派復社諸君都佩服的好文章就是一最好的反證。蓋因文與行是不同的層面，因人而異，不可一概而論。

三、李綠園對「以小說行教化」的內容擇揀

李綠園對小說內容的選擇直接且集中體現在《〈歧路燈〉自序》中他對「坊佣襲四大奇書之名」的《三國演義》、《水滸傳》、《西遊記》和《金瓶梅》撻伐，在他看來：「三國志者，即陳承祚之書而演爲稗官者也。承祚以蜀而仕於魏，所當之時，固帝魏寇蜀之日也。壽本左祖於劉，而不得不尊夫曹，其言不無閃爍於其間。再傳而爲演義，徒便於市兒之覽，則愈失本來面目矣」。「淮南盜宋江三十六人，肆暴行虐，張叔夜擒獲之，而稗說加以替天行道字樣，鄉曲間無知惡少，仿而行之，今之順刀手等會是也。流毒草野，釀禍國家，然則三世皆啞之孽報，豈足以蔽其教猱升木之餘辜也哉！若夫金瓶梅，誨淫

〔註169〕左東嶺，李贄與晚明文學思想〔M〕，天津：天津人民出版社，1997，頁204。

之書也。亡友張揖東曰，此不過道其事之所曾經，與其意之所欲試者耳。而三家村冬烘學究，動曰此左國史遷之文也。余謂不通左史，何能讀此；既通左史，何必讀此？老子云：童子無知而膚舉。此不過驅幼學於夭箭，而速之以蒿里歌耳。至於西遊，乃取陳玄奘西域取經一事，幻而張之耳。玄奘河南偃師人，當隋大業年間，隨估客而西，迨歸，當唐太宗時。僧臘五十六，葬於偃師之白鹿原。安所得捷如猿猱、癡若豚豕之徒，而消魔掃障耶？惑世誣民，佛法所以肇於漢而沸於唐也。」

一言以蔽之，《三國演義》誨虛、《西遊記》誨幻、《水滸記》誨盜、《金瓶梅》誨淫，皆因其內容於「幼學人心不宜」。以上為李綠園對傳奇小說的態度如此，而對同出一宗的戲曲，李綠園不否認他曾經對此存有偏見：「余嘗謂唐人小說，元人院本，為後世風俗大蠹」，但打破他的這種偏見的是他「偶閱闕里孔雲亭桃花扇，豐潤董恒岩芝龕記，以及近今周韻亭之憫烈記」，這三部作品在他看來可「謂填詞家當有是也」，因為它們的確「藉科諢排場間」，「寫出」了「忠孝節烈，而善者自卓千古，醜者難保一身，使人讀之為軒然笑，為潸然淚，即樵夫牧子廚婦爨婢，皆感動於不容已」，所以他再「視王實甫西廂、阮圓海燕子箋等出，皆桑濮也，詎可暫注目哉！」

如此觸動李綠園的三部戲曲，從其內容上可以判斷出李綠園的價值取向：

《桃花扇》：係清初孔尚任根據明末真人實事加以敷演而成的一部歷史劇，全劇以清流文人侯朝宗和秦淮名妓李香君的離合之情為線索，展示南明弘光小朝廷的興亡始末。孔尚任突破封建等級貴賤觀念，通過香君「卻奩」「罵筵」、柳敬亭下書等塑造了一系列在國難當頭之際關心國事、明辨是非，有著獨立人格，使清流文人、昏君奸臣相形見絀的下層人形象，表現出尊貴者不尊貴卑賤者不卑賤的憤激情緒；而且孔尚任對人評價的道德標準也由傳統的以朝廷、以皇帝、文人轉變為以國家為根本，國家成為孔尚任心中最高的倫理，《桃花扇》最終實質上超越了明清易代的興亡之歎。正如其《〈桃花扇〉小引》中自敘其命意：「場上歌舞，局外指點，知三百年之基業，隳於何人？敗於何事？消於何年？歇於何地？不獨令觀者感慨零涕，亦可懲創人心，為末世之一救」。明清鼎革引起了人們心靈的巨大震撼，憂憤成思，在清初普遍形成了追憶和反思歷史的共同心理，《桃花扇》中所寄託的興亡之感即是那種痛定思痛、反觀歷史、以供當下借鑒的心態的反映〔註170〕。

〔註170〕袁行霈，中國文學史（卷四）〔Z〕，北京：高等教育出版社，頁288～292。

如果說《桃花扇》表現了孔尚任「國家至上」的倫理意識，那麼《芝龕記》則集中表現了國難當頭之際女將董良玉對國與家的忠與貞。

《芝龕記》爲清董榕根據《明史・秦良玉傳》〔註171〕和毛奇齡的《列女沈氏雲英墓誌銘》改編而成，敘述明季萬曆、天啓和崇禎三朝女將秦良玉「上急公家難，下復私門仇」（見《明史》）、平播州，解重慶圍，討平州，解成都圍，「奉詔勤王，出家財濟餉」（見《明史》），入援京城，收夔州；沈雲英爲良玉好友之妹，亦女中豪傑，識奸計，擒叛臣，闖重圍，救慈父，破李岩，殺李岩妻；二女將的相同之處是伸明大義，她們都是在其丈夫死後代丈夫職而成就功名者：良玉夫馬千乘因被人陷害而身死，雲英夫賈萬策則因李岩計燒城南樓而葬身火海，但她們在國難當頭之際，毅然以大局爲重，以女性柔弱的肩膀擔起重任，爲板蕩中的大明王朝馳騁疆場，浴血奮戰，英勇殺敵，屢立戰功；而且在明朝亡國後秦良玉嚴戒部眾不得從賊，雲英回鄉奉母葬父，傭書族里，課塾宮門，二人均潔身自好以終。在敘述秦良玉和沈雲英事中間還穿插著明宦豎假公濟私、禍國殃民，東林六君子因評議國政被害，秦良玉製芝龕祭悼殉國英烈等情節〔註172〕。全劇「以石硅女官秦良玉、道州游擊沈雲英爲綱，以東林君子及疆場死事諸賢與殉烈群貞爲之經，而以彭、雲兩仙經緯其間，至排場正變遞見，奇險莫測，狀戎旅則風雲變色，寫戰鬥則草林皆兵，灑鬆姊弘臣之淚滿座沾巾，幻鬼神仙佛之觀一堂擊節〔註173〕。」

董榕在其《芝龕記凡例》中明確其創作目的是「闡揚忠孝節義」，因「二女者非尋常閨閣之人，乃心平國事有功名教之人也。……秦良玉……起於神宗中葉，卒於鼎革之初，三朝戰功，一門殉節。初平播州功第一，而不言功；歷平奢安，敗流賊，百戰不挫，有趙順平之風；是其勇略勞績之不可及也。泊乎按壘談兵，歎息於武陵之以蜀爲壑，捷春之坐以設防，後圖全蜀之形勢而不見用，請益捕魚守十三隘而無兵可發痛哭而歸；以兄弟皆死王事，不肯以餘年事賊，事事俱見英風，言言皆有生氣。他人有一節即可傳，兼綜眾美歷久不渝，屈指季明鬚眉有幾？而沈雲英道州救父，破賊全城，奉敕褒授游擊將軍，實與秦總兵可稱雙美。毛西河沈志曰：『將軍於

張庚、郭漢城，中國戲曲通史〔Z〕，北京：中國戲劇出版社，頁 614～633。
〔註171〕〔清〕張廷玉等撰，明史（卷二百七十）〔Z〕，北京：中華書局，1997，頁 1784～1785。
〔註172〕〔清〕董榕，芝龕記〔M〕，乾隆辛未刻本。
〔註173〕〔清〕黃叔琳，芝龕記序〔A〕，芝龕記〔M〕，乾隆辛未刻本。

父為孝，於國為忠，於夫為節，於身為貞。既擅女德，又爭婦訓，文能傳經，武足戡亂〔註174〕』」。

如果說孔尚任是《桃花扇》心繫興亡，那麼董榕則是《芝龕記》情寫忠貞，二者均從更廣泛的意義上將男女之情與國家與民族的興亡結合起來，為愛情題材投攝了另外一種國家與民族層面上的社會倫理色彩和意蘊，較比之下名不見經傳的《憫烈記》則從狹義的視角寫出了當時社會倫理的又一個側面：

《憫烈記》又名《中州愍烈記》，係清周韻亭所作的地方戲，全劇二卷十六齣。寫乾隆年間發生於河南事。河南農戶許忠游手好閒，不務正業。他得知本村農婦盧氏的丈夫經常外出做事，便時常以言語挑逗盧氏，均被盧氏嚴詞拒絕。一天深夜，許忠竟然逾牆入盧氏宅企圖強姦，盧氏抵死不從。許忠性起，以麻繩將盧氏及其一雙兒女勒死，逃之夭夭。事發後，許忠被官府嚴拿歸案，處以極刑，許妻因此被發配山東。為褒獎盧氏貞烈，當地縣令拿出庫銀，在盧氏生前所在村中建一座愍烈祠，並為她立貞節牌坊，以示後人。盧氏之父盧友家境貧寒，靠給人當雇工為活。盧氏有弟十四歲，因偷拿富人地中一捆秫秸，被富人告到官府，縣官因其盧友之女是貞節烈女，便免其教子不當之官司，拿出糧米布帛賞濟盧友，以慰節孝之靈。縣官還買酒及供品，親自到盧氏墳上祭奠，而後請鄉中父老，挑土高築其墳，在墳前立三塊石碑記載其節烈事蹟。此事感動上蒼，許忠在冥府受盡酷刑後被碎屍萬段，而盧氏母子之魂升至天堂，受到玉帝的封賞。玉帝賜盧氏愍烈仙妃之名，掌管人間節烈之事〔註175〕。

植根於河南的《中州愍烈記》，鄉土氣息比較濃厚，與李綠園的生活氛圍接近，他對此劇的欣賞和推重，在於看好盧氏的節烈──與陸九淵所說「餓死事小，失節事大」如出一轍。這裡固然有李綠園迂腐地執著於儒家道德規範的一面，但也不排除其中包含著李綠園對社會秩序、對社會長治久安問題的深層思考。

以上是李綠園欣賞的三部戲曲作品，同時有兩部反映青年男女愛情故事的戲曲作品卻不被李綠園所認可，即元王實甫的《西廂記》和明末阮大鋮的《燕子箋》。由李綠園對《桃花扇》、《芝龕記》、《憫烈記》的認同，不難歸納

〔註174〕〔清〕董榕，芝龕記凡例，見芝龕記〔M〕，乾隆辛未本。
〔註175〕〔清〕周韻亭，中州愍烈記〔M〕，清乾隆抄本。

出李綠園其「道」的內容即是三綱五常、忠孝節烈，因爲這三部作品中無論哪一部，其主人公都未曾遠離其「道」的範疇，而且在某種意義上說，實是其「道」的化身。李綠園之所以對《西廂記》、《燕子箋》等作品不以爲然，以「桑濮」謂之，實是因其局限於男女之事，而與其「綱常彝倫間，煞有發明」相去甚遠，無益於他所謂的「人心道德」。而且李綠園對「坊庸四大奇書」的否定，也緣於他認爲這些作品的內容在一定程度上遠離了他心目中的所謂的「道」。

儘管如此，認眞分析就會發現李綠園在小說內容揀選問題上，實際上明顯存在自相矛盾的地方：

他在《〈歧路燈〉自序》中明確無誤地表示其對《水滸》——「誨盜」內容的深惡痛絕；而且，其在貴州印江爲官之時亦「疾盜如仇」，與對《水滸》的態度如出一轍；他還借《歧路燈》人物之口說：「《水滸傳》，倡亂之書也，叛逆賊民，加上『替天行道』四個字，把一起市曹梟示之強賊，叫愚民都看成英雄豪傑，這貽禍便大了。所以作者之裔，三世皆啞，君子猶以爲孽報未極」（見第九十回）。但在《歧路燈》第九十一回《譚觀察拿匪類曲全生靈》中，他對清代的白蓮教眾人雖以「匪」稱之，卻讓人物譚紹衣對白蓮教眾人網開一面，給予赦免：稱「此犯（首犯王蓬）漁色貪利，或愚迷眾，這眾人尚不在有罪之例」，「首犯陷法，那受愚之輩無不栗栗畏法，方且以舊曾一面爲懼，毫無可慮」，並且設置「譚道臺回署，已經上燭時分。坐在簽押房內，取出靴筒黃本兒，向燭上一燃，細聲歎道：『數十家性命，賴此全矣』」情節，強調「誰爲群迷一乞饒，渠魁殲卻案全銷。狀元只爲慈心藹，楚北人傳救蟻橋」。李綠園何以心口不一、言行分離，筆者無從知曉，但他在《歧路燈》的文本中卻反映出其難能可貴的民本思想。

儘管李綠園在《〈歧路燈〉自序》中對《金瓶梅》——「誨淫」內容不屑一顧，而且在《歧路燈》文本中他也借書中人物程嵩淑之口指責《金瓶梅》：「宣淫之書也，不過道其事之所曾經，寫其意之所欲試，畫上些秘戲圖，殺卻天下少年矣」，「不能識左、史，就不能看這了；果然通左、史，又何必看他呢？」（見第九十回）毫無疑問這實際上是李綠園的社會責任心使然，也是他對「幼學不宜」成分的高度自覺的限制。但在描寫人物對象的選擇上，他取法了《金瓶梅》通過日常瑣事、市井中人物的描寫，呈現世態人情，寓以褒貶愛憎。由此可見，李綠園對「坊佣四大奇書」還是在否定中有肯定，在

批判中有繼承和借鑒。

事實上，李綠園所提及的「坊傭四大奇書」從其問世之日起就眾說紛紜褒貶不一。以清李漁為例，儘管李漁自己並非正統的道學家，可他對《西遊記》和《金瓶梅》卻也頗多微辭：「《西遊》辭句雖達，第鑿空捏造，人皆知其誕而不經，詭怪幻妄，是奇而滅沒聖賢為治之心者也。若夫《金瓶梅》，不過譏刺豪華淫侈，興敗無常，差足滋人情慾，資人談柄已耳，何足多讀〔註176〕！」但不管世人如何褒貶臧否，都無從改變這四大奇書在中國文學史上的地位，也無法改變它們自誕生之日起因受廣大讀者的喜愛而屢禁不止廣為流傳的事實。判斷衡評一部文學作品成功與否的重要標誌之一，就是讀者。李綠園否定四大奇書，是因其內容「於幼學人心不宜」，這本無可厚非；但若拋開此論，僅從讀者角度論，則《歧路燈》算不得成功的作品，只因李綠園在創作中很大程度上違背了文學的創作規律。

有的研究者認為李綠園「有著一定的滿漢情結〔註177〕」，依據是李綠園的《讀史》詩。如果李綠園真的在一定程度上有滿漢情結的話，那麼這情結從《〈歧路燈〉自序》中所提及的《桃花扇》、《芝龕記》兩部說似乎可以印證這一點，因為它們都反映了明亡歷史。但從這兩部作品的主旨看，如此解釋又難免有牽強附會之嫌。事實上，當我們反觀《歧路燈》就會發現，李綠園並無任何的滿漢情結：他自己的功名與他次子李蘧的富貴均是清朝廷所賜，他自己又是康熙年間生人，未經歷明清鼎革之痛，何來的滿漢情結？在李綠園看來，讀書做官乃天經地義。因此，認為李綠園「有滿漢情結」，毫無疑問，結論顯然失據。

四、李綠園對「以小說行教化」的形式選取

無論李綠園在其創作觀念中多麼強調教化內容的重要性，他都無法不給其內容賦予一定形式的載體，那就是將內容物化為一定的形式——文本。從筆者視野所及的李綠園的作品中總結歸納出以下他論及的關於小說形式的幾個問題：

〔註176〕 〔清〕李漁，三國志演義序〔A〕，清兩衡堂刊本。中國歷代小說序跋集〔C〕，北京：人民文學出版社，1996，頁902。

〔註177〕 〔韓國〕李昌鉉，李綠園與《歧路燈》研究〔M〕，蘇州大學博士學位論文，1999，頁21。

（一）小說情節「毫無依傍」

在《〈歧路燈〉自序》中李綠園提到他的這部作品是「空中樓閣，毫無依傍，至於姓氏，或與海內賢達偶而雷同，絕非影射。若謂有心含沙，自應墜入拔舌地獄」，這實際上是在聲明他的作品是虛構的，是無中生有憑空杜撰的，並非確有其人和事。李綠園如此煞費苦心地賭咒發誓以證明他的作品來自虛構，這種情形反而激起讀者「此地無銀三百兩」「越描越黑」的探究反噬，反而讓後人對其所謂虛構的真實性產生懷疑，讀者反而更願相信他的作品所反映的內容在其生活中不但其人確有原型，而且就在其身邊，離其不遠，只不過這些事可能並非發生在一人身上而已。用傳統的文藝理論來概括就是：文學創作來源於生活，但它又高於生活，它是對生活原型的加工和作家通過想像對人物形象進行的重新加工和創造。李綠園如此聲明，可能其動因是擔心某些他熟悉的有類似書中人物言行的讀者對號入座，而如此聲明可以為自己減少不必要的麻煩。

事與願違，正是從他的這個「聲明」中，折射出他對小說創作情節的最起碼的要求——虛構，這是符合小說創作規律的。

相似的「聲明」並非僅存在於李綠園的《〈歧路燈〉自序》中，明清小說中此類「聲明」很多，最典型的就是《紅樓夢》。只是曹雪芹較李綠園要坦白得多，《紅樓夢》第一回就直言「曾歷過一番夢幻之後，故將真事隱去，而借『通靈』說此《石頭記》一書也，故曰『甄士隱』云云〔註178〕」，因「今風塵碌碌，一事無成，忽念及當日所有之女子，一一細推了去，覺其行止見識皆出於我之上，何堂堂鬚眉，誠不若彼一干裙釵，實愧則有餘、悔則無益之大無可奈何之日也。當此時，則自欲將已往所賴，上賴天恩下承祖德，錦衣紈綺之時，飫甘饜美之日，背父母教育之恩，負師兄規訓之德，已致今日一事無成，半生潦倒之罪，編述一記，以告普天下人，雖我之罪固不能免，然閨閣中本自歷歷有人，萬不可因我不肖，則一併使其泯滅也。雖今日之茆椽蓬牖，瓦灶繩床，其風晨月夕，階柳庭花，亦未有傷於我之襟懷筆墨者，何為不用假語村言，敷演出一段故事來，以悅人之耳目哉！故曰風塵懷閨秀，乃是第一回題綱正義也。開卷即云風塵懷閨秀，則知作者本意原為記述當日閨友閨情，並非怨世罵時之書矣。雖一時有涉於世態，然亦不得不敘者，但非

〔註178〕〔清〕曹雪芹，紅樓夢〔M〕，北京：人民文學出版社，1957。

本旨耳，閱者切記之〔註179〕」。

在小說情節的虛構這個問題上，李綠園的觀點似乎有些矛盾，其矛盾之處體現在他對《三國》的態度上：他承認「三國志者，即陳承祚之書而演爲稗官者也」，他分析羅貫中創作的《三國演義》本事爲「承祚以蜀而仕於魏，而所當之時，固帝魏寇蜀之日也。壽本左祖於劉，而不得不尊夫曹，其言不無閃灼於其間」，而且「再傳而爲演義，徒便於市兒之覽，則愈失本來面目矣」，也就是說，民間流傳的《三國演義》與史書《三國志》已不是一回事，他特舉例證明二者之間的差異：「即如孔明，三國時第一人也，曰『澹泊』，曰『寧靜』，是固具聖學本領者。《出師表》曰：『先帝知臣謹愼，故臨崩寄臣以大事』。此即臨事而懼之心傳也。而演義則曰：『附耳低言，如此如此。』不幾於兒戲場耶？」他因此得出與他的朋友相同的結論：「亡友郟城郭武德曰：『幼學不可閱坊間《三國志》，一爲所涸，則再讀陳壽之所志，魚目與珠無別矣〔註180〕」。

既然他聲明自己創作的《歧路燈》是虛構的，按理，他就不應該否定《三國演義》的虛構，因爲二者相同之處在於其素材來源於眞實，只不過羅貫中的《三國演義》的素材「七分史實，三分虛構」，而李綠園《歧路燈》的素材一部分來自於現實生活的眞實，一部分來自於歷史的眞實：

《歧路燈》中孔耘軒喪父「這幾日瘦了半個，全不像他」，「哀毀骨立」（第六回）實是確有其人，李綠園師友劉青芝就有「比親歿，哀毀幾滅性，非杖不能起」的事；婁潛齋事兄以悌，凡事以兄意爲行之準則也源於劉青芝：「雍正丙午，需次銓選，猶以兄故不肯行。其兄華岳迫之，乃就道。明年成進士，選庶吉士，時年已五十三。居無何，念其兄不置，數請假不得，適全岳踏雪二千里，以憶弟來都，入門相見，且喜且悲即引疾，與兄並駕歸〔註181〕」，可見李綠園《歧路燈》中的人物是有生活原型的。此外，《歧路燈》中涉及明嘉靖抗倭之事，明史確載其事，這在某種程度上與羅貫中《三國演義》取材於史並無多大差別。至於在小說情節的合理虛構這一點上，二者並無本質的不同，且《歧路燈》中涉及明嘉靖抗倭的人與事大多與史實無涉，多爲虛構。

〔註179〕〔清〕曹雪芹，石頭記凡例〔A〕，紅樓夢〔M〕，香港：香港友聯出版社影印本，1962。
〔註180〕〔清〕李綠園，歧路燈〔M〕，乾隆本。
〔註181〕〔清〕楊淮，國朝中州詩鈔（卷十三）〔Z〕，道光二十三年（1843）刻本。

　　金聖歎在《讀第五才子書法》中指出文學創作中眞實與虛構之間的關係：
「《宣和遺事》，具載三十六人姓名，可見三十六人是實有。只是七十回中許
多事蹟，須知都是作書人憑空造謊出來，如今卻因讀此七十回，反把三十六
個人物都認得了，任憑提起一個，都似舊時熟識，文字有氣力如此」。馮夢龍
也主張「人不必有其事，事不必麗其人」，「事眞而理不贋，即事贋而理亦眞」。
袁于令曾界定過正史與小說各自的性質與作用，認爲「正史以紀事，紀事者
何，傳言也；遺史以搜逸，搜逸者何，傳奇也」，由此他得出「傳言者貴眞」、
「傳奇者貴幻」的結論。李綠園之所以有這種矛盾問題的產生，主要取決於
李綠園對小說與史傳兩種文體本質認識上的不同，問題的關鍵就是如何對待
史實的問題。事實上，史實是無法完全還原也無需還原的，史實的作用在於
給後世提供借鑒。

　　史實指的是歷史眞實和眞實歷史，「歷史眞實是指歷史的主體眞實或歷史
的本質眞實；眞實歷史是指歷史的初型眞實或歷史的本原眞實。歷史眞實包
含了審美的基因，它的內核已經閃動著美學的火花；而眞實歷史是簡約的記
載，它儘管也存在著歷史原生質的美，但尚未融入美學，這是二者最顯著的
區別」，「眞實歷史屬於歷史的本語境，它是由文獻典籍記錄的歷史人物和歷
史事件組成的，『事事有來歷，件件有出處』應是其主要特徵」，「歷史眞實屬
於歷史大框架，它是由歷史人物和歷史事件的大致動向，以及歷史背景、歷
史脈絡組成的〔註182〕」，從這個意義上來說，《三國演義》當屬歷史眞實而非
眞實歷史，《歧路燈》中的明代抗倭事亦如此。「史家追求眞人實事，每須遙
體人情，懸想事勢，設身局中，潛心腔內，忖之度之，以揣以摩，庶幾入情
合理，蓋與小說、院本之臆造人物，虛構境地，不盡同而可相通〔註183〕」，也
就是說，歷史演義小說屬於文學創作而不是歷史記錄，它首先要遵循的是文
學創作的規律而不是也不應該拘泥於史實，「從這方面來看，我們固然應該要
求大體上的正確，但是不應剝奪藝術家徘徊於虛構與眞實之間的權利〔註
184〕」。

　　在李綠園看來，《三國演義》和《三國志》一樣屬眞實歷史的範疇，因此

〔註182〕薛若琳，歷史劇的意涵與構建〔J〕，文藝研究，2003（6）。
〔註183〕錢鍾書，左傳正義〔A〕，管錐篇〔C〕，北京：中華書局，1979，頁166。
〔註184〕〔德國〕黑格爾，美學（卷一）〔M〕，北京：商務印書館，1979，頁353～
　　　　354。

應還原歷史的本來面目，應還歷史本原的真實而不能有任何的虛構，這固然
反映出他對歷史的嚴肅態度；他也因將歷史小說《三國演義》等同於史書《三
國志》看待，而有理由認為羅貫中歪曲了歷史，對幼學無益有害（影響幼學
對歷史的客觀態度），反映出他對教育的一種認真務實的負責態度。但歷史小
說畢竟是小說，而不是歷史，虛構是歷史小說這種文體區別於史傳文體的本
質之所在。而且就《三國演義》而言，它是中國第一部長篇章回小說，也是
歷史演義小說的開山之作，它「在按照一定的政治道德觀念重塑歷史的同時，
也根據一定的美學理想來進行藝術創造，使實服從於虛，而不是虛造就實〔註
185〕」，而且「七分事實，三分虛構」（見章學誠《丙辰札記》），很好的處理了
歷史小說創作中虛實關係，很難說李綠園在《歧路燈》的創作中沒有借鑑這
一點。但借鑑歸借鑑，創作歸創作，在如何看待歷史小說與歷史的關係問題
上，身處清中葉的李綠園對此的認識顯然有點落伍不合時宜。

　　前面討論了歷史與歷史小說的關係問題，接下來探討虛構中的想像問
題，分析李綠園是如何看待小說創作中合理想像問題的。

　　小說創作離不開虛構，而虛構是需要想像的。如果說讀者閱讀是再造想
像，那麼小說創作則需要的是創造想像；如果說想像還可以做合理想像和非
合理想像劃分的話，那麼顯然李綠園否定《西遊記》「誨幻」是因為《西遊記》
作者的創造想像超出了現實的範疇，屬非合理想像，因為現實中並不存在孫
悟空、豬八戒這樣的非人非神的形象，讓李綠園理解猴頭、豬頭、人身不難，
但理解猴頭與人身、豬頭與人身這樣的組合並賦予兼具猴與人、豬與人二者
本質特點的形象很難；也正因此，李綠園對《西遊記》的「誨幻」不以為然。
筆者也正是因其持否定的態度而從相反的方面推論出李綠園認同創作中的合
理想像，即以現實為基礎，不能做超越現實的非合理想像的創作觀點。

　　李綠園關於想像的潛在態度如此，但在《歧路燈》的創作中他並不排斥
這種非合理的想像，婁樸因女鬼拾卷而中榜（見第一百零二回）就是一個最
好的例子。佛教講求三世輪迴，但畢竟其實質是虛幻的，並不具現實的客觀
性。既然李綠園反對吳承恩《西遊記》的「誨幻」，在創作中他又為什麼採用
相同的構思方式呢？這只能說明一點：他在理論上反對如此，在具體的創作
中卻未必不如此，他的創作論在想像這個問題上的矛盾態度顯而易見。

　　而且這裡邊還涉及到李綠園對宗教的心態：在《歧路燈》中李綠園一方

────────────────────

〔註185〕袁行霈，中國文學史（卷四），北京：高等教育出版社，2000，頁31。

面塑造了名爲尼姑實則與妓女無異的佛門弟子形象，以示他對佛教的厭惡；
另一方面他又利用佛教因果報應這種虛幻的方式來完善他的作品人物結局的
必然性，反映出他對佛教的矛盾態度。

時至今日，作爲後人的我們可以如此地論及李綠園的創作觀念，但是我
們不能忽略的是李綠園所處的時代，而且以其所處時代而言，有此論者亦不
止其一人，因此在這個問題上我們不能也不應該強求古人，而宜本著客觀理
性的態度和原則分析其觀念產生的原因，從中尋找可資借鑒的東西。

（二）小說語言「樸而彌文」

無論誰讀《歧路燈》，對其語言最明顯的感受都是樸實無華，這是李綠園
追求的風格，他也實實在在做到了這一點。

李綠園不喜歡那些靠華麗辭藻取悅於人的文章，他認爲「近今學者，聖
時雋異，不乏其人，率皆疲力於辭章藻繢，而性理一編，或且迂而置之，即
肄業及之者，率以尋摘爲弋科名計，則亦昧於知本者矣〔註186〕」，顯然，他對
這種行爲不但不以爲然，而且有些痛心疾首。

李綠園「生平最喜孟郊『臨行密密縫，意恐遲遲歸』，王建『三日下廚房，
洗手作羹湯』，樸而彌文，讀之使人孝悌之心，油然於唇吻喉臆間〔註187〕」的
文章。在《歧路燈》中，他借書中人物之口闡述其對行文語言的基本態度：

（譚紹聞）「今日即懇老師，爲門生作以箴銘，不妨就爲下等人說法，每
日口頭念誦幾遍，或妄念起時，即以此語自省，或有人牽誘時，即以此語相
杜。只求切中病痛，無妨盡人能解。」智周萬道：「這也不難。」……寫完，
智周萬道：「語質詞俚，卻是老嫗能解。」譚紹聞道：「不過爲下等人說法，
但求其切，不必過文。但「子賭父顯怒，父賭子暗怖」此二語，已盡賭博能
壞人倫之大病。『強則爲盜弱爲丐』此二語，又說盡賭博下場頭所必至。門生
願終身守此良箴」（見第五十六回）。

李綠園在《歧路燈》中還將批評的鋒芒指向官府，批評「比比皆是」的
「下一等幕友」：「託他個書札，他便是『春光曉霽，花柳爭妍。』『稔維老寅
臺長兄先生，循聲遠著，指日高擢，可預卜其不次也。額賀，額賀』云云。
俗氣厭人，卻又顧不得改，又不好意思說它不通。這是一宗大難事。託他辦

〔註186〕〔清〕李綠園，性理粹言錄跋語〔A〕，欒星，李綠園詩文輯佚之三〔C〕，鄭
　　　　州：中州書畫社，1982，頁92。
〔註187〕綠園詩鈔自序〔A〕，參見李敏修，中州先哲傳，文苑傳〔Z〕，民國刻本。

一宗告示稿，他便是『特授黃岩縣正堂加八級記錄十次譚，爲嚴禁事……本縣出言如箭，執法如山，或被訪聞，或被告發，噬臍何及，勿謂本縣言之不預也。』諸如此類。試想百姓尚不認的字，如何懂的『噬臍』文意？」指出「告示者，叫百姓們明白的意思，就該婦孺可曉，套言不陳」（見第一百零五回）。

在《家訓諄言》中他指出「吾鄉學究陋習，於四書重出之文章，大筆塗去，如『三年無改』、『主忠信』、『巧言令色』、『不在其位』諸節是也。於朱注引證之文，亦大筆塗去，如春秋傳吾誰適從、齊師違谷七里、魏徵獻陵之對、承宗斂手削地之類是也。試思聖人不敢增夏五、刪己丑，而庸人敢如此乎？無忌憚甚矣！爾輩慎勿效尤。自范紫登體注一出，遂有朱子故置圈外之說，亦屬作俑。不知四書精義，多在圈後之注，何可置之而不經心也？嗣後亦以爲戒〔註188〕」，他認爲刪其中的「巧言令色」實大不應該，這在一定程度上也反映出他對語言文辭樸素、通俗易懂的明朗態度。

除上述三例可以證實李綠園對小說語言的要求外，在小說《歧路燈》的具體創作中，李綠園根據其塑造人物的需要選用了文白相間的形式，其文也生動，其白也形象，無不體現出「樸而彌文」的獨特個性。

（三）小說主旨「傳情達意」

敘事文學作品有的重在通過故事情節、有的重在通過人物形象來完整準確地表達作家的思想，故事情節和人物是作家思想表達的最好的中介。

《水滸傳》重在人物塑造。金聖歎《第五才子書·水滸傳序三》論及施耐庵對《水滸》人物形象的成功塑造，指出「《水滸》所敘，敘一百八人，人有其性情，人有其氣質，人有其形狀，人有其聲口。夫以一手而畫數面，則將有兄弟之形；一口而吹數聲，斯不免再偃也。施耐庵以一心所運，而一百八人，各自入妙者，無他，十年格物而一朝物格，斯以一筆而寫百千萬人，固不以爲難也」。在《讀第五才子書法》中他又進一步深入地指出《水滸》「三十六人人，便有三十六樣出身，三十六樣面孔，三十六樣性格」「寫一百八個人性格，眞是一百八樣」，「只是寫人粗鹵處，便有許多寫法：如魯達粗鹵是性急，史進粗鹵是少年任氣，李逵粗鹵是蠻，武松粗鹵是豪傑不受羈靮，阮小七粗鹵是悲憤無說處，焦挺粗鹵是氣質不好。」

〔註188〕〔清〕李綠園，家訓諄言〔A〕（第四條）。歧路燈，乾隆本。

　　和《水滸傳》不同的是《歧路燈》重在情節編織。在《〈歧路燈〉自序》中，李綠園有感於《桃花扇》等戲曲作品之成功處，而歎「吾故謂填詞家當有是也，藉科諢排場間，寫出忠孝節烈，而善者自卓千古，醜者難保一身，使人讀之爲軒然笑，爲潸然淚，即樵夫牧子廚婦爨婢，皆感動於不容已」，他正是有感於此，「因仿此意爲撰歧路燈一冊」，希望他的《歧路燈》能夠「田父所樂觀，閨閣所願聞」，「善者可以發人之善心，惡者可以懲創人之逸志」。雖然在《〈歧路燈〉自序》中李綠園未提及他是如何通過其小說中的人物表現他自己的思想，但在《歧路燈》中不但通過人物可以感知李綠園的思想，而且李綠園作爲作家常常忘了他的作家身份而迫不及待地跳出來對小說人物的行爲加以點評，從而忽略了他的《歧路燈》主要是通過講故事來傳達作家教化至上的意圖。

　　「形象大於思想，創作意圖不等於作品的實際。作品所流露的深層感情傾向，有時是作家本人所意識不到的，也有的是作家所不願說或不敢說出的。這是創作史上古今中外都有的現象。因此，判斷作品的思想傾向，只能通過對作品人物形象的分析得出結論，因爲『傾向應當是不要特別地說出，而要讓它自己從場面和情節中流露出來』（見恩格斯《給明娜‧考茨基的信》）。顯然，作家的說明，只能作爲分析作品的參考，而不能作爲準繩〔註189〕」，事實也是如此。《〈歧路燈〉自序》中所表現出來的意旨遠不如《歧路燈》人物形象、故事情節所傳遞出來的內容更爲深刻而廣泛，這也是筆者爲什麼在研究李綠園小說觀這個問題上一方面重視其《〈歧路燈〉自序》所透射出的作家旨趣，同時更看重《歧路燈》文本並力圖通過對《歧路燈》文本的研究以切近作家眞實意圖，以更深透地解讀作家本意。

（四）小說功能「娛目醒心」

　　《〈歧路燈〉自序》在某種程度上透露出了李綠園對小說娛樂功能的理解和認知。有的研究者認爲《歧路燈》的寫實筆法是李綠園以犧牲文學作品的娛樂功能爲代價的，李綠園是「貶低小說的小說家〔註190〕」，實則不然。對小說的娛樂功能李綠園有清醒的認識：

〔註189〕張燕瑾，歷史的沉思——《桃花扇》解讀〔A〕，中國戲曲史論集〔M〕，北
　　　　京：燕山出版社，頁230。
〔註190〕王先霈、周偉民，明清小說理論批評史〔Z〕，廣州：花城出版社，1988，頁
　　　　542。

其一，「使人讀之爲軒然笑，爲潸然淚，即樵夫牧子廚婦爨婢，皆感動於不容已」，「田父所願觀，閨閣所願聞」則指的是小說要能感動讀者，小說要具有娛樂性。也就是說，李綠園希望通過小說的娛樂性來吸引眾多的讀者，實現其教化的意圖即寓教化於娛樂之中。其二，娛樂是手段，教化是目的，李綠園所倡「教化」的內容是「忠孝節烈」，他選擇的形式是小說，「藉科諢排場間」「寫出忠孝節烈」，而且很顯然李綠園認識到了手段與目的的關係，用我們今天的語言表達就是形式要爲內容服務。其三，「樵夫」、「牧子」、「廚婦」、「爨婢」、「田父」、「閨閣」多指下層民眾，對於這樣的受眾群體而言，李綠園要求小說創作要考慮到通俗性，小說要能爲大眾所接受，只有大眾「願聞」「願觀」，才能讀者眾多，而讀者眾多是每一位作家所希望的，李綠園當然也不例外。首先確立目的，然後選擇實現目的的手段，通過手段達到目的，李綠園的認識何其清醒！

可見，李綠園在主觀上決非是想犧牲作品的娛樂功能，否則他也不會有此論。一般說來，作品的意義是作家賦予的，作品的意義也須從作家那裡得到解釋，而解讀一部作品在某種程度上就是解讀作家的創作意圖，作品的意義在某種程度上也就相當於作家的意圖，尤其是當作家自己主動闡釋其創作動因時。但是作家以爲然，反映在其創作中卻未必然；作家未必然，落實在其創作中卻未必不然。《歧路燈》在實際創作中李綠園寧可因教化而失之枯率，也不爲娛樂而太事鋪陳，這種「教化先行，娛樂在後」的創作實踐行爲，使李綠園的《歧路燈》在一定程度上失去了一部分讀者，這恐怕是李綠園創作之初想都未想到的。「由娛目而醒心」方是作者本意，李綠園創作《歧路燈》之本義也在此。

五、李綠園「教化至上」文學創作成因解析

中國古代講究「詩教」「文道」，起初人們把先秦的《詩經》和諸子散文作爲經典並立爲後世楷模，宋元以後科舉考試以八股取士，遂開奉先哲文章爲神明之風氣，而有野史稗官之稱的小說也因之附庸風雅講究起「教化」來，並在清初形成氣候，成爲至今的一個傳統。孫楷第在《中國通俗小說書目》的《分類說明》中提到「清以來有專主勸誡之作，與傳奇用意似而又不盡同。用借小說以醒世誘俗，明善惡有報，天網恢恢，疏而不漏，則凡中國舊日小說，亦莫不自託於此，然皆以此自飾，從無自始至終本此意爲書者，則清之

勸誡小說乃自成一體，爲古昔所無」，李綠園的《歧路燈》只不過是眾多「專主勸誡之作」之一。無論是小說還是戲曲，公開主張其專爲教化而作者，不計其數。

（一）中國古代「教化至上」文學創作原則溯源

元南戲高明的《琵琶記》開頭就有「不關風化體，縱好也徒然」，「只看子孝與妻賢。」《琵琶記》確寫「子孝與妻賢」內容，高明強調戲曲必須有關風化、合乎教化的功用，將戲曲作爲載道的工具，希望通過戲曲動人的力量，讓觀眾受到教化，明太祖因此盛讚《琵琶記》是「山珍海錯，貴富家不可無」。

明邱濬《五倫全備記》亦云「若與倫理無關緊，縱是新奇不足傳」，而且奎本《〈五倫全備記〉序》更說得明白：「其中所述者，無非五經十九史諸子百家中嘉言善行之可以爲勸世戒者，……凡天下之大彝倫大道理，忠君孝親之理，處常應變之事，一舉而盡在是焉」，可見邱濬是把倫理推尊爲傳奇之本，而他創作的作品也完全是「六經」圖解式的道德說教，他以政治功利原則取代了藝術原則。

上爲元明曲家自述其意，下看清小說家如何自道其旨：

清王寅《〈今古奇觀〉自序》稱其有感於「稗史之行於天下者，……或作詼奇詭詭之詞，或爲豔麗淫邪之說。其事未必盡眞，其言未必盡雅。方展卷時，非不驚魂眩魄。然人心入於正難，入於邪易。雖其中亦有一二規戒語言，正如長卿作賦，勸百而諷一。流弊所及，每使少年英俊之才，非慕其豪放，即迷於豔情。人心風俗之壞，未必不由於此。可勝歎哉！至若因果報應諸書，亦足以勸人行善。其如忠言逆耳，人所厭聞。不以爲釋老之異教，即以爲經生之常談。讀未數行，卷而棄之」，其「偶得《今古奇聞新編》若干卷。暇日手披目覽，覺其間可驚可愕，可敬可慕之事，千態萬狀，如蛟龍變化，不可測識。能使悲者痛哭流涕，喜者眉飛色舞，無一迂拘腐爛調，且處處引人入於忠孝節義之路。既可醒世驚人，又可以懲惡勸善。嬉笑怒罵，皆屬文章，而因果報應之理，亦隱於驚魂眩魄之中，俾閱者一新耳目。置案頭爲座右銘，於人心風俗兩端，不無有補焉」（見光緒十七年鉛印本）。

清少海氏《〈紅樓復夢〉自序》云其書「倫常具備，而又廣以懲勸報應之事，以警其夢」（見嘉慶十年金谷園刊本）。

清邗上蒙人《〈風月夢〉自序》明闡其警愚醒世之旨：「夫《風月夢》一書，胡爲而作也？蓋緣余幼年失怙，長違嚴訓，懶讀詩書，性耽游蕩。及至

成立之時，常戀煙花場中，幾陷迷魂陣裏。三直餘年，所遇之麗色者、醜態者，多情者、薄倖者，指屈難計。蕩費若於白鏹青蚨，博得許多虛情假愛。回思風月如夢，因而戲撰成書，名曰《風月夢》。或可警愚醒世，以冀稍贖前愆，並留戒余，後人勿蹈覆轍。」（見清光緒十年上海江左書林刊本）

　　清潘昶《〈金蓮仙史〉序》則鑒於「今且世事澆漓，人生輕薄，見奢華淫說，則似糖似蜜；聞正眞義理，則如隙如仇。故邪妄益多，正氣日耗。幾有聰慧者，皆以筆墨上求精；仕宦者，盡在名利中著意」，「秉忠直之心、立剛毅之志者鮮矣；以道義上留心、性命中著腳者更鮮矣」，其著《金蓮仙史》目的是使「聰明達人，靜自思之，急速改邪歸正，悔往修來，毋使身沉苦海，汨沒沉淪矣」，而「厥中事事有證，語語無虛，乃登天之寶筏，渡世之慈航也」（見清光緒三十四年翼化堂刊本）。

　　清煙水散人《〈明月臺〉自序》稱：「禍因惡積，福緣善慶，一善一惡，立見分明。不知是耶非耶？是以謂之《明月臺》也。何爲而作者？無非從忠孝節義、悲歡離合之中，生出渺茫變幻、虛誕無稽一段因由，藉端藉事，懲勸醒世之謂也」（清咸豐間鈔本）。

　　清佩蘅子《〈吳江雪〉自序》中也稱其「所著《吳江雪》，實欲導人於正，責言爲父母者，當正之於始。……有大義存焉，有至道存焉」（清東吳赤綠山房刊本）。

　　作家自言其旨歸固有其意向所指，但這種「自白」當中亦不乏其初衷是爲掩蓋作品的眞實意圖者，但不能否認讀者才是一部作品最好的評價者。任何一部作品都具有其獨特的教化功能，只是各人興趣不同，所吸收者有別。正如明弄珠客在《〈金瓶梅〉序》中所指出的那樣：「讀《金瓶梅》而生憐憫心者，菩薩也；生畏懼心者，君子也；生歡喜心者，小人也；生效法心者，乃禽獸耳」，因爲在他看來，《金瓶梅》「蓋爲世戒，非爲世勸也」，「奉勸世人，勿爲西門之後車可也〔註191〕」。可見各人對《金瓶梅》的看法不同，所吸收者必然不同。而於菩薩、君子、小人、禽獸之外難保沒有其他類型的讀者存在，但這種評價代表了某一類型的讀者。

　　即便是不被李綠園看好的坊傭四大奇書，後代的讀者對其作品又有怎樣的評說呢？撮其要評一二錄於斯：

〔註191〕〔明〕弄珠客，金瓶梅序〔A〕，中國歷代小說序跋集〔C〕，北京：人民文學出版社，1996，頁1079。

　　《三國演義》「若讀到古人忠處，便思自己忠與不忠，孝處，便思自己孝
與不孝。至於善惡可否，皆當如此〔註192〕」；《金瓶梅》「無非明人倫，戒淫奔，
分淑慝，化善惡，知盛衰消長之機，取報應輪迴之事」「其他關係世道風化，
懲戒善惡，滌濾人心，不無小補〔註193〕」，《西遊記》「只是教人誠心爲學，不
要退悔。此其大略也。至於逐段逐節，皆寓正心修身、黽勉警策、克己復禮
之至要，實包羅天地萬象、四海九洲。士農工商、三教九流、諸子百家，無
非一部《西遊記》也。以一人讀之，則是一人爲一部《西遊記》；以士農工商、
三教九流、諸子百家各自讀之，各自有一部《西遊記》。務必遷善改過，以底
於至善而後已。若是乎《西遊記》有裨於天下後世、四海九洲、士農工商、
三教九流、諸子百家也，豈鮮淺哉！總之二心不誠者，西天不可到，至善不
可止〔註194〕」，「闡三教一家之理，傳性命雙修之道，俗語常言中，暗藏天機；
戲謔笑談處，顯露心法，……其造化樞紐，修眞竅妙，無不詳明且備，可謂
拔天根而鑽鬼窟，開生門而閉死戶，實還元返本之源流，歸根覆命之階梯。
悟之者，在儒即可成聖，在釋即可成佛，在道即可成仙。……能盡性者，必
須至命。……能了命者，更當修性……五聖取一藏傳世，三五有合一之神功，
全部要旨正在於此，其有裨於聖道，啓發乎後學者，豈淺鮮哉〔註195〕！」《水
滸》者被李卓吾看作「發憤之作」並以「忠義」稱之，蓋因「盡於心爲國之
謂忠，事宜在濟民之謂義〔註196〕」，而「謂水滸之眾，皆大力大賢有忠有義之
人可也。然未有忠義如宋公明者也。今觀一百單八人者，同功同過，同死同
生，其忠義之心，猶之乎宋公明也。獨宋公明者，身居水滸之中，心在朝廷
之上；一意招安，專圖報國；卒至於犯大難，成大功，服毒自縊，同死而不
辭，則忠義之烈也！眞足以服一百單八人者之心。故能結義梁山，爲一百單
八人之主。……故有國者不可以不讀。一讀此傳，則忠義不在水滸，而皆在

〔註192〕〔明〕庸愚子，三國志通俗演義序〔A〕，中國歷代小説序跋集〔C〕，北京：
　　　　人民文學出版社，1996，頁887。

〔註193〕〔明〕欣欣子，金瓶梅詞話序〔A〕，中國歷代小説序跋集〔C〕，北京：人民
　　　　文學出版社，1996，頁1079。

〔註194〕〔清〕張書紳，新説西遊記總論〔A〕，中國歷代小説序跋集〔C〕，北京：人
　　　　民文學出版社，1996，頁1363。

〔註195〕〔清〕劉一明，西遊原旨序〔A〕，中國歷代小説序跋集〔C〕，北京：人民文
　　　　學出版社，1996，頁1364。

〔註196〕〔明〕天海藏，題水滸傳序〔A〕，中國歷代小説序跋集〔C〕，北京：人民文
　　　　學出版社，1996，頁1468。

於君側矣。賢宰相不可以不讀。一讀此傳，則忠義不在水滸，而皆在於朝廷矣。兵部掌軍國之樞，督府專閫外之寄，是又不可不讀也。苟一日而讀此傳，則忠義不在水滸，而皆為干城心腹之選矣。否則，不在朝廷，不在君側，不在干城心腹，嗚呼在？在水滸〔註197〕！」

　　這四部作品雖不被李綠園看好，但其獨特的教化功能卻仍然客觀地存在。李綠園在「教化至上」這一創作原則上其觀念與邱濬、高明如出一轍，其目的是「藉科諢排場間，寫出忠孝節烈，而善者自卓千古，醜者難保一身」，使「善者可以發人之善心，惡者可以懲創人之逸志」，「於綱常彝倫間，煞有發明」，反映出其衛道的動機。在《歧路燈》中李綠園借盛希僑之口評《殺狗勸夫》，變相地談其「勸世」的創作動因與目的：

　　盛希僑大聲道：「看！看這賢德婦人勸丈夫，便是這樣的。滿相公，取兩弔錢來，單賞這一個旦腳。果然做戲做的好，我心裏喜歡。」滿相公到賬房取了兩千錢來，盛希僑吩咐寶劍兒賞在場上。那《殺狗勸夫》的旦腳，望上謝了賞。盛希僑道：「世上竟有這樣好女人。」滿相公道：「戲是勸世文。不過借古人的好事歹事，寫個榜樣勸人。」譚紹聞道：「這做勸世文的人，也是抱了一片苦心。其實與他也毫無要緊。」盛希僑道：「正為他說的毫不干己，咱自己犯了病症，便自覺心動彈哩」（見第七十一回）。

　　正如李綠園自己所說的那樣：「提耳諄言，不憚窮形極狀，一片苦心，要有福量的後生閱之，只要你心坎上添上一個怕字，豈是叫你聽諧語，鼓掌大笑哉！詩曰：草了一回又一回，矯揉何敢效《瓶梅》；幼童不許軒渠笑，原是耳旁聒迅雷」（第五十八回）。

　　「教化」是李綠園小說創作觀念的核心，作家所要強調的實際上是隱藏在文字背後的小說的教化功能。「教化至上」既是李綠園創作的目的，也是其創作中嚴格遵循的原則，這一原則的提出要比嚴復、夏曾佑「夫說部之興，其入人之深，行世之遠，幾齣於經史上，而天下之人心風俗，遂不免為說部之所持〔註198〕」即明確提出要注重小說的社會教化功能至少要早一百年以上。

（二）李綠園「教化至上」文學創作的成因

　　文學作品一般多具一定程度的教化功能，只是所需者不同，所取者有別，

〔註197〕〔清〕李卓吾，忠義水滸傳序〔A〕，中國歷代小說序跋集〔C〕，北京：人民文學出版社，1996，頁1466～1467。
〔註198〕嚴復、夏曾佑，本館附印說部緣起〔N〕，國聞報，1897。

小說也不例外。魯迅在《中國小說的歷史變遷》中指出:「因為唐人大抵描寫時事;而宋人則多講古事。唐人小說少教訓,而宋則多教訓。大概唐時講話自由些,雖寫時事,不至於得禍;而宋時則諱忌漸多,所以文人便設法迴避,去講古事。加以宋時理學極盛一時,因之把小說也多理學化了,以為小說非含有教訓,便不足道」。小說何以要舉「教化」之旗,從根本上講:

首先,是中國千百年來儒家的思想觀念在起作用。

傳統的慣性力量是很難打破的。中國古代儒家重實用的思維方式對小說的影響是巨大的。從孔子的「興觀群怨」詩教,到《毛詩序》中「經夫婦,成孝敬,厚人倫,美教化,移風俗」對儒家詩教的總結,再到唐宋「文以貫道」、「文以載道」思想的正式形成,可以說,自始至終儒家的思想觀念都居於正統地位而顛撲不破。在同一文化背景下成長起來的小說,自然也難以超拔。在中國小說理論批評史上,人們對小說的社會教化功能的認識還是比較一致的,即使是最保守的文人也承認它的巨大影響。

「道之以政,齊之以刑,民免而無恥;道之以德,齊之以禮,有恥則格」(見《論語‧為政》),可見在古人眼裏,政、法、教三位一體,不可分割。《中庸》開宗明義:「天命之謂性,率性之謂道,修道之謂教」,它把孟子「存心」以「養性」和「修身」以「立命」的主張加以發揮,把天性與「天命」結合在一起,認為人性得之於「天命」,而「道」早已存在於人的本性之中,一個人須順天賦人性去發展,才可以得「道」,而「修道」是要擇善固執,需要教育。

李綠園以「淑世之心」寫《歧路燈》,其中將「以教養德」詮釋殆盡。「倫理範世」以及「正人心」「淳風俗」是李綠園《歧路燈》的基調,其中關於忠孝節義的價值主張,反映了李綠園作為正統道學家對於傳統道德觀念的普遍認同。在他看來,教育,也只有教育,才能使人「明明德、親民、止於至善」。李綠園對《三國演義》、《水滸傳》、《西遊記》和《金瓶梅》的批評在一定程度上緣於他作為正統的道學家對作品的思想內容的理解,而對於選題精嚴、宗旨純正,無時下浮薄狂蕩、誨盜導淫之風,有益於社會、有助於道德之作如《桃花扇》、《芝龕記》、《憫烈記》等作品李綠園還是推崇的。「詩以道性情,裨名教,凡無當於三百之旨者,費辭也」,「惟其於倫常上立得住,方能於文藻間開得口」(見《綠園詩鈔自序》),這無疑是李綠園的文學宣言,由此我們不難理解他的《歧路燈》所表達的「教化至上」的主旨。

李綠園之所以選擇小說作為他實現教化目的的手段是因為小說對人的影響與教化很大程度上取決於其寓教於樂。李綠園在《〈歧路燈〉自序》中對其小說寓教於樂的功能闡述得一清二楚。只是在具體的創作實踐中他在一定程度上在二者之間有所傾斜：重於教而輕於樂。一般說來，小說「寓教於樂」的功能不是靠說教和強制灌輸來完成的，而是通過人物形象潛移默化地動人以情完成的。就作者而言，「《離騷》為屈大夫之哭泣，《莊子》為蒙叟之哭泣，《史記》為太史公之哭泣，《草堂詩集》為杜工部之哭泣；李後主以詞哭，八大山人以畫哭，王實甫寄哭於《西廂》，曹雪芹寄哭於《紅樓夢》〔註199〕」，這裡的「哭」未嘗不是一種情緒、情感的宣洩與表達，通過各種文本中人物形象這一中介，讀者得已瞭解這種情緒、情感，並從中受到影響、啟發和教育。魯迅認為「文學與學說不同，學說所以啟人思，文學所以增人感〔註200〕」，講的就是文學作品要以情感人，只有能打動讀者的作品才能實現作家的創作意圖。

「情者，文之經；辭者，理之緯。經正而後緯成，理定而後辭暢。此立文之本源也。」（見《文心雕龍‧情采》）。李綠園的《歧路燈》非為無情之作，不然也不會有隨時隨地、苦口婆心地說教。其感人力量較之《紅樓夢》為弱的原因在於他強烈的說教動機影響了其作品情感功能的發揮。

其次，是李綠園作為創作主體本身主觀的需求。

李綠園的一生一直以未能博得春宮一第為憾，但他並不因此而憤世嫉俗，因為他的短暫為官並博得「循吏」之名也是因科舉使然；而且他的次子李蘧也因科舉走入仕途並因為官功績顯赫而名傳後世，他一直因此而自豪，但他也有對長子李薖教育失當的遺憾。他的《歧路燈》實是有感於現實社會和個人家庭教育的得失，而出於一個正統的道學家的社會責任心和歷史使命感使然。

可見，李綠園對傳統文道觀有選擇的繼承透露出他作為一個正統道學家的本色，而他對創作主體的要求也完全是出於一個正統的道學家的標準，對小說題材內容的選擇與創作形式有針對性的界定均服從其「教化至上」的創作原則，可以說，「教化至上」是其小說《歧路燈》創作的出發點與歸宿。

康乾盛世的經濟發展和社會風氣為李綠園《歧路燈》的創作提供了豐富

〔註199〕〔清〕劉鶚，老殘遊記自序〔M〕，上海：上海古籍出版社，1991。
〔註200〕許壽裳，亡友魯迅印象記〔M〕，北京：人民文學出版社，1953，頁27。

的土壤、外在的條件；李綠園自己家庭教育的得與失、榮與辱、正反兩方面深刻的經驗教訓是他創作《歧路燈》的內在動機；加上李綠園有爲師、爲官的經驗，因此在教育問題上李綠園擁有充分的發言權。李綠園「以孝相踵」的家世、李綠園的交遊、李綠園的志趣及其一生行止既爲其創作提供了豐厚的底蘊和深厚的積澱，也爲《歧路燈》中所表達的淑世心態提供了最好的解讀的鑰匙。

有了這樣的創作心態，就不難理解李綠園的創作觀念：李綠園繼承了中國傳統儒家「文以載道」的文學觀念，並在此基礎上形成了他以小說行教化的創作觀念，其內容涵蓋了以下幾個方面：在對創作主體的要求方面李綠園突破孔子「有德者必有言，有言者不必有德」的主張，進一步提出「爲文者其行必先合於道」的要求，這種要求既有明季人格決定文品的影響，也是李綠園一生信仰及行止所決定的必然。在小說的內容上在創作中李綠園對青少年不宜成分自覺地進行限制，使《歧路燈》較之同時代的作品而言，內容雅潔，有裨人心；此外，在小說的形式、語言和情節等方面李綠園也有著自己的主張。

本研究在這方面與時賢出入甚大，筆者力求將李綠園這位作家與他具體的生活環境、與他的一生遭際相聯繫，通過逐步深化細緻入微的層層剖剝最終對李綠園何以會產生「以小說行教化」的創作觀念及對其「以小說行教化」的創作觀念應予以怎樣的理解以合理的釋義依據。